セピア×セパレート

SEPIA×SEPARATE

復活停止

夏海公司
絵：れおえん

INDEX

SEPIA X SEPARATE
RESTORATION SUSPENSION

KEEP THE RIGHT STUFF! MANKIND

TOP SECRET

氏名		
殿森　空		URO TONOMORI
年齢 26歳	所属 一般社団法人 損害保険調査機構	
手配理由 詐欺・脅迫・強要・監禁		

喋る強欲
千貌の魔女

魔女の郷愁
コンセプトエラー

氏名		
？？？？？？？		????? ?????
年齢 13歳	所属 武志工務店	
手配理由 公務執行妨害・犯人隠避		

CHARACTER PROFILE

氏名		
園　晴壱		HARUICHI SONO
年齢 24歳	所属 オーパス・エンタープライズ フィールドサポート2部	
手配理由 不正アクセス・不正指令電磁的記録供用		

史上最悪のサイバーテロリスト

ジ・オリジネーターズNo.1

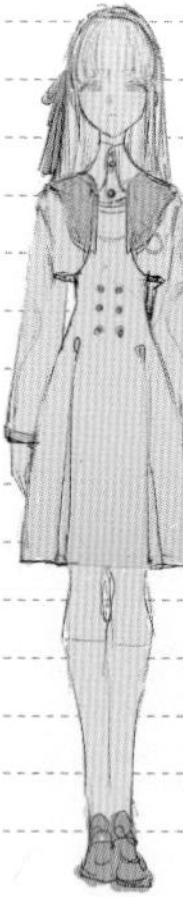

氏名		
荒島　セピア		SEPIA ARASHIMA
年齢 16歳	所属 オーパス・エンタープライズ イノベーティブ・デザイン・ユニット	
手配理由 消息不明		

セピア×セパレート

SEPIA×SEPARATE

復活停止

夏海公司

絵：れおえん

＊　プロローグ　追憶（二〇二×年四月五日）　＊

それはまだ、スマートデバイスという言葉がクリスマスのプレゼントのように、華々しくもてはやされていた頃の話だ。

スマートフォンはもちろん、スマートウォッチ、スマートスピーカー、スマートテレビ、スマートグラスに至るまで、ありとあらゆるデバイスが〝スマート〟になり僕らの日常を変えていった。

門外漢のために説明すると、ここで言うスマートには二つの意味がある。一つはネットに繋《つな》がり、クラウドのサービスを自由に使えること。もう一つはアプリの追加で、利用の幅を広げられることだ。電話《フォン》をネットに繋《つな》げて、カーナビや財布の機能を付けたからスマート・フォン。どうだい？　分かりやすいだろう？

で、そういうスマートなにやら《サムシング》に当時の僕らは尽きせぬ期待を寄せて、メーカーに新体験を求め続けた。もっと便利に、もっと多機能に、もっと驚きを。次はどんな製品が出る？　どういうアプリが提供される？　何をどうやって僕らの暮らしを快適にしてくれる？

毎月のように新端末が出て、新サービスがリリースされて、アプリや基本ソフトが更新されていった。既存のありとあらゆる経済活動が、ブラックホールのごとくスマートデバイスに呑《の》みこまれていった。まるで一度止まると死んでしまう回遊魚のように、ユーザーもメーカーも便利を求めて求めて求め続けた。

そうしてとうとうこれ以上、新製品も新体験も出ないと思われた頃、不意打ちのように〝それ〃が発表された。

ＢＵＤＳ。

スマートバッズ。

史上最高にして最後のスマートデバイス。

見た目はシンプルな完全ワイヤレスイヤホンだった。親指の腹程度の大きさで、余計な装飾は一切ない。だが、その小さなボディには同世代のスマートフォンを凌駕《りょうが》する性能が秘められていた。そして外部の映像出力には、前代未聞《ぜんだいみもん》の空間投影ディスプレイ、入力機構としては指や腕の動きを認識するモーションセンサーが採用されていた。

お分かりだろうか？

あなたは家を出る時に、イヤホン一つをはめていけばいい。

地図を確認したければ指の動き一つ、もしくは音声キーワードで、マップアプリが立ち上がる。ディスプレイは目の前の空間そのものだ。もう大画面のために、重いスマホやタブレットを持ち運ぶ必要はない。空中の画像をなぞれば、自在に拡大・縮小・スクロールできる。音楽鑑賞や電話がハンズフリーで楽しめることは言うまでもない。外部の音が聞こえず危ないのではって？　大丈夫、バッズには最新のノイズキャンセリングシステムが搭載されている。必要な呼びかけや警告音は自動的に選《え》り分《わ》けて、届けてくれる。

さぁ考えてほしい。

誰もが手ぶらで、まっすぐに前を見て必要な情報にアクセスできる時代。そんな中に、うつむいてスマホを見ている人がいたらどう映るか。小さな画面を指でなぞる姿がどんな風に思われるか。

多くを語る必要はないだろう。バッズの登場は他の多くのスマートデバイスを一瞬で過去の遺物にしてしまった。

発表されてわずか一年で、業界の勢力図は塗り変わった。既存のトッププレイヤーが軒並み退場して、バッズを中心とした新たな生態系《エコシステム》が確立された。

バッズの制作者達が巧妙なのは、その基本ソフトを、公式アプリもろとも無償で公開、改変できるようにしたことだ。バッズの競合を作るには、イヤホンサイズのプロセッサが不可欠で、その特許《パテント》を押さえている限り収益化できる自信もあったのだろう。目論見《もくろみ》通り、カスタマイズ性の高さは多くのサードパーティー、アプリ開発者を惹《ひ》きつけて、爆発的に市場を拡大させた。

そしてその熱狂の中に僕――園晴壱《そのはるいち》もいた。

当時小学六年生の僕は、時代の変わり目に立ち会ったことに運命的な何かを感じていた。バッズのソースコードを調べて、各行の意味するものに気づいては、鼻息を荒くしていた。丁度、現実世界のままならなさに気づき始めた頃だ。思い通りにカスタマイズできるバッズの存在は、いつしか日々の生活に欠かせないものとなっていた。

だから――というのは言い訳だ。興味があれば何をしてもよいわけではない。守るべき一線は確かにある、そう普通に考えれば理解できる。

ただ、あの頃の僕はバッズのためなら大概のことは許されると思っていた。人間、命を守るためであればどんな違法行為だってする。バッズは僕にとって命のようなものだ。よって緊急避難は成立する。結果が手段の是非に優先すると。

そう、僕はバッズへの興味から罪を犯した。

忘れもしない二〇二×年の四月五日、僕はスマートバッズの開発元であるオーパス・エンタープライズのオンライン・カンファレンスに接続していた。利用したのはITジャーナリストである父のID。プレスの肩書きで取材申請して、そのまま父に報《しら》せることなく参加してしまった。

〝なりすまし〟

バレたらまずいとは分かっていた。

一般論として、IDの盗用が不正アクセスだというのはもちろん、それ以上にカンファレンスの性格自体が部外者の参加を厳に戒めていた。

ジ・オリジネーターズ。

スマートバッズを開発した始祖のエンジニア達。

彼らが一堂に会して、自由な議論を繰り広げるのが、カンファレンスの趣旨だった。普段表舞台に出ない殿上人が、ここだけの話と銘打ち、バッズの過去と未来を語り尽くす。希少価値は折り紙つき。多くのユーザーにとって垂涎《すいぜん》の的である分、セキュリティはガチガチだった。

参加が事前申込制なのはもちろん、身元確認は厳重に行われて、守秘義務契約を山ほど結ばされる。挙げ句に送られてくる招待リンクは、参加者ごとに一意の暗号化が施されて、録画データの流失時に、誰が犯人か分かるようになっていた。

そんなところに一介の小学生が、しかも他人のIDで乗りこむのだ。発覚すれば、怒られるだけではすまない。親のジャーナリスト人生まで終わらせてしまうかもしれない。

だが、どうしても出たかった。

生のジ・オリジネーターズを見たかった。彼らの声を聞いてみたかった。言葉から、表情から、天才達の思考回路をのぞいてみたかった。

大丈夫、口さえ開かなければばれることはない。どのみち自由な発言など許されないのだ。父のイメージ画像に隠れて、静かにイベントを楽しんでいればいい。

緊張と興奮に包まれながら、当時の僕はバッズを操作した。

音量を上げる。空間投影ディスプレイの明度と彩度を調整して、カンファレンスのステージにフォーカスを合わせる。

壇上に座っているのは四人の男女だった。いずれもインタビューや対談記事で穴が開くほど見た姿だ。癖毛で団子鼻の青年はUIデザイナーの所原穣二《ところはらじようじ》。長髪の痩せぎすな男性は、パーソナルアシスタントの開発者、一畑《いちばた》モンド。スキンヘッドの女性はプロダクトエンジニアの立久恵《たちくえ》梓《あずさ》。

そして……最後の一人に僕の目は惹《ひ》きつけられる。

揺れるグレージュの髪、輝くように白い肌。細い身体《からだ》を女学生のようなボレロに包み、大柄なソファーに姿勢よく腰かけている。膝上に置かれた指は白魚のようにほっそりとしていて、爪の先まで完璧な造形美を見せていた。白鳥が羽を休めているかのような、そんな優美な印象。

荒島《あらしま》セピア。

スマートバッズのコンセプトメーカーにして、基本ソフトウェアの全てを独力で作り上げた天才少女。

ジ・オリジネーターズの序列第一位。

年の頃は十代半ば、いって高校生といったところだろう。だがその存在感は周囲の大人を圧していた。長く濃い睫毛《まつげ》に縁取られた瞳も、緊張とは無縁の静かなものだ。何百というネットワーク越しの視線をごく自然に受け止めている。

「なぜイヤホン型《ホワイ・バッズ》？　って百回くらい訊《き》かれたわ。だから私、こう返すことにしたの。逆になぜ他の選択肢があると思うの？　って」

バッズの成立過程を問われた彼女は答えた。まるで今朝のモーニングのメニューを告げるように何気なく。

「タブレットもスマートフォンもいちいち取り出して、画面をのぞきこむ必要がある。何よりディスプレイを広げる度にかさばるようになるとか本当にナンセンス。スマートグラス？　あなた、四六時中眼鏡をかけて生活するの？　嫌よ私は。お洒落《しゃれ》の選択肢を無理矢理奪われるなんて」

「スマートコンタクトは？」

UIデザイナーの所原《ところはら》が訊《たず》ねる。面白そうに頬杖《ほおづえ》を突きながら、

「当時、医療系ベンチャーが、かなりよいコンセプトワークを出していたと思うけど」

「コンタクトサイズまで基板を小さくすると、機能が大分絞られてしまう。現実的には外部の親機が不可欠。それじゃあ小型化した意味がないわ。だいいち音声出力はどうするの？　眼球にくっついたまま骨伝導？　ひゅー、私はご免被《こうむ》りたいわね」

「既存技術の組み合わせで安く作るなら、ヘッドマウントディスプレイが現実的だったという話もある。実際、バッズでもっとも開発費がかかったのは空間投影ディスプレイと、付随する非接触型のUIだしね。僕らは第三世界へのインフラ普及を進めるために、バッズ技術を使ったヘッドマウントディスプレイを作るべき。この意見へのアンサーは？」

「サポートハードを増やして、投資を分散する方がよっぽど害悪よ。心配しなくてもバッズの原価はマリアナ海溝並みの急勾配で下がっていっているわ。単一機種、大量生産のおかげでね。来年くらいには現行モデルが普及版として、それらの国に出回るでしょう」

当時の僕がセピアに抱いていた感情を、一言で説明するのは難しい。

同世代の少女が世界を革命しつつあることへの憧れ、尊敬。

自分がどうあっても並び立てない悔しさ、嫉妬。

思春期の少年としては当然の、彼女の容姿に対する恋慕。

だがそれら全てを圧していたのは、セピアの生み出すソースコードへの陶酔だった。無駄な処理は一切なく、効率重視なのに解析しやすい。整ったテキストは楽譜のようで、読み進むと音楽が響いてくるようだった。

それらが全て、あの頭脳から、指先から生まれてきている。

痺《しび》れるような興奮とともに、僕はセピアの一挙手一投足を見つめていた。

彼女と話したい。彼女に認識してもらいたい。あなたのコーディングの美しさを知る人間がここにいると伝えたい。

かなわぬ望みを胸に、どのくらい息を潜めていただろうか。気づけばもうカンファレンスは終盤に差しかかっていた。プログラムによれば、あとはQ&A。事前に参加者から受けつけていた質問を司会が読み上げていくはずだった。

冴《さ》えない小役人のような中年男性が、司会席のマイクを取り上げる。「では次に」と質疑を始めかけた時だった。

「ああもう。やめ、やめましょうよ、馬木《まき》さん。こんな退屈なの」

時ならぬ発言はセピアのものだった。彼女は小さく伸びをして、胸を反らした。

「折角参加型のイベントなのに、話しているのはいつもの面子《メンツ》ばっかり。このうえ、質疑応答までお便り形式？　事前に準備した回答つきで？　いつの時代のイベントよ。アナクロにもほどがあるわ」

「せ、セピア、君、今日は大人しくしていると」

狼狽《ろうばい》する司会——馬木《まき》というらしい——をよそに少女は立ち上がった。ボレロと揃《そろ》いのスカートを揺らし、にっとカメラに笑いかける。

「気が変わったの。ねぇオーディエンスの皆さん。予定変更、今からフリーの質問タイムにします。訊《き》きたいことがある方は挙手ボタンを押してください。こちらで当てますので、あとは好きに喋《しゃべ》っていただいて結構です。はい、マイクミュート解除」

ざわめきが広がる。開催者権限で参加者のマイクがオンにされたのだろう。慌ててオフにし直す者もいるが、多くは入力を保ったままにしていた。無人の客席が一瞬で賑《にぎ》やかになる。人いきれが、吐息が、すぐそばに感じられる。

「あら、誰もなし？　なんだってお答えするわよ。ドッキリでも仕込みでもないわ」

ぽつ、ぽつと挙手マークが点《つ》く。

意を決したように、ID画像のいくつかがアバターやカメラ映像に切り替わる。

冷静に考えれば、その時、僕の取るべき行動は一つだった。マイクのミュートボタンを押す。万が一にも声変わり前の声を聞かれないようにする。だが——

「はい、あなた。ええっとID……×××さん」

　挙手マークの一つをセピアが示す。眼鏡のアバターが物音とともに明滅した。

「クロスメディアオンラインの××です。ご質問の機会をいただき光栄です。早速ですが、ミスセピア、あなたにとってバッズの完成形はどういうものでしょう？　最終的にどんな形を目指して開発を続けていくのでしょうか」

「完成形！　完成形ですって！」

　セピアは大仰に驚いてみせた。

「人類文明の完成形はどんなもの、って訊《き》かれて答えられるかしら？　進化を止めたその時、システムは死ぬのよ。私は私の生きている限り、バッズの改良を止めるつもりはないわ。つまりあと七十年くらい完成の時は来ないってこと。まぁ売上が壊滅的に落ちて、会社が潰れちゃったら話は別だけど」

　笑いが起こる。

　UIデザイナーの所原《ところはら》がやれやれというように肩をすくめた。

「セピアのこだわりと気まぐれで会社の儲《もう》けを食い潰す方が、十分にありえるよ。梓《あずさ》、次のバッズには何が搭載されるんだっけ？」

「言っていいの？　そこのお嬢さんが絶対に譲らなかったせいでWPT——つまり、基地局からの無線給電機能が実装されます。特ダネですね、プレスの皆さん、とうとう我々は充電の悪夢から解放されますよ」

「立久恵《たちくえ》さん、あ、あなたまで！」

呻《うめ》く司会に、プロダクトエンジニアの立久恵《たちくえ》はひらひらと手を振ってみせた。

「あなたが悪いのよ、馬木《まき》さん。私、警告したじゃない。この面子《メンツ》を集めて好きに喋《しゃべ》らせたら絶対事故が起こるって。万全を期すなら録画編集にしなさいって。話題性重視でリアルタイム配信にしたのはマーケのあなた方でしょう？　自業自得《じごうじとく》よ。私達は安全運転より、ファンサービスを重視する人種なの」

歓声が上がる。先ほどを圧倒する勢いで挙手マークが明滅する。

誰もが歴史的な場に居合わせたと気づいたのだろう。世界を革新する商品の開発者、彼らと自由に話せる場がもたらされたのだと。

質問。

質問。

質問。

質問。

熱に浮かされたような空気の中、僕は必死で衝動を抑えつける。落ち着け、落ち着け、落ち着け。ここまでバレずにやってこられたじゃないか。あと少し耐えれば完全犯罪だ。誰に迷惑をかけることもなく、一生の思い出を得られる。なんならもう退席してもいいんじゃないか？

十分危ない橋は渡っただろう。最後にボロを出さないうちに接続を切ってしまえば——

「ID×××」

父のイメージ画像がスポットライトを浴びる。暗いアバター達の中に浮き上がる。

何が起きたのか分からなかった。セピアがこちらを見ている。澄んだ瞳が発言を待ちわびている。

いつの間にか、挙手ボタンを押していた。

ミュートではなく、退席でもなく。

迷うことなく僕の指が〝発言〟を選んでいた。

「ID×××さん？」

どっと汗が噴き出す。鼓動が高鳴る。地震でもないのに視界が揺れていた。

よせ、やめろ。血迷うな。

理性の警告とは裏腹に口が開く。垂らされた釣り針に食いついてしまう。

「あ——」

喘《あえ》ぎ声が漏れる。

「あなたのコードのファンです。荒島《あらしま》セピアさん」

甲高い声は予想以上に大きく響いた。壇上の人々の顔が凍りつく。

セピアは……動かない。ざわめきの中で、静かに発言の続きを待っている。

「無駄がなくて、整然としていて、だけども優しい感じです。読んでいるだけで歌が聞こえてきそうで、どれだけでも眺めていられるというか」

果たして僕の声は届いているのだろうか。実はもうマイクは殺されていて、自室で独り言をつぶやいているだけでは？　だが僕の口は止まらない。押し殺していた衝動が決壊し、漏れ出してくる。

「だから」

だからこそ、と身を乗り出す。

「うかがいたいんです。こないだのＯＳアップデートで追加されたモジュール、ＥＭｒ４７９６２５、あれはなんですか？　何度処理を追っても必要性が分かりません。はっきり言えば無意味に思えます。どうしてあんなコードを書いたんですか？　あなたほどの人が」

返ってきたのは沈黙だった。

氷結を思わせる静止、巌《いわお》のような静寂。

一瞬の後、そこかしこから失笑が起こった。セピアのではない。周囲の参加者だ。ギャラリーが、報道陣が声を殺して笑っている。

何も分かっていない子供が、いきがって見当外れの嚙《か》みつき方をしている。そう思われたのだろう、漏れ伝わる声には、嘲りや苛立《いらだ》ちの響きさえある。たまりかねたように司会の馬木《まき》が動いた。

「あー、えーと、君は、その」

すっと上がった手が全員の動きを止めた。セピアだ。左手だけもたげて、目を細めている。

「なぜそう思ったのかしら？　もう少し具体的に」

深呼吸して息を整える。パニックに陥りそうな意識を、可能な限りクリアに保つ。

「最初は……デバイス高速化のモジュールかなと思いました。だけど、条件分岐を一つ一つ確認していくと、どうにも他の処理と繋《つな》がらないんです。一見パラメータとして有効でも、他の条件分岐で殺されていたりして。なんというか、出口のない迷路を作っているようで」

「将来のアップデートに備えて、モジュールを先行追加したのかも？　あるいはデバッグ用のモジュールが残ってしまったとか」

「だったら、他モジュールへの接続をもっと直接的に遮断しているはずです。極端な話、処理の先頭でＥＸＩＴを書きこんでもいい。なのにわざわざ処理を走らせて、何も結果を返さずに終了させている。それもそうと分からないよう念入りに偽装して」

「……」

「もちろんバグの可能性はあります。だけど、どの分岐をたどってもシステムに大きな負荷を与えないようになっていました。これは実測で確かめています。要するに、この無駄は制御されているんです。ミスやハプニングの類いでは絶対にありえません」

「うん。うん、なるほど」

細い顎が引かれた。口元がわずかにほころんでいる。

彼女は人差し指を立てた。

「OK、質問に答えるわ。まず『あれは何か？』よね。答えはあなたの言った通り、『無意味』よ。あのモジュールはOSの機能になんの貢献もしていない」

ざわめきが広がった。

動揺と混乱。騒然とした会場の中で、ただ一人セピアだけが泰然としている。

「次の質問、『どうしてあんなコードを書いたのか？』。一言で言えば人材発掘のためね。そういう悪戯《いたずら》をたまにするのよ、私達。ダミーのコードを交ぜて、気づいた人に相応のポジションを与える。ほとんど社内の人が見つけちゃうんだけどね。これはちょっと難しくてそのまま外に出ちゃったの。以上、納得できた？」

「ええっ……と」

「あなたは優秀ね、って言っているの、ID×××さん。与えられた道具を道具として使うだけではなく、その仕組みをちゃんと理解しようとしている。疑問を疑問のままにしておけない、そういう貪欲な好奇心も持ち合わせている。ライトスタッフ。正しいエンジニアの資質よ」

どう答えてよいか分からなかった。自分はただ、降って湧いた機会を逃したくなかっただけだ。セピアに伝えたいこと、訊《き》きたいことを手当たり次第にぶちまけた。それだけの話だ。なのにいつの間にか脚光を浴びている。きらびやかに照らし出されて、さぁ拍手をと言わんばかりの空気になっている。

周囲の様子も一変していた。

笑い声は収まり、固唾を呑《の》むような沈黙が満ちている。カメラがオフになっていても、皆がこちらを見ているのは分かった。

一体目の前で何が始まったのか、これからどう推移していくのか、興味と困惑が伝わってくる。

セピアが壇上を歩く。

手を後ろで組み、考えるように顎をもたげながら。他のジ・オリジネーターズを振り返って、

「さぁ、どうしようかしら？　ダミーの第一発見者にはポジションで報いる。それが原則だけど、今回はちょっと扱いが難しいわよね。労基に睨《にら》まれたくないし。彼もこのやりとりを周囲に知られたくないと思うから」

「……」

「そうだわ。こういうのはどうかしら？　私がプライベートであなたに会いに行くの。さっきファンって言っていたから、報酬としてはありじゃないかしら。どう？」

続いて起きたどよめきは、先ほどまでと比較にならなかった。

露出の少ないジ・オリジネーターズの中でも特に希少種のセピア。もっと言えば、メディアに直接姿を見せたことが皆無の彼女。

それが一ユーザーの前に現れる？　プライベートで？

「セピア！　いい加減にしろ、やりすぎだぞ！」

立ち上がったのは長髪のエンジニア、一畑《いちばた》だった。別のジ・オリジネーターズも顔を強《こわ》ばらせている。口元が動いているのはバックヤードと交信しているからか。司会の馬木《まき》が慌て気味に観客席に手を振ってみせる。

「皆さん！　皆さん！　カンファレンスの録画・録音は規約で禁止されています。また他の参加者を特定する行為は、個人情報保護規程の違反となります。即座に中止していただけない場合は、カンファレンスの進行を止めさせていただきます。皆さん——」

スタッフが壇上に出てくる。肩をすくめるセピアを連れて袖に向かっていく。

パシャリという音はスクリーンショットのものか。他の参加者の視線を感じる。好奇の熱がスクラムを組んでぶつかってくる。

あれは誰だ。名前は、所属は、顔は。どこから繋《つな》いでいる？　いつセピアと会う気だ？　ダイレクトメッセージは開放している？　もう裏でコンタクトを取り始めているかも。急いで話を聞かなければ。IDを検索して、使える連絡手段を確かめて——

バツン！

接続が切れた。画面が暗転した。

運営側が進行不可と判断したのだろう。接続ボタンを押しても反応がない。ややあって『お詫《わ》び』のメッセージが表示された。

『安全対策上の問題から、イベントの続行を中止させていただきます。今後の対応については、決まり次第、ご登録のＩＤに送付させていただきます。または以下の特設サイトの最新情報をご覧ください』

肩の力を抜き、荒い息をつきながら座席にもたれかかる。

激しい動悸《どうき》は、いつまでもおさまらなかった。


以上が僕の犯した罪の顚末《てんまつ》だ。

言い訳の余地もない不正アクセス。一歩間違えば、威力業務妨害にもなりかねない行為。

とはいえ『子供のしでかしたこと』という免罪符は大きい。全てが露見して、親に知られたあとも、僕は拳骨《げんこつ》を落とされるくらいの罰ですんだ（代わりに父は、ＩＤ管理不行き届きで方々に謝罪して回ったらしい。まったくもって申し訳ない）

僕は頭の瘤《こぶ》と引き換えに、かけがえのない思い出を得た。オンラインでとはいえ、憧れの人と言葉を交わすことができた。

そして？

いや、それだけだ。

カンファレンス終了後、オーパス社との関わりは一切なかった。事情聴取の類いもなく、翌日以降、僕の存在がネットニュースをにぎわすこともなかった。

どうやら大人達は全てを闇から闇へ葬《ほうむ》ると決めたらしい。特設サイトの更新は途絶えて、非公開のカンファレンスは名実ともに『ここだけの話』となった。

まるで全てが夢だったかのように、仮想の出来事だったかのように、僕の生活は日常へ戻っていった。

あの時、交わした約束が果たされることはなく。

現実の荒島《あらしま》セピアが訪れてくることもなく。

緩慢な時間がカンファレンスの記憶を押し流していった。

そうこうしているうちに、スマートバッズの話題は人口に膾炙《かいしゃ》しなくなり、荒島《あらしま》セピアの名も表舞台から消えていった。

次にどんなデバイスが出るか、どういう機能が提供されるか、騒ぐ者はいなくなった。どころかスマートデバイスという言葉自体がまったく使われなくなっていった。

なぜかって？

簡単だ。

ギズモが生まれたから。

僕ら自身が〝スマート〟になってしまったから。

全てのスマートデバイスは過去の遺物になった。ここ十年の間に生まれた人達はスマートフォンもスマートバッズも知らない世代になった。

バッズは歴史の陰に消えた。

荒島《あらしま》セピアの存在も忘れられた。

今となってはもう誰も覚えていない。

全てが夢幻だったかのように。

〝スマート〟な僕らは、そう、〝デバイス〟のない時代に生きている。

＊

1章　二〇三×年十月二日　栃木県・桧山《ひやま》サーキット

＊

後輪が浮き上がった。

流線形のバイクが宙に舞う。

青と白に彩《いろど》られたカウルが横倒しになり、独楽《こま》のごとく回転する。

火花が散り、次いで土煙が上がった。撥《は》ね飛《と》ばされたドライバーがアスファルトに叩《たた》きつけられて動かなくなる。粗い画像でも、首と左足がおかしな方向にねじ曲がっているのが分かった。

クラッシュだ。

レース中継を眺めていた僕らは一様に呻《うめ》く。続く厄介ごとが容易に想像できたからだ。予想を裏づけるように、硬質なアナウンスが響き渡る。

『ドライバー27のバイタル停止を確認。三班、〈復元〉処理に入れ。分かっていると思うが優勝候補だぞ。SLA違反は大クレームだ。報告書対応で残業したくなかったら、気合いを入れろ』

ピットガレージがにわかに慌ただしくなる。ピットクルーはもちろん車体のレストアに、そして僕ら、オーパス・エンタープライズのフィールドエンジニアは持ちこんだ機材のセットアップにかかる。

機材——棺桶《かんおけ》と産業ミシンを合わせたような外観だった。

インタフェースの類いがほとんどないのは、ギズモの網膜ディスプレイが代わりとなるからだ。僕らは音声コマンドとハンドジェスチャーで仮想コンソールを呼び出す。空間に展開されたダッシュボードが次々と情報を示した。

「最後のメンタルバックアップは二分四十秒前。おおよそ二周から三周前の記憶が欠損しているはずだ。キャッチアップスクリプトは十秒尺で用意。クラフトセルは百二十キロ分をセット」

彫りの深い顔立ちの男性がてきぱきと指示を出す。柔和だが意志の強そうな眼差《まなざ》し、スポーツマンのように均整の取れた体格。チームリーダーの赤江《あかえ》だ。

棺桶《かんおけ》ミシンが唸《うな》りを上げて動き出す。大量のクラフトセルを呑《の》みこみ、同時にネットワーク経由で復元対象のデータを読みこみ始める。

バックアップイメージのプレビューが二種類、目の前に映った。

一つは赤江《あかえ》の言ったメンタルバックアップ。対象者の意識と記憶が一ファイルにまとまったもの。

そして、もう一つのプレビューがクラフトセルを作って生み出される肉体——すなわちギズモだった。絶命したドライバーの全身像が3Dで映し出される。

僕——園晴壱《そのはるいち》は他班員と手分けして、必要な情報を読み上げた。

「氏名、バイタルID、バックアップタイム、全て一致。STLモデルに生命維持上の問題なし」

「メンタルデータのALOSバージョン、3・47a。ターゲットギズモのサポート範囲。ストレージ容量もクリア」

「BPステータス、全てグリーン。セルフチェック、問題なし」

「造形開始」

「OK、造形を開始する」

STARTボタンを押下《おうか》、いくつもの確認プロンプトを経て、最終GOの判断を下す。棺桶《かんおけ》ミシンの駆動音が高まった。嘴《くちばし》を思わせる射出成形ノズルが、クラフトセルを撃ち出す。棺桶《かんおけ》の中に人型の染《し》みを生み出していった。

たとえるならば人間の輪切りを逆再生するような眺めだった。肉が、骨が、血管が積み重なり厚みを増していく。棺桶《かんおけ》ミシン——すなわち、3Dバイオ《B》プリンター《P》の読みこんだバックアップデータをもとに、ドライバーの身体《からだ》を再現していっているのだ。

もちろんまだサーキットには彼の死体が転がっているわけで、異様な光景であることは間違いない。だがそれをおかしいと言う者はこの場にいない。一世代下の人間なら、そもそも異様とさえ感じないだろう。精神と肉体は分離可能で、使えなくなった肉体は破棄すればよい。そんな認識が浸透しているからだ。実際、ピットクルーの大半は、僕らの〈復元〉を一顧だにしていなかった。

ガチャン。

ノズルが停《と》まる。最後のクラフトセルがしたたると、成形された鼻の頭がぷるんとゼラチンのように震えた。わずかな間を置き、内側から膨れ上がるようにして肌の張りが、血色が改善していく。展開されたクラフトセルが仕事を始めているのだろう。あるものは血に、あるものは肉に、生物が活動するための条件を整えていく。

数秒後、棺桶《かんおけ》に横たわる肉体は、プレビューのドライバーと相違ないものだった。僕は必要なステータスを確かめてからうなずいた。

「造形終了」

「終了確認。次、メンタルバックアップの復帰」

赤江《あかえ》の指示に基づいて、他班員が処理を進める。

クラウドからドライバーの意識や記憶のバックアップをダウンロード、復元した肉体に入れこんでいく。あわせて各種のメッセージングアプリやナビゲーションアプリもインストールしていった。

僕はちらりと時計に視線を落とした。順調に進めているつもりだが、大分押している。もともと無茶なサービスレベル合意《SLA》だが、まったく〈復元〉に余裕がなかった。

とはいえ一番手間のかかる物理対応はクリアした。あとはダイアログ通りに処理していくだけ。そう思っていたが、

「あれ？」

傍《かたわ》らでモニターしていた女性班員が声を上げる。眉間に皺《しわ》が刻まれていた。

「どうした？」と赤江《あかえ》が駆け寄る。

「いくつかのアプリがデフォルト設定で起動しています。バックアップデータが引き継がれていません」

「なんだって？」

見れば確かに、初期設定画面が複数ポップアップしていた。『ダウンロード中』のまま固まっているアプリもある。円形のプログレスバーがぐるぐると回り続けていた。赤江《あかえ》の顔から血の気が引く。

「おい布崎《ぬのざき》、何をやってるんだ。復帰が失敗してるぞ」

無言で振り向いたのは、先ほどとは別の小柄な女性班員だった。和人形のような顔がこくりと傾《かし》ぐ。

「はい？」

「はいじゃない。おまえの担当だろう。何か手順の漏れがあるんじゃないか」

「マニュアル通りやっているだけですが」

「見せてみろ」

赤江《あかえ》がコンソールをのぞきこむ。視線を走らせて、ステータスを確認して、だが目立った問題がないことに気づいたのだろう、顔つきが険しくなる。

「本当に手順通りやったか？　一つ一つ結果を確認しながら進めたか？　よく思い出せ、大事な話だ」

「ちゃんとやっています。ミスはありません。これでダメなら手順書が間違っているんじゃないですか」

「あのな」

「待った。待った、赤江《あかえ》」

気色ばむ彼を押さえて、布崎《ぬのざき》のコンソールを借り受ける。ログウィンドウを立ち上げて、操作履歴とイベントログを照会していった。

指を止める。

目当てのログを選択してハイライト。

「これ」

赤江《あかえ》に見えるように表示を拡大した。

「クラフトセルのネットワーク確立前に、アプリのインストールが試行されている。多分、他班のバイオプリンターが動いていて帯域が輻輳《ふくそう》したんだ。バックアップの展開が失敗してから、アプリの再インストールが始まり、結果、初期設定が適用された」

「つまり？」

「手順を二つステップバックすれば、想定通りに動く」

「マジかよ」

赤江は目を剝（む）いたが、質問で時間をロスすることはなかった。他班員にタスクを割り振って作業を進めていく。

ほどなくして全ての処置が完了、プロンプトの奔流が収まるのとほぼ同時に、ドライバーの目が開いた。やや混乱した様子で周囲を見渡す。

「ここは？」

僕は用意された説明スクリプトを読み上げた。

「全日本スーパーバイクグランプリのサーキットです。あなたは十二周目でクラッシュを起こして死亡しました。今丁度〈復元〉処理が終わったところです。レースに復帰されますか？」

「トップとのタイム差は？」

「〈復元〉補正を加味して三十四秒」

「くそったれ」

秘部にかけられたシーツを投げ捨てて、ドライバーはピットクルーに駆け寄る。レーシングスーツに袖を通しながら、マシンのコンディションを難詰《なんきつ》していた。

分かっていたことだが、復活の驚きや畏敬の念の類いは――ない。

「悪い、助かった、園《その》」

赤江《あかえ》が背中を叩《たた》いてくる。額に浮かんだ汗が、かかっていた重圧を示していた。肩を上下させつつ、目だけで時計を確認する。

「なんとかSLAクリアだ。おまえがトラブルの原因に気づいてくれなかったらやばかったよ。よく分かったな？　ナレッジベースでも検索したのか？」

「いや、昔のスマートデバイスで似たトラブルがあったから、ひょっとしてと思っただけだ。最近は無線の帯域も潤沢だし、滅多に起こらなくなっているけど、動作の仕組みが変わるわけじゃないから」

赤江《あかえ》は口笛を吹くと、半笑いとともに首を振った。

「……おまえと同じ班でよかったよ。勘《ギーク》のよさでおたく《ギーク》に勝る者はいない」

「おたくの勘に頼る手順書も大概だけどな。帰ったらすぐに修正依頼を出しておいた方がいい」

「分かってる。なんなら今すぐやっておこうと思うが……ああ」

激しい衝突音が響く。

中継画像が多重クラッシュを映している。人体とマシンがもつれあいアスファルトに転がっていた。内耳を形成するクラフトセルが震えて、指揮所のアナウンスを伝える。

『ドライバー4、ドライバー12、ドライバー22のバイタル停止を確認。二班、三班、六班はただちに〈復元〉処理に入れ』

僕らは嘆息して作業に取りかかる。視界の端で、先ほど〈復元〉したドライバーの死体が回収車両に放りこまれているのが見えた。

＊

要するに僕らは〝ピットイン・ピットアウトの人体版〟を受け持っているわけだ。

全損したドライバーを復旧させて、早期にレースに送り返す作業。本来、医療施設でやるべき〈復元〉をサーキットで行い、競技の進行を円滑化する役割。

莫大《ばくだい》な保守費がかかるはずだが、全日本選手権クラスなら、たやすく支払えるのだろう。現実問題、高額なスポンサー料のかかった選手がリタイアしたら、宣伝効果は激減だ。デッドヒートを期待する客も悲しむ。緊張感のあるショーを保つためにも、僕らは復活の奇跡を起こし続けなければいけないのだ。

理屈は分かる。

分かってはいる。

ただ、全能なる主だって人一人の復活に三日かけたのだ。数時間の間に何人も、それも期限に追われて奇跡を起こせば、疲労もたまる。

午前のレースが終わり、ようやく休憩に入った頃には、僕らは指一本動かせないくらいくたびれ果てていた。中継画像がトップ選手のインタビューを流しているが、見る者もいない。

それでも赤江《あかえ》だけは空気を切り替えるように立ち上がった。

「よぉし、食事にしよう。きちんと補給しないと午後までもたないからな。皆、食堂の飯でよければおごるぞ。どうする？」

班員の何人かは弁当を買ってきているようで、やんわりと移動を断ってきた。

僕は布崎《ぬのざき》をうかがう。彼女は作業が終わってから、特に動くこともなく天井を仰いでいた。

ぼんやりとした横顔を眺めながら「布崎《ぬのざき》」と呼んでみる。

「食堂に行くか？　赤江《あかえ》がおごってくれるみたいだけど」

反応はびくりと電撃でも受けたような引きつりだった。彼女は警戒も露《あら》わに僕を見返す。そして半ば予想済みの言葉を返してきた。

「結構です」

「そうか、じゃあいいよ」

深くは食い下がらない。それがこの難しい後輩と半年絡《から》んで得た教訓だ。だが、今回初顔合わせの赤江《あかえ》には不可解だったのだろう、「おい」と脇腹を小突いてきた。

「なんだ、あれ。怒ってるのか？　俺がさっき濡《ぬ》れ衣《ぎぬ》着せたから。確かに謝らなきゃとは思っていたが」

「いや関係ないよ。多分」

そんな単純な理由なら苦労はしない。

「僕に話しかけられること自体、嫌みたいなんだ。今日は答えてくれただけマシだよ」

「はぁ？」

赤江《あかえ》の目がまたたかれる。

「だっておまえ、あいつのOJT担当だろう？」

「そうだよ。何度も組み合わせを変えてくれと上申してるけどね。今のところ聞き届けてもらえていない」

「意味が分からないな。おまえの接し方が悪いようにも思えないが」

どころか、さっきのように何度か危機を救ってもいる。ただ彼女との距離は縮まるどころか、遠ざかる一方だった。理由はさっぱり分からない。分かろうとする努力も、事態を悪化させるだけなので諦めた。

僕はもう一度、横目で布崎幾《ぬのざきいく》——一年下の新入社員で教育対象の後輩をうかがう。

「まぁ、慣れない部署合同作業で疲れているだろうしな。放っておいてくれと言うなら、希望は尊重するさ」

「大人だねぇ」

おどけた調子で肩をすくめられる。

「ま、いいや。で、食堂に行くのはおまえだけか？　なんだよ、結局、同期飯じゃないか」

「だからっておごらないとかはなしだぞ、班長殿。一度言ったことは守ってもらわないと」

「分かってる、分かってる。トラブルシュートの殊勲者には奮発するよ」

居残りの班員に挨拶してピットガレージを出る。

混雑し出した廊下を抜けて食堂へ。ランチの注文は赤江《あかえ》に任せて、席を確保した。

着席。

待っている間に、胸ポケットからケースを取り出す。空豆状の中身を二つ抜き取って、左右の耳に嵌《は》めた。

「ハロー、ＶＩＫＵ《ヴィーク》」

途端、世界が変わった。

喧噪《けんそう》が止《や》み、色彩が減る。五感に到達する情報が整理される。たとえるならアタリや中心線だらけの下書きが、瞬時にクリーンナップされた感じ。本当に知るべき情報、知りたい内容だけにフォーカスされる。

（あぁ）

意識の靄《もや》が引き剝がされたようだった。今までどれだけ雑然とした情報にさらされていたか、脳のリソースを奪われていたか思い知らされる。濁った水からいきなり顔を出せば、おそらくこんな気分になるのだろう。全身の強《こわ》ばりが解けて、溜息《ためいき》が漏れる。

ギズモの機能――ではない。スマートバッズのノイズキャンセラが不要な音や光を遮断しているのだ。事前のチューニングに基づき、五感へのインプットを最適化してくれる。細かな指示は不要だ。ＡＩアシスタントのヴィークは十年来のつきあいで、やるべきことは完璧に理解してくれている。

「なんだよ。また、そんな骨董《こっとう》品を持ってきてるのか」

配膳トレイを持った赤江《あかえ》が呆《あき》れ顔《がお》で戻ってきている。侍の帯刀でも目にしたような表情だった。

「身一つでブラウジングもメールチェックもできるご時世に、なんでわざわざ外部デバイスをつけるんだか」

「前にも説明しただろう。カスタマイズの自由度が全然違うんだよ」

バッズの設定画面を展開してみせる。

「視覚情報・聴覚情報の加工はもちろん、特定刺激をトリガーにした後続アプリの起動、条件分岐、ロギングが全部できる。ほら、これは最近作ったルーティンで、会話の内容をリアルタイムに解析して視覚化を――」

「あー、分かった分かった。とりあえず飯にしよう。ほら」

頼んだ分の配膳トレイを押し出してくる。設定画面に唐揚げが突っこんでハレーションを起こした。

仕方なく画面を閉じて食事にかかる。赤江《あかえ》は汁椀《しるわん》をすすりながら視線を上げてきた。

「だいたいさ、ギズモだって環境設定はできるだろう？　俺もメッセンジャーをサードベンダーのものにしているし」

「それは普段使う筆記用具をどうするかってレベルだろう？　僕が言っているのはもっと、人間の機能拡張的な話だ」

「機能拡張」

「感覚を研ぎ澄ませたり、見えないものを見えるようにしたり、生身じゃできないことを可能にする。道具ってのは本来そういうものだろう？」

「そりゃギズモに求める話じゃない。あれのコンセプトは〝自然なデジタル化〟だからな」

自然なデジタル《オーガニック・デジタル》化。

もともと医療用に開発されたギズモが一貫して掲げるキーワードだ。

元の人間を可能な限り正確に、愚直に再現する。足すことも引くこともしない。なぜなら人体のカスタマイズを可能にした途端、それは際限なしのドーピングや延命措置に繋《つな》がるからだ。人類の可能性を広げることよりも、既存の社会秩序を重視する。生物災害《バイオハザード》を避ける。それがギズモ普及に課せられた条件だった。

人体のギズモ化プロセス、それ自体も可能な限り違和感を与えないものになっている。というより多くの人々は、それをただの予防接種の一環ととらえているはずだった。

全ての子供は六歳になったタイミングで、自治体からギズモ化の打診を受ける。インフルエンザやＢＣＧと同じ要領で、最寄りのクリニックに赴き、人工細胞——クラフトセルを注射する。以上終了。

もちろん、その時、体内で起こっている奇跡は信じがたいものだ。

クラフトセルはまたたくまに身体《からだ》中に広がり、既存の細胞組織をコピーする。あるものは無線アンテナと化し、クラウドにフィジカル・メンタルデータをバックアップし始める。身長が伸びればその値を、知識が増えればその内容を記録。かくして不慮の死は過去のものとなる。人の死因は老衰と病死だけになる。だが、その事実に気づくのは、まさしく事故に遭う時だけだ。

要するに、ギズモの本質は救命手段であり、ネットアクセス機能はおまけにすぎないわけだ。である以上、野放図なカスタマイズが許されるわけもない。設定項目は極限まで減らされて、お仕着せのアプリだけが使用可能になっていた。

「バッズを捨てるというのは」

フォークに刺した食材をかざす。

「僕にとって今まで作ってきた何百ものルーティン、設定ファイルをゴミ箱行きにするってことだ。それがどれだけ恐ろしいことか、同じ技術屋なら分かるだろう？」

「俺は道具に身体《からだ》を合わせるタイプだからな。ギズモがこう使えと言うなら、それを尊重するまでさ。デフォルトが一番だよ」

「信じられない。エンジニアの発言とは思えない」

「エンジニアになりたくてオーパスに入ったわけじゃないからなぁ。大事なのは金と安定だよ、あと女向けのステータス」

「俗物」

「おうとも、俗で何が悪い」

ふんと得意げに胸まで張ってくる。別に本気で腐す気はないが、その厚顔ぶりには舌を巻きたくなる。

とはいえ、悪ぶった言い草と裏腹に、赤江《あかえ》は優秀だ。仕事は丁寧で効率的、同僚・上司の評価も高い。だからこそ若くして重要案件の班長に抜擢《ばってき》されたのだろうし、他にも次世代データセンターの立ち上げに関わっていると聞いていた。

一方で、仕事人間に特有のギラついた感じはない。一度、飲みの席で聞いたが、どうも病身の身内がいて、その経済的支援のために大企業のオーパスを受けたらしい。そういう他人本位なところも、同期の中で親しくする理由となっていた。

『続いてのニュースです』

食堂のAR（拡張現実）プロジェクションがレース特番からニュースに切り替わっていた。一瞬、バッズでフィルタしようかとも思ったが、赤江《あかえ》が見ているのに気づき、やめる。キャスターの横に緑なす山々の映像が現れた。

『入山規制中の○△山で××大学の学生が死亡、その後〈復元〉措置が行われた件について、有識者よりなるギズモ倫理審議会は、ギズモの利用趣旨と異なると、強い懸念《けねん》を表明しました。本件は学生達が、周囲の反対を押し切り入山したことが問題視されており――』

「最近多いよなぁ、この手の話」

赤江《あかえ》が上に向けたフォークを振ってみせる。彫りの深い顔はどこか物憂《ものう》げだった。

「どうせ生き返れるからって無茶する連中。こないだなんて、カヌーで世界一周しようとした自称冒険家が溺れ死んだらしいぞ？　一体どういう勝算があったのか、真面目に訊《き》いてみたくなるな」

「深く考えてないんだろう。まずやってみてダメなら次の手を探る。計画を練る時間が無駄だって。最近の若い世代の傾向らしいぞ」

「まぁ、分からないでもないがな。〈復元〉にかかる金や手間を全て無視すれば」

「一般の人間から、そこらへんは見えないからな。どうせ保険診療だし」

「おお。おお、保険診療」

赤江《あかえ》は大仰に天を仰いでみせた。

「俺らの税金や健保の支払いが、あんな考えなしどもに使われるとは！　納得いかんよな。いっそギズモ治療は全額自己負担にすればいいんだよ。そうすりゃ、死亡統計も一気に改善する」

「そしてうちの会社の売上も大きく落ちこむと。困ったな。おまえの大好きな〝安定〟が脅《おびや》かされるぞ」

今度は一本取ったようで、赤江《あかえ》の軽口が止《や》む。だがすぐ秘めごとを明かすように身を乗り出してきた。

「いや、でも少し気をつけた方がいいぞ。真面目な話」

「何がだ？　会社の業績悪化についてか？」

「違う。保険診療だよ。あまりにもギズモのコストが嵩《かさ》むんで、どこの保険会社も支払いが渋くなっているって話だ。変な死因だと、本当に全額自己負担にされかねない」

「変な死因、というと」

赤江《あかえ》はニュースを示した。無謀な登山客の在籍校が、さらし上げられている。なるほど、自己責任で不要なリスクを冒した時ってことか。

「なら心配ないな。僕は基本インドア派だから。隕石《いんせき》でも降ってこない限り、不慮の死はありえない」

「いや、でもバッズの調整に夢中で床に置いたものに蹴躓《けつまず》くとか。で、頭を打ってご臨終とか」

「トムとジェリーかよ」

それならおまえが女に刺される方が現実的だ、と返しかけた時だった。ニュースが切り替わって、聞き慣れた声が降ってきた。

『ギズモの仕様開示については、えー……必要なものを、えー、必要なタイミングでやっていく所存でありまして』

「おや」

「おぉ」

記者会見の中継だった。冴《さ》えない小役人のような中年男性がマスコミに囲まれている。額の汗を拭きながら、気弱そうに目を泳がせていた。

「社長だ」

オーパス・エンタープライズ、最高経営責任者《CEO》、馬木輪治《まきりんじ》。

絢爛たる肩書きは、だが見た目の貧相さに裏切られる。不揃《ふぞろ》いな口ひげ、白髪交じりの頭。皺《しわ》の刻まれた顔はたるみ気味で、威厳よりは老いを感じさせる。仕立てのよいスーツもぶかぶかで身体《からだ》に合っていなかった。

ニュースのテロップは『定例記者会見』となっている。記者の一人が勢いよく質問を投げかけた。

『ギズモの運用にあたっては、各保険組合から莫大《ばくだい》な費用が投入されています。にもかかわらず、ギズモの中身はブラックボックスが多く、補助金額の妥当性を検証できません。これは社会インフラの担い手《にないて》として、大きな問題ではないでしょうか。先ほど必要な情報は出していくとの説明がありましたが、何が必要で何が不要かの判断自体を、第三者機関に委ねるべきではないでしょうか』

『はぁ、まぁそういう考え方もあるとは思いますが……人体と直結したシステムには、強固なセキュリティが求められており……開示できる情報には、おのずと限りが』

『社長、○×ニュースです。内戦が続くC国で、ギズモのバックアップサービスを中止するというのは本当でしょうか。紛争の抑止になる一方で、不慮の事故死を見捨てるのかという批判もありますが』

『そこはですね。国連安保理の要請もありますので、我々としては関係者の合意を得つつ慎重に進めていくつもりで』

『社長、安楽死選択者の〈復元〉についてコメントをください。ローマ教皇庁からは積極的に〈復元〉を行っていくよう、依頼されたとうかがっていますが』

……。

「相変わらずよろず厄介ごとの投げこみ先になっているよな、あの人」

赤江《あかえ》の声には同情の響きがあった。雲の上の上司ではなく、濡《ぬ》れた子犬を見るような目つきになっている。

「オーパス創業メンバーの一人なんだろう？　で、同僚が抜ける度に業務を引き継いで、気づけば一番上に祭り上げられていたっていう」

「聞くだけで気の滅入《めい》るサクセスストーリーだな」

実際、ミスター貧乏くじなんて呼ぶ者もいるらしい。ギズモ急拡大の歪《ゆが》みや反発を一身に背負わされた人物。おかげで『出世はしたいが社長は嫌だ』というのが社内の共通認識になっている。

「今年で五十三だっけ？」

赤江《あかえ》の問いにうなずく。

「確か」

「もっといって見えるよな。心労が重なって、一気に老《ふ》けこんだのかもな」

「いや、でも老《ふ》け顔は昔からだよ。十年以上前からあんな感じだし」

「十年以上前？」

ぱちくりと目をまたたかれた。

「なんだ。創業時の画像でもチェックしたのか」

「違うよ。バッズのカンファレンスで見たんだ。あの時はマーケの所属で司会をやっていたな」

「へぇ？」

忘れもしない、荒島《あらしま》セピアとの最初で最後の邂逅《かいこう》。あの場で、馬木《まき》はセピアを始めとしたジ・オリジネーターズに振り回されていた。

それが今や、伝説の開発者は一人も残っておらず、馬木《まき》だけが最高経営責任者としてオーパスの顔を担《にな》っている。運命の数奇さに目眩《めまい》がした。

「意外な縁だな。そういや社長の前職、知ってるか？　これもまた不思議なキャリアパスだなと思ったんだが」

「いや、知らない。なんだ？」

「大学の研究職だったらしい。しかも情報系とは全然関係のない、天文分野だったとか」

「ほぉ」

なんでまた、畑違いの民間企業に。

無言の疑問を見て取ったのか、赤江《あかえ》が苦笑した。

「研究室のシステム担当がどんどんいなくなって、仕事を押しつけられまくった挙げ句、出入りの業者にスタートアップの人手が足りないと泣きつかれたんだと」

「そのスタートアップというのは？」

「オーパス・エンタープライズ」

「なんともまぁ」

ミスター貧乏くじは昔からということか。

鼻から息を抜いて記者会見の馬木《まき》を見つめる。

人のよさにつけこまれて生業を強いられる者もいれば、赤江《あかえ》のように献身を職業選択の理由に置く者もいる。

自分はどうだろう？

バッズに惚《ほ》れこみ、その開発者に憧れて、製造元に入社した。だが、今やオーパスの主力製品はギズモで、バッズのラインナップは消滅している。

なぜオーパスにいるのか。ここで働き続けているのか。

一度生まれた疑問は染《し》みのようにわだかまり、消えることがなかった。

十七時半。

午後のレースの終わりとともに夜の静寂が広がり、サーキットは闇に沈みつつある。

青紫色の地平を背に、影絵と化した鳥達が飛んでいた。肌寒い風がうなじをなでる。アスファルトの熱が徐々に失《う》せて、靴底を冷やしていった。

あらかじめ手配していたチャーター便に機材を押しこみ、僕らは駐車場ゲートを出た。有名ワークスのトランスポーターが残っているが、記念撮影をするメンバーもいない。皆、口数は少ない。無事に作業を終えたとはいえ、明日も仕事だ。誰もが一刻も早く帰りたい様子だった。

「お疲れさん。このあとどうする？　軽く飯でも行くか？」

赤江《あかえ》の誘いに首を振る。

「やめとくよ。どうせ酒が入るだろう。今日はまだやることがあるし」

「仕事か？」

「週報と工数入力、あとドキュメントレビューが七本」

「ＯＫ、またの機会にしよう」

赤江《あかえ》が僕の肩を叩《たた》いて去っていく。何人かついていくのは、多分おごる約束でもしたのだろう。業務外にご苦労なことだ。

視線を戻すと、一瞬、小柄な女性と目が合った。布崎幾《ぬのざきいく》だ。僕と同じく帰宅組か。無視するわけにもいかず、手を上げる。と、全力で目を逸《そ》らされた。そのまま明後日《あさって》の方向に歩いていく。どっと疲労が襲ってきた。

重い足取りで、シャトルバスの停留所に赴いた。宙に浮かんだ『発車まであと二分』の文字を横目に、バスに乗りこむ。

最後尾の座席を確保して、ギズモのコンソールを開く。最寄り駅の宇都宮《うつのみや》まで約三十分、メールチェックと週報作成くらいできるだろう。到着したら食事をすませて、電車で残りをこなせば効率的だ。

メーラー起動、新着確認、優先順位に基づいてタグづけ、本文表示。

黙々とメッセージを処理していると、今更ながら『何をやっているんだろう』と思えてくる。やりとりの大半は事務的なものだ。社内のフローを分かっていれば、ほぼ機械的に処理できる。独創性も自由度の欠片《かけら》もない。

いっそ自動化してプログラムにやらせればとも思うが、ギズモのセキュリティがそれを許さない。要所要所をシステム化しても、どこかで人の手が必要になってしまう。

今日の〈復元〉トラブルだって、もう少し強いシステム権限があれば、もっと早く異常と分かったはずだ。ソースコードレベルでデバッグできないから、できあいの管理ツールに頼ることになる。不十分な情報で試行錯誤する羽目になる。エンジニアとして、もどかしいことこの上なかった。

もちろん、人体と直結するシステムに、最高のセキュリティが必要なのは分かる。外部への情報統制も、クラッカー対策として納得できるものだった。

ただ、社内に対しても秘密主義が貫かれているのは、正直予想外だった。

ギズモの開発と運用・保守部門は厳密に分けられて、相互のやりとりは最低限に抑えられている。そして開発部門への配属は、針の穴を通すくらいの狭き門となっていた。何せ開発部門がどこにあるのか、誰が属しているのかさえ不明なのだ。他部署の人間はイントラのナレッジベースから、彼らの仕事内容を推し量るしかない。

ネットでは、ギズモOSのクラックを意味する〈脱獄《ジェイルブレイク》〉、生来《アプリオリ》の身体と異なる改造身体《オルタネート》の実現、なんて噂《うわさ》が定期的に上がってくるが、社内のセキュリティを知る身からすれば、与太話にしか思えなかった。

(なんのためにオーパスで働き続けているのか)

セピアの顔が浮かぶ。

自信に満ちた微笑。未来を見据えるまっすぐな瞳。聞く者の心を震わせる強い語り口。

あんな風になりたいと思った。触れた者に感動をもたらすプロダクトを作りたかった。バッズの市場が縮み出したあとも、ならばギズモで同じことをすればいいと思っていた。だが、重ねての異動願いもむなしく、未《いま》だに周辺サポートから離れられない。サポートが開発より下と言う気はないが、希望の仕事と違うのは否《いな》めなかった。

もしこのままの日々が続くとしたら、望んだ業務につけないとしたら。

ぞくりとする。

冗談じゃない、この年でもう夢破れて消化試合だなんて。

強く首を振る。暗澹《あんたん》たる未来絵図を吐き出すように深呼吸する。

（軌道修正するなら）

早いほうがいい。分かっている。

実のところ、転職エージェントへの登録だけならかなり前にすませている。主に情報収集のためだが、いくつかオファーも受けていた。

メールボックスを開ける。送信元をエージェントのアドレスでフィルタ、サブジェクトを眺める。

〝業界二番手・三番手の開発職〟、〝周辺機器のR&D〟、〝クラウド基盤の維持・管理〟。変わり種としては、〝バッズの修理事業者によるフランチャイズの起業支援〟なんてものも。

（……どれも、軌道修正というより軌道離脱って感じだよな）

自嘲気味に口元を歪《ゆが》める。

オーパスで目指した夢の代わりにはならない。静止衛星の役目が低軌道衛星に務まらないのと同じだ。方角が似通っているだけで、目的地はまったくの別物。

だが、それでも今の状態を続けることと比べれば――

PRRRRRRRR。

不意に音声チャットの呼び出しがかかった。

見覚えのない発信者だ。眉をひそめている間にもう一度、呼び出し音が響く。所属を調べている余裕はない。通話ボタンをタップする。

『業務時間外に失礼します。人事部配属担当です。今、よろしいですか？』

流れてきた女性の声にフリーズする。反応が遅れたせいか『もしもし？』と訊《き》き直された。

慌てて「はい」と返事をする。

「はい、すみません。大丈夫です」

『ご申請の異動希望について、一度話し合いの場をもたせていただきたく、このあと三十分ほど時間をいただけますか？』

「このあとですか？」

『申し訳ありません。関係者の予定調整が厳しく』

関係者って誰だ。

まさか開発部門のマネージャーが出てくるわけでもあるまいに。大方、人事部長あたりに『いい加減、しつこい』と怒られるのだろう。げんなりするが、断って明日以降に再調整されるのも厄介だ。辞める踏ん切りがついていない以上、余計な波風を立てたくもない。

「はい、構いません」

『ありがとうございます。では、十八時半から打ち合わせを登録します。セキュリティレベルは4、物理的対策下でのアクセスをお願いします』

「え？」

時計を見る。時刻は十八時二十分。開始まであと十分しかない。そして〝物理的対策下〟とは施錠《せじょう》された部屋で、他の人間をシャットアウトしろということだ。シャトルバス内ではもちろんかなえようがない。

「ちょっと待って――」と言った時にはもう、回線は切れている。だめ押しのようにミーティングの参加コードが送られてきた。

「くそっ」

バスの到着時間を確認。駅まで残り五分。停留所周辺にシェアオフィスは？　占有ブースを使える場所は？　会社と契約のあるところを必死にピックアップして予約する。停留所からの最短経路を検索して……よし。

バスが停《と》まるなり、夜の町に駆け降りる。無慈悲に刻まれる残り時間を見ないようにして、シェアオフィスへの道を急いでいった。

目的地はコンビニの居抜きと思《おぼ》しき、ガラス張りの建物だった。予約コードのイメージを受付に投げつけて、ブースに入る。施錠《せじょう》してミーティングの参加コードをタップ。

PM18：30。

ギリギリ間に合った。

額の汗をぬぐって、呼吸を整える。

一体どこのお偉いさんの呼び出しだ。これで本当に人事部長しか出てこなかったら、それこそ辞表を出すぞ。不満と不安を胸に、居住まいを正した時だった。

回線が繋《つな》がった。

執務机のイメージの向こうに、馬木《まき》社長が投影される。

……。

は？

「あー、繋《つな》がってるかな？　最近、無線の具合が悪くて……もしもし？」

「つ、繋《つな》がっています」

気弱げな眼差《まなざ》しと幸薄そうな顔は間違いない、昼のニュースで見たものだ。

馬木《まき》はほっとしたように眉尻を下げた。

「よかった。その……悪いね、終業後にいきなり。ここしか時間が取れなかったので」

「いえ……」

まだ何がどうなっているか分からない。混乱を見て取ったのか、馬木《まき》は目を伏せた。

「人事からね、エスカレーションを受けたんだ。前途有望だが無茶な異動希望を出している若手がいる。放置すると辞めかねない。なんとか慰留してもらえないかと」

「社長が？　僕を慰留するんですか？」

「まぁ……他に適任もいないようなので」

なんてことだ。よろず窓口にもほどがある。ミスター貧乏くじ、二つ名の意味するところを、まだまだ把握し切れていなかった。

「園晴壱《そのはるいち》君、二十四歳、入社二年目。フィールドサポート部門に所属……か」

パーソナルデータの画面を展開して、読み上げられる。小さな目がわずかに見開かれた。

「優秀みたいだね。今日のロードレース案件でも、急なトラブルを解決したとレポートが上がってきている」

「勘で試したものが、たまたまうまく当たっただけです」

「いや、当たりをつけられるのは重要だよ。よいエンジニアの資質は、そういう勘所をどれだけ知っているかだからね。知識量だけなら、ネットの百科事典にかなう人間はいない……と、これは昔、同僚のエンジニアに言われた話の受け売りなんだけど」

「……」

「で、異動希望はギズモの開発部門と」

弱ったような顔を見て、わずかに残っていた期待が萎《しぼ》む。案の定、続く社長の問いかけは重々しかった。

「なぜ開発なのかな」

「ギズモの中身に触れたいからです。で、もっと便利に、もっと使いやすくしていきたい。技術者としては当然の希望じゃないですか」

「普通のソフトウェア開発なら、その希望は分かる。だけどギズモは普通のソフトウェアじゃない。究極まで安全性をつきつめて、もうこれ以上、問題はないと分かったからリリースされたんだ。つまり現時点でほぼ開発は止まっている。君みたいな若い子が行っても未来はないよ」

「その方針は変わらないんですか？　つまり、ギズモを生身の身体《からだ》以上にするというプランは」

「ない。ないよ。ただでさえ、生命倫理や人口動態の問題に触れがちなんだ。今の機能から一歩踏み出しただけで、総攻撃を食《く》らうのは目に見えている」

「……」

「誤解を恐れずに言うならば、ギズモは今の時点で完成形なんだ。これ以上の開発は、社会が求めていない」

どんと鉛のような絶望が胃に落ちる。肩の力が抜ける。

「完成形」

漏れ出た声はかすれていた。

「セピアなら……絶対そんな言葉を使わなかったと思います」

「なんだって？」

「荒島《あらしま》セピアですよ。彼女の言った台詞《せりふ》を覚えてませんか？『進化を止めたその時、システムは死ぬ』って、『私は私の生きている限り、バッズの改良を止めるつもりはない』って」

「待った。待った、園《その》君。君は一体――」

馬木《まき》の動きが止まる。ややあって驚きの表情が浮かんだ。「まさか」と呻《うめ》き声が上がる。

「いや、だが年齢的にはつじつまが合うか。十二年前、バッズのカンファレンスに乱入してきた子供……ひょっとして、あれは君か？」

「はい」

「なんてことだ」

喘《あえ》ぎ声とともに椅子にもたれかかる。馬木《まき》は天を仰ぐと、肺の中の空気を吐き出した。

「いやはや、予想外の展開だ。つまり君はあの時の私のうろたえっぷりを見ていたわけだ。天才達に振り回されて、なすすべもなかった様子を」

「それは……まぁ」

曖昧に濁したが、馬木《まき》は空気を抜かれたように萎《しお》れた。

「あぁ、今思い出しても胃が痛くなる。所原《ところはら》さんは鷹揚《おうよう》なだけで我関せずだし、一畑《いちばた》さんはまったく連絡がつかないし、立久恵《たちくえ》さんは肝心なところで梯子《はしご》を外すし、セピアはご存じの通り、一切コントロールがきかない。あのイベントが開けたのだって奇跡に近かったんだ。なのに始まったら始まったで、君みたいなイレギュラーが入りこんでくる。本当に毎日、悩みが尽きなくて、誰かの後始末ばかりで、気の休まる暇もなくて」

「……」

だけど、と言葉を切られた。馬木《まき》は遠い目になった。

「だけど楽しかった。皆、熱意にあふれて、野放図で、怖いもの知らずで」

まじまじと見つめるが、馬木《まき》は郷愁に満ちた顔を崩さなかった。「そうかぁ、あの時の子供が」とつぶやく。

「なんだっけか。確か、君がセピアに食ってかかったんだよな。何かのモジュールが意味不明だって」

「必要性が分からないと言ったんです。ソースコードを追ったけれど、あってもなくても影響なさそうで」

「そうそう。で、実はセピア達の悪戯《いたずら》で作ったモジュールで、事情を知った参加者が皆、呆然《ぼうぜん》という」

馬木《まき》はひとしきり笑ったあと、視線を落として、うかがってきた。

「セピアはあのあと連絡をしてきたのかい？　プライベートで会いに行くのが報酬、とか言っていたけど」

「いえ――」

だったら、どんなによかっただろう。彼女と一瞬でも直接言葉を交わせていたら。

「何もありませんでした。オーパスに入れば会えるかもと思いましたが、それもなくて。僕にとっては、あのカンファレンスがセピアと話せた最後の機会です」

「そうか」

馬木《まき》は瞑目《めいもく》した。疲れたような吐息が漏れる。

「皆、いなくなってしまった。会社は大きくなったが、私の知っている人達はどんどん抜けていった。イノベーションのない企業に居場所はないとね。今では連絡先さえ分からない」

「……」

「君はどうだろう。もし今回の異動希望が通らなかったら、辞めるんだろうか」

「え、あぁ」

意外な流れになったせいで、即答できなかった。だが、誤魔化したところで結論は変わらない。今の状況を長く続けられる自信もなかった。

視線を逸《そ》らす。

「多分……そうなるだろうと思います」

社長は「そうか」と肩を落とした。長い白髪交じりの眉毛が下がる。

「分かった。異動を許可しよう」

……。

「え？」

「言葉通りだよ。君の所属は今日付でギズモシステム開発部《かいはつ》となる。のちほど辞令と守秘義務契約書を送るからサインしてくれ。ただ、さっきも言ったように開発部の業務は縮小傾向だ。異動してから話が違うと怒らないでくれよ」

中空に『ミーティング終了一分前』の文字が浮かぶ。カウントダウンに気を取られつつ、僕は混乱を露《あら》わにした。

「い、いいんですか？　その……こんなあっさり、決めてしまって」

「私のところに話が来た時点で、誰も決められないということだからね。問題ないだろう。あちこちから文句は出るだろうが、クレーム処理は慣れている。それに、何よりも」

浮かんだ微笑はどこか気恥ずかしげだった。

「これ以上、昔なじみを失いたくないんでね」

カウントダウンが終わる。接続が切れる。静寂に満ちたブースの中で、僕は崩れるように椅子にもたれかかった。

何が起きたのか分からなかった。ここ数十分の展開に、頭がついていかない。べたに頬をつねってみると普通に痛かった。

「マジか」

異動許可、配属先はギズモシステム開発部《かいはつ》。

社長の言葉ははっきりと耳に残っている。幻聴や勘違いではありえない。

それでもまだ半信半疑でいると、着信音が響いた。辞令と守秘義務契約のメッセージが届いている。求められるままに電子署名、返信するとワークフローのステータスが『承認済』に変わる。

異動完了。

（う……ぁああ）

歓喜の震えが込み上げてくる。踊り出しそうになるのを必死にこらえて、拳を握りしめた。

やった、やった。

諦めずに希望を出し続けた甲斐《かい》があった。昔の話まで持ち出し、社長に食い下がった甲斐《かい》があった。社長の人のよさを揶揄《やゆ》する者もいるが、とんでもない話だ。『ミスター貧乏くじ』なんて二度と呼ぶまい。『聖リンジ・マキ』として聖人の列に加えたいくらいだ。

今後、異動の経緯が社内に広まれば、横紙破りと非難されるかもしれない。半人前の若造がごね得も甚だしい、とか。知ったことか。ギズモのソースコードを見られる、改修に関われる。それに比べたら多少のごたごたなどそよ風のようなものだ。

もう一度、拳を握りしめて深呼吸する。打ち合わせに入る前の憂鬱は霧散していた。意識は晴れ渡り、山頂で眺める夜空のようになっている。

酒が飲みたい。

押し殺されていた生理的欲求が主張を始めていた。腹が減った。喉が渇いた。冷えたビールを飲みたい。仕事？　そのあとやればいいだろう。何、一日や二日の徹夜、今のテンションなら十分に耐えられる。

一瞬、赤江《あかえ》に連絡しようかとも思ったが、同席する班員にしたり顔を見せるのもためらわれた。皆、今日の仕事で疲弊している。労《ねぎら》いの場に場違いなテンションを持ちこむのも問題だろう。まぁいい。まずは一人で祝杯を挙げるか。

業務用のアプリを全部落として、社内との回線も切断する。

ARメニューからチェックアウトして退室。

ガラス壁越しに見える夜闇は随分濃くなっていた。地方都市の夜は早い。急がないと、入れる店がなくなってしまうかもしれない。

バッズを着用。近隣で高評価の店を探させながら、僕は軽やかな足取りでシェアオフィスを出た。

駅前のロータリーの照明が祝福するように照らしてくる。横断歩道の信号音がファンファーレのように響いてきた。

おお、おお、この素晴らしき世界《ホワット・ア・ワンダフルワールド》。

そして──僕は意識を失った。

＊

目の奥で蛇が這《は》いずり回《まわ》っているようだった。

頭が重い。視界が安定しない。額を押さえようとするも、手はぴくりとも動かなかった。口を震わせて懸命に酸素を取りこむ。一回、二回、三回。ようやく人心地がついてくる。

まぶしい。

誰かがのぞきこんできている。逆光で顔や服装はよく分からない。だがシルエットを見るに、だぼっとしたガウンのようなものを着ているようだ。

僕は……寝ているのか？　なんで？　道端で倒れたのか？　それで誰かに介抱されているとか──

「〈復元〉措置、完了。バイタルに問題ありません。メンタルバックアップも復帰済み」

女性の声にまばたきする。だがその意味を咀嚼《そしゃく》するより早く、ガウンの人影が掌《てのひら》をかざしてきた。

「こちらの声が聞こえますか？　手の動きは見えますか」

は……い。

答えかけた瞬間、焼けつくような喉の痛みに襲われた。発作的に咳《せ》きこんで介抱される。人影が「喋《しゃべ》りづらければ、手で合図いただいても」と続けてきた。

「だい……だいじょうぶ……です」

視力が徐々に回復してくる。人影の正体は手術着姿の男性医師だった。他にも二人、助手らしき人物がいる。周囲の壁はクリーム色で、窓の類いはない。そして自分が寝かされているのは、棺桶《かんおけ》と産業ミシンを合わせたような見た目の機材だった。

（３Ｄ……バイオプリンター？）

え？　えええ？

激しい混乱に見舞われながら、それでも頭は回転する。情景と知識が結合して、ありうるべき説明を導く。

「ひょ、ひょっとして、僕は死んだんですか？」

男性医師が助手と顔を見合わせる。それから硬い面持ちを向けてきた。

「はい。ここは信濃町《しなのまち》の指定救命施設です。あなたは今バイオプリンターによってバックアップから〈復元〉されました」

「な、なんで、どうして」

「説明の前に、まずこちらの確認を行わせてください。お名前と生年月日をうかがえますか？」

マニュアル通りの確認手順。もどかしく思いつつも、医者として所定の手順を省けないことも分かる。逸《はや》る気持ちを抑えて答えた。

「……園晴壱《そのはるいち》。生年月日は二〇一×年六月十四日」

「結構です。では最後に覚えている時刻と場所を教えてください」

「火曜日……十月二日の……時刻は十九時頃だったと思います。宇都宮駅《うつのみやえき》前のシェアオフィスを出て……」

出て。

そこから先が思い出せない。周囲に危険なものなどなかったはずなのに、車道からも離れていたのに、突然の事故に遭ったように記憶が断ち切られている。

医師達はまた顔を見合わせた。意味ありげに視線を交わして、こちらをうかがってくる。

「十月二日十九時、本当ですか？　それ以降の記憶はない？」

「ないです」

「まったくですか。断片的にでも覚えていることはありませんか？」

「ありません」

答えながら不安になる。僕らが〈復元〉措置をする時もここまで執拗《しつよう》に念押ししない。眉をひそめていると、医師はカレンダーを映した。

「園《その》さん。今日は十月五日の金曜日、時刻は午前十時です。あなたの死亡時期はまだ調査中ですが、十月三日から四日の間だと思われます。死因は転落死」

「は？」

「落ちたところが人気のない場所で、発見が遅れたんです。宇都宮駅《うつのみやえき》から車で十分ほどの電波塔らしいんですが、記憶にないですか？」

ない。

どころか電波塔の存在自体を知らない。

なぜそんなところに行ったのか？　そして落ちたのか？　せめて飲み屋の記憶でもあれば、酔っ払った挙げ句の事故とも思えるが、現状だと皆目見当もつかなかった。

何か事件に巻きこまれたのか？　駅前で暴漢に襲われて、件《くだん》の場所から突き落とされたとか。

だが医師は、逃げ道を塞ぐように続けた。

「ああ、安心してほしいのですが、本件、事件性はないようです。電波塔の監視カメラにあなたが映っていまして、一人で上った挙げ句に、ふらふらして足を踏み外したようです。周囲が暗いので、気にして画像を見ないと分からないようでしたが」

「はぁ」

「ただ、やはり記憶の整合性がこうも取れないケースは希《まれ》でして、念のためにうかがいました。今後、警察の聴取もあると思いますが、今の話で、我々も対応しますので」

「……」

「他に、何か身体《からだ》や気分の異常はありませんか？」

今、抱えている混乱は異常のうちに入らないのか。詰《なじ》りたくなったが、医師からは面倒ごとを避けたい気配がありありと感じ取れた。

現実問題、心身の不調は感じられない。警察も絡《から》み『事件性なし』の結論が出たのなら、残る問題は記憶の欠落だけだ。そしてバイオプリンターのオペレータにすぎない医師に、バックアップデータの不整合を解決する術はない。そんなことはフィールドサポートのプロである僕が一番よく分かっている。

渋々「大丈夫です」とうなずく。医師はほっとしたように息をついた。

「結構です。では、これからお知らせする診察室に行ってください。所持品の返却とカウンセラーの対応がありますので」

空中に案内図と矢印が浮かび上がる。それで仕事はすんだとばかりに医師達は沈黙した。仕方なく頭を下げて、バイオプリンターから下りる。

「ありがとうございました」

「はい。はい、お大事に」

矢印に示されるまま処置室を出た。

窓辺の廊下は明るい陽光に満ちている。外の景色は、夜の宇都宮《うつのみや》なら絶対にありえない、高層ビル群を望むものだ。一定間隔で配されたARディスプレイに、都内の大手医療法人のロゴが映っている。病院名も確かに信濃町《しなのまち》にあるものだ。

呼び出した時計は十月五日の十時五分を示していた。やはり――あの夜から三日たっている。狐《きつね》に化かされたみたいだ。理性では『記憶の欠落』という単語を受け止めていても、感情がついてこない。どこかでまだシェアオフィスを出た時の気分を引きずっている。異動がかない、意気揚々と夜の町に繰り出した時の。

(そうだ、会社)

どうなっているんだろう。

配属翌日に無断欠勤したのだ。普通なら大騒ぎだろう。警察が事故の連絡を入れたかもしれないが、それも失踪後しばらくたってからの話だ。無理を聞いてくれた社長の顔を潰したのでは、そう思うと気が気ではない。早く連絡しなければ、少なくとも人事に安否報告くらいせねば。やきもきしているうちに、矢印が回転した。

矢尻が右手の部屋を示している。ルームプレートの文字は〝診察室4〟。どうやらここが目的地らしい。

ノックする。

……。

返事はない。ノブを回すと鍵はかかっていなかった。中は──無人だ。テーブルの上に見慣れた服やハンカチ、鞄《かばん》が載っている。

ここでカウンセラーを待てということか。時間がかかるなら会社に連絡したいが、どのくらい余裕があるかも分からない。

仕方なくテーブルに近寄る。卓上の私物を確認。洗えるものは綺麗《きれい》にしてあったが、鞄《かばん》には汚れや凹《へこ》みが残っていた。

（これって、落ちた時の痕だよな）

しかめっ面《つら》になる。死体がどんな状況だったかは分からない。が、無傷ということはありえない。血や体液がついているのではと思うと、手に取るのはためらわれた。

だが今の格好は検査着に毛の生えたようなものだ。いつまでもこのままではいられない。

細かい染《し》みや破れからは目を逸《そ》らし、私服を取り上げる。

ズボンを穿《は》き、ベルトを締めて、怖々袖に手を通しているとノックの音が響いた。慌てて

「はい」と居住まいを正す。

「はい、どうぞ」

ガンと無造作に扉が開けられた。

立っていたのは──若い女だった。カラスの濡《ぬ》れ羽色《ばいろ》をした長い髪、パンツスーツに包まれ

た長身。高いヒールをはいているせいで、長い足がより長く見える。

目元は涼しく優しげだ。だがシニカルな笑みが全てを裏切っている。なんというか、獲物を前にした蛇のような顔。慇懃無礼《いんぎんぶれい》な借金取りを思わせる面持ち。

「園晴壱《そのはるいち》さん？」

女はにこやかに問いかけてきた。

「はい……」と答える間もなく、女は乱暴に扉を閉めた。テーブルの上に往診鞄《かばん》を思わせるハンドバッグを投げ出す。シンプルな見た目とは裏腹に、持ち手には熊のぬいぐるみのストラップがついていた。かなり大きい、二十センチくらいありそうだ。コミカルなデザインが、スーツのデザインとまったく合っていない。

ちぐはぐだった。顔立ちと表情、出で立《いでた》ちと持ち物、雰囲気と行動。相反する要素が目の前の人物に同居している。女はこちらの当惑を気にした様子もなく、扉側の席に腰かけた。「どうぞ」と手を差し出してくる。

「座ってください。立ち話もなんですから」

「あの……カウンセリングの方ですか」

「いいえ、違いますよ」

目を剝《む》く僕に、女はAR名刺を出現させて、差し出してきた。

「私、殿森空《とのもりうろ》と申します。空と書いてウロですね。どうぞ親しみをこめてウロとお呼びくださ

い。よろしければ、あなたのことも晴壱《はるいち》さんと呼ばせていただきたく。晴壱《はるいち》さん。わぁ、一気に仲よしみたいになりましたね。色々腹を割ってお話しできそうです」

「腹を割ってって」

「ご心配なく、病院にはちゃんと了解を取っていますから。このあとカウンセラーの方も来ますよ。ただまぁ、今後の治療のためにも、私と先に話しておくべきかと思いましてね。お時間をいただいたわけです」

「あの、何を言っているか、さっぱりなんですが……ひょっとして警察の方ですか？」

「警察？　いえいえ違いますよ。そんなしち面倒くさい組織の人間ではありません。ほら、よく見てください、私の肩書き。……あら、これは違う名刺か、こっちも違って、こっち」

浮かんだ文字は『保険調査員《アジャスター》』だった。続けて認定団体とＩＤ。

「保険……調査員？」

「文字通り、晴壱《はるいち》さん、あなたの〈復元〉が保険適用の基準を満たしているか、調査しています。依頼主はご所属の健康保険組合。要するに彼らが今回の〈復元〉に金を出すかどうかの確認です」

「金を出すかどうかって……ギズモの〈復元〉は国民の正当な権利ですよ」

「はい、もちろん権利はありますよ。ただ健保の財源も有限ですからね。無闇にお金をばらまけないんですよ。不正な〈復元〉のために、一般の善良な加入者を救えなかったら本末転倒です」

話を聞きながら、胃のあたりが寒くなる。三日前、サーキットの食堂で赤江《あかえ》と話した内容を思い出す。

――あまりにもギズモのコストが嵩《かさ》むんで、どこの保険会社も支払いが渋くなっている。変な死因だと、本当に全額自己負担にされかねない――

（まさか）

「いやいや、随分珍しい死に方をされたようですね。翌日出社にもかかわらず、夜分に出先の観光名所を訪れて、足を滑らせた挙げ句に転落死ですか？　はてさて、普通に聞いてこれを事故と思いますか？　思いませんよね？」

「何が言いたいんだ」

「お仕事が嫌になったんじゃないですか？　結構ストレスのかかる現場みたいですし、終わりのない激務に疲れ切ってアイ・キャン・フラーイとか。ええ、決しておかしな話じゃないですよ。誰の身にも起こりえることです」

「おかしな言いがかりは」

「言いがかりではありません。念入りな調査で材料を揃《そろ》えて、導いた推論です。会社の方にうかがいましたよ。週報と工数入力、ドキュメントレビューを七本抱えて、終業後の一杯もままならなかったって」

赤江《あかえ》にまで話を聞きに行ったのか。心臓をつかまれた思いで喘《あえ》ぐ。それでも必死に首を振ってみせた。

「確かに、あの日、同僚と別れた時は少しくたびれていた。でもそのあと社内でよいニュースがあって持ち直していたんだ。自殺なんてありえない」

「ほほう？」

ウロの目が細まった。

「よいニュース、というのは？」

「部外者に言う話じゃない。とにかく仕事に問題はなかった。邪推されるようなことは何もない」

「ふむ。ふむふむ」

ウロは大仰にうなずいてみせた。だがすぐに首をひねる。

「だとしたらより一層おかしいですねぇ」

「何がだ」

「あなたの心身データのバックアップですがね。十月二日の十九時三分に停止されていたんですよ。管理者権限を使って強制的に。アクセス元は他でもない園晴壱《そのはるいち》さん、あなたです」

……。

「なんだって？」

「変ですよねぇ。ギズモのバックアップ間隔・オフオンは通常いじれません。緊急手段として一時停止はできますが、それもしち面倒くさい法手続きや申請を経ての話です。で、実際にそんな申請が出ていないことは確認済みです。つまりあなたは何かしらのイレギュラーな方法で管理者権限を奪取、自分のバックアップを止めたわけです。さて、仕事で朗報を受け取り、問題を起こしたくない人がそんな真似《まね》をしますかね？　一歩間違えば懲戒のリスクを冒すでしょうか？」

呆然《ぼうぜん》となる。僕がバックアップを止めた？　しかも不正アクセス同然のやりかたで？　意味が分からない。記憶もないし、動機も想像できない。

「な、何かの間違いだ」

うわごとのようにつぶやくが、ウロの追及は止《や》まなかった。

「裏づけのない否定は時間の無駄ですよ。いいですか、あなたは社内の地位なんてどうでもいいくらい、自棄《やけ》になっていたんです。そしてそのあとすぐに投身自殺。ほら、まったく矛盾のないストーリーです」

「いや、いや、だったらそもそも復活しているのがおかしいだろう！　バックアップを消すならともかく、止めるだけじゃこうして〈復元〉されてしまう。危険を冒した意味がまるでない」

ウロは「あ」という顔になった。

論理の穴に気づいたのだろう、言葉をなくして固まっている。だが、すぐに口元の笑みが蘇《よみがえ》った。切れ長の目から、なけなしの柔和さが失われる。

「あー、もー、面倒ですねー」

ヒールの足をぞんざいに投げ出す。

「ぶっちゃけあなたが自殺か否《いな》かなんてどうでもいいんですよ、私」

「ど、どうでもいいって」

「とにかく、通常の保険金支払いを行うには、引っかかる要素が多すぎるんです。そしてあなたの弁明は曖昧で証拠能力に欠ける。だからもうすっぱり受《う》け容《い》れてほしいんですよ」

「何を」

ばんと目の前にドキュメントイメージが展開された。タイトルは『保険外負担に係る同意書』、宛先は医療機関と健康保険組合。

ウロは空白の署名欄を示した。

「今回の〈復元〉措置、自費治療にしてください。それで話は終わりです。私も退場して正規のカウンセラーがやってきますよ。お互い無駄に消耗するのはやめましょう」

「じょ、冗談じゃない！」

飛び上がるように立ち上がっていた。

〈復元〉のコストがどれだけかかると思っているのか。一千万や二千万ではきかない。手取り年収の数年分だ。慌てて首を振った。

「そんな話、呑《の》めるか、馬鹿馬鹿しい。保険の扱いは会社の人事経由で、健保組合に確認する。以上、話は終わりだ。出ていってくれ」

「えー、それは困りますねぇ。アジャスターの報酬は、支払いを止めた保険金の歩合なんですよ。直接やられたら商売あがったりじゃないですか。勘弁してください」

「知るか。あんたが出ていかないなら僕が出ていく」

私物を掻《か》き集《あつ》めて胸に抱える。そのまま一顧だにせず、退室しかけた時だった。

むんずと腕をつかまれた。

ウロだ。視線を前に向けたまま、後ろ手にこちらの手首を握っている。反射的に振りほどこうとしてぎょっとなった。動かない。あたかも万力でつかまれたように固定されている。

「言い忘れましたが、別にあなたの同意も必要ないんですよ。いるのはこちらの署名だけで」

じりじりと手が引き寄せられる。宙に浮いた同意書、その署名欄に近づけられていく。

「生体認証――指紋押捺《おうなつ》でいいんですよ。認証鍵《キー》さえいただければ、あとはこちらで必要事項を埋めておきます」

「いや、ちょっと、あんた」

おかしい。

こんな細腕で、しかも座ったまま、男の力を圧倒できるわけがない。

おまけにウロの顔は涼しげで、力み一つなかった。首から肩の筋肉も緊張しているように見えない。

異常だ。

明らかに人間離れしている。ひょっとしてドーピングか義手の装着でもしているのか？　だが見た限り、肉体的にはなんの変哲もない。

——改造身体《オルタネート》。

唐突に浮かんだ単語にぎょっとする。ギズモを〈脱獄《ジエイルブレイク》〉して、細胞レベルでカスタマイズする技術。

目の前の女が？　まさか。だが他に考えられる可能性もない。

（ぐ……）

懸命に抗《あらが》うも身体《からだ》は引っ張られていく。つかまれた手首が軋《きし》み声を上げた。

「ねぇ、無駄な抵抗はやめましょうよ。折角新品の身体《からだ》になったのに、怪我《けが》したらつまらないでしょう？　私も人が傷つく姿は見たくないんです」

「い、いけしゃあしゃあと」

「たかだか数千万円ですよ。人の命の値段としては破格です」

軽口に応じる余裕もない。腕の筋肉も限界だ。わずかでも力を抜けば、すぐに指紋を採られてしまう。必死で視線を走らせる。周囲に武器はない。どうする、どうすれば、どうしたら。

「え？」

ウロが何かに呼ばれたように視線を巡らす。一瞬だが手首をつかむ力が弱まる。なんだ、と確かめる間もなかった。反射的に手を振り回す。軸足に力を入れて、遠ざかろうとする。

ウロは――倒れた。椅子から転げ落ちて、床に激突する。金床を打ち合わせるようなすごい音が響いた。そのまま顔を下にして静止する。

三秒、四秒、五秒。

「……は？」

のぞきこんだ横顔は目を見開いていた。半開きになった唇から白い歯がのぞいている。

え、ちょっと、なんで？

先ほどまで無敵の怪物のようだったのに。なぜ椅子から落ちたくらいで、こんな有り様になっているんだ。頭でも打ったのか。あるいは首の骨でも折ったのか。

恐る恐る口元に手を近づける。息は――していない。

……。

……。

……。

「待て、待て、待て！」

（殺してしまった？）

冗談ではない。

いくら蘇《よみがえ》れるとはいえ、殺人は殺人だ。間違いなく罪に問われる。会社も首になるだろう。人間関係だって完全に破壊されるはずだ。

人生終了――社会的抹殺のお知らせ。

瞑目《めいもく》する。呼吸を整えて天を仰ぐ。

落ち着け。

落ち着くんだ、自分。

息を吸って、吐いて、もう一度吸って。よし、ゼロベースでメリット・デメリットを検討してみよう。冷静に考えればきっとよい方法が浮かぶはずだ。

乾いた唇を舐《な》めて、ありえる選択肢を並べてみる。

逃げるか？　駄目元で介抱するか？　それとも助けを求めるか？

答えは呆気《あっけ》なく出た。ここに来ることは病院に知られている。無関係です、は通用しない。であれば事故を主張して、早めに救命してもらった方がいい。

（救護要請を）

そうと決まれば話は早い。扉を開けて外に出る。

廊下を見渡して、職員をつかまえようとして――

今度こそ僕は思考停止した。

あちこちに人が倒れていた。患者衣の人もいれば、ナース服の姿もある。皆、目を見開いて口を開けていた。

無事な人間もいる。だが少数派だ。いずれも事態の急変についていけない様子で、まごついている。

「な、なんだよ……これ」

『緊急ニュースです』

窓際《まどぎわ》のＡＲディスプレイ群が一斉に放送画面に切り替わる。女性キャスターが硬い顔を向けてきた。

『先ほど十時二十三分、ギズモとクラウドの同期が強制解除されたと、オーパス・エンタープライズ社より発表がありました。これによりバックアップ処理中だったギズモは、データ不整合で機能を停止しています。本事象の影響範囲は確認中ですが、海外も含めた広い範囲に及んでいる模様です。移動中の方は一時停止して、続報を待ってください。繰り返します』

ぽかんと馬鹿みたいに口を開けて、ニュースを見上げていた。

ありえないことが起きている。クラウド同期の強制解除？　そんな処理、管理者権限でも禁じられているはずだ。しかも世界中に影響しているなんて。運用チームは何をやっているんだ。セキュリティ部隊は？　予備システムは機能していないのか。

だが湧き上がる疑問の一つさえ解決しないうちに、キャスターの顔色が変わった。上ずった声で『ぞ、続報です』と続ける。

『落ち着いて聞いてください。現在、クラウド上のバックアップデータは全てロックされているとのことです。中身は何者かにより暗号化されて、読み出せなくなっています。〈復元〉措置はできません。今、死亡された方の復活は不可能です』

体感温度が氷点下まで下がった。

一瞬遅れて悲鳴が上がる。

知人の〈復元〉を待っていた人や、今まさに同行者が倒れている人や、あるいは〈復元〉という命綱の消失に耐えられない人々が、パニックを起こす。

対して僕は、度重なる変事に完全にオーバーフローを起こしていた。

なんのために廊下に出たかさえ思い出せず、ぽつねんとたたずんでいた。増えていく悲鳴の多さに『意外と無事な人がいたんだ』と的外れな感想を漏らすほどだった。

だが、悠長に呆《ほう》けていられる時間は長くなかった。ニュースが切り替わる。会見場の中継だ。青と白のボードを背に、初老の男性が喋《しゃべ》っている。テロップ欄に〝警察庁長官〟の文字があった。

『――オーパス社からの情報提供により、本件の重要参考人として、以下人物の確保に動いています。東京都在住、園晴壱《そのはるいち》、二十四歳』

ずらりと並んだARディスレイが一斉に僕の顔を映し出す。新卒入社時に撮られた社員証の顔写真だ。髪をきっちりセットして、しかつめらしい表情でかしこまっている。

⁉

「な、な、な」

あとじさる。

追い打ちのようにマスコミと長官のやりとりが降り注いできた。

『重要参考人ということは、本件の主犯格でしょうか？』

『それに近い存在と認識しています』

『所在は把握されていますか？』

『把握しています。現在、確保に向けて動いています』

『確保後、どのくらいで今回の事態は復旧するのでしょうか』

『確認中です。が、一刻も早い解決を目指します』

（っ！）

もはや声さえ上げられずに、診察室に戻っていた。

扉を閉める。ノブを握りしめてもたれかかる。

遅れて強い震えが込み上げてくる。

出れば顔を見られる。取り押さえられる。かといってここに留まってどうなる？　警察は僕の所在を把握していると言った。つまり病院には園晴壱《そのはるいち》の動向を照会済みということだ。なら、もうすぐに警官が駆けつけてくるだろう。あるいはすでに出口を塞がれているかもしれない。今は一般人の避難を優先している状況で――

「ちょっと、ちょっと、晴壱《はるいち》さん」

幻聴まで聞こえてきた。まずい、倒れているはずのウロが喋《しゃべ》っているように思える。口も動いていないのに。息さえしていないのに。

「どこ見てるんですか。こっちですよ、おーい」

視線を向けて凍りつく。ぬいぐるみの熊が動いていた。ウロの鞄《かばん》についていたストラップだ。片手を上げて口をぱくぱくさせている。

「え、ちょっとフリーズしないでくださいよ。嫌だなぁ、携帯の二台持ちとか一昔前なら普通でしたよね？　あっちもこっちも同じ私、ギズモの中身をクローニングしただけですよ。……ああ、そういえばクローン携帯なんて単語もありましたねぇ」

「クローン……だって？　馬鹿な、一体どうやって」

「や、や、無駄話はあとにしましょう。今、結構まずい状況ですよね？　取引しましょう。私の身体《からだ》を持っていってくれたら、脱出経路を教えてさしあげますよ。隠れ家とセットで」

目を剥《む》いて見返す。熊の口角がくいと持ち上がった。

「もうお分かりかと思いますが、私のギズモ、ちょっと脱法的《イリーガル》なんですよね。当局に確保されるとまずいんです。なのでまぁ脛《すね》に傷持つ者同士、仲よくしましょうって話です」

「ぼ、僕は脛《すね》に傷なんか」

「だ、か、らぁ、あなたの認識なんかどうでもいいんですよ。問題は周囲がどうとらえているかです。今のこの状況下で、容疑者の訴えなんか、誰も聞く耳持ちませんよ。皆、一刻も早くギズモのバックアップを復活させたいんですから。推定無罪の原則なんてゴミ屑《くず》同然です」

「……」

「決断はお早めに。多分、もう何分も猶予はありませんよ」

外で足音が響いている。行き交うそれらのどれが当局のものかは分からない。ただ、待てば待つほど包囲が狭まるのは確実だった。そして、すがるべき蜘蛛《くも》の糸は今のところウロの提案しかない。

（くっ……そっ）

倒れたウロの本体を抱き起こす。テーブルの上の鞄《かばん》を手に取ると、肩ひものところに熊がしがみついてきた。

「よい判断です。私達、いいパートナーになれそうですね」

「いいから逃げ先を教えろ。あとつかまりそうになったら、容赦なく捨てていくからな。覚悟しておけよ」

「宜候《ようそろ》」

熊の手が宙空に構内図を描き出す。現在地の光点から矢印が延びていった。矢尻の先が廊下の奥を示す。

「非常階段です。普段はロックされていますが、私の持っているキーで開けられます。地下一階まで下りたら、駐車場の出口から外に出てください。あとは追い追い指示していきます」

「なんで非常階段のキーなんか持っているんだ？」

「仕事柄、揉《も》めごとに巻きこまれがちなんですよ。逆上した交渉相手に監禁されたり、命を狙われたりですね。逃走経路の確保は基本です」

「……」

「顔を伏せて、私を介抱している体でゆっくり歩いていってください。このフロアの人達はまだ自分のことで精一杯でしょうし、目立たない限り、声はかけられないはずです」

ウロの肩を支える。細い腰に手を回して、介助の姿勢を取る。先ほどまでの怪物ぶりが嘘《うそ》のように、彼女の身体《からだ》は軽かった。羽根のようは言いすぎだが、片手で支えられるレベルだ。どう考えても、あれだけの力を生み出す筋肉量と見合わない。これもやはり改造身体《オルタネート》の証左なのか。

廊下に出る。ウロの言う通り、あえてこちらを見る者はいなかった。息を潜めて、うつむきがちになって、淡々と歩いていく。周囲ではまだ悲鳴が響いていた。ARディスプレイが僕の名前を連呼している。

込み上げる震えを抑えながら非常階段に到着、そのまま階下へと下りていった。途中で別フロアの足音が聞こえたが、誰かとすれ違うことはなかった。それが幸運なのか、ウロの計算によるものかは分からない。結果として、僕らはまっすぐ地下の駐車場にたどりついた。閑散としたフロアを抜けて、地上へのスロープを上っていく。

「次は？」

押し殺した声で訊《たず》ねる。

「外に出たらどうすればいいんだ」

「道をお知らせしますよ。引き続き、慌てず騒がず歩いていただければいいです」

「どのくらいかかるんだ」

「んー、まぁ、五分か十分か十五分か」

曖昧な言葉に不安が過る。「おい」と熊の顔を向き直らせた。

「大丈夫だろうな。検問にぶちあたる度に迂回《うかい》して、最後は袋の鼠《ねずみ》でしたとかご免だぞ」

「そんな下手はこきませんよ。大丈夫、警察の展開状況はモニターしています。あなたをつかまえに来た人達は、正面玄関と通用口に集結中。こちらはノーチェックで──あ、あ、待った！」

は？　と聞き返した時には、もう外に出てしまっている。

陽光が目を射貫《いぬ》く。視界を白く染める。眩惑《げんわく》された視力が復活するまでにわずかな時間がかかった。

最初に認識したのは横たわる配送車だった。半開きのリヤドアから積み荷がこぼれている。助け出されたらしい運転手は、白目を剝《む》いていた。ギズモの同期停止に巻きこまれたのか。そして車を取り囲むように展開していたのは、制服姿の警官達だった。

警察が。

事故処理中の警察がすぐ目の前にいる。

(な)

「すみません。通行止めです」

警官の一人が近づいてくる。誘導棒を振り回しながら、

「ガソリンが漏れているようで、危険なので戻ってもらえますか」

分かりました、とすぐ引き返すべきだったのだろう。だが、僕は蛇に睨《にら》まれた蛙《かえる》のように固まってしまっていた。怪しまれずにどう振る舞うべきか、駐車場に戻ればいいのか、分からなくなっていた。そうこうしている間に、警官は僕の顔を認めた。瞬時にその表情が固まる。

「おい、おい、あんた」

「逃げてください!」

ウロの叫びとともに、目の前に極彩色の画面が展開した。テーマパークか何かのPR動画だ。それが全員に見える形で空間投影される。ひずんだマーチが空気を揺さぶった。

「っ！」

転がるように駆け出していた。後ろで警官達が「おい、待て！」「マル被発見！」と叫んでいる。

「何が『下手はこきません』だ！　このポンコツナビ！」

「いやいや、私、止めましたよね。無視して突っこんだの、晴壱《はるいち》さんですよ。人のせいにしないでください」

「あんな直前に言われて止まれるか！」

本気でウロの身体《からだ》を投げ捨てたくなったが、機先を制するように地図が浮かび上がる。現在地から複雑な経路を描いて矢印が延びていった。

「急いでください。警察の動きが速まっています。このルートもすぐ使えなくなりますよ」

「慌てるなだの、急げだの」

毒づきたいが、時間を無駄にする余裕はない。

ウロを支え直し小走りで駆けていく。

抜けるような青空の下、町は奇妙に静まり返っていった。車は止まり、電車の走行音も止《や》んでいる。行き交う人の姿もない。皆、ギズモの変調に怯《おび》えて引きこもっているのか。ただ、宙空のARディスプレイだけが緊迫したニュースを流し続けている。

『重要参考人となっている二十四歳男性について、警察がクラウド上のメンタルバックアップを確保しようとしたところ、データが自壊、捜査員のギズモに深刻な損害を与えたとのことです。警察は男性の扱いを容疑者に切り替え、早期の確保に向けて動いています』

自壊だって？

なんでそんな、犯人が証拠隠滅でもするような話になっているんだ。しかも捜査員のギズモを巻きこむとか。悪質すぎる。

……というか壊れてしまったのか？　僕のバックアップが。暗号化どころか消滅した？

それじゃあ本当に生き返れないじゃないか。死んだらそのまま、一巻の終わり。あはは、なんだそれ。あはは。

崩れそうになる正気を、だがナビ画像が引き戻す。矢印の先端が左手の路地に突き刺さった。

「後ろ、来てます！　急いで！」

何がと訊《たず》ねる必要はなかった。サイレンが近づいている。足音と怒号が大きくなっている。

振り返らずとも、追っ手の存在が感じ取れた。

ピュン、と空気が唸《うな》った。

続けてもう一回、二回と風切音《かぜきりおん》。

一瞬遅れて身の毛がよだつ。銃声？　撃たれているのか。

恐怖を振り払い加速する。大丈夫、彼らにとって僕は事態解決の鍵のはずだ。殺すわけがない。これは脅しだ。怯《おび》えて立ち止まることこそ思うつぼで――

ズン！

焼きごてを当てられたような痛みとともに、路上に投げ出された。

痛い。

肩が燃えている。荒れ狂う衝撃に悶絶《もんぜつ》しながら、僕は肩を押さえた。べったりと生温かいものが掌《てのひら》を濡《ぬ》らす。血だ。止まらない、どんどん流れている。ああ、あああ。

「晴壱《はるいち》さん！　起きてください。追いつかれます！」

無茶を言うな。こんな状態であと一メートルだって走れるものか。それより止血を、いや、いっそ投降して治療を求めた方が。

「すぐそこがゴールです！　逃げ切れます。最後の力を振り絞ってください！」

……。

「本当……だろうな」

ゴールという言葉は意外なほど、僕の精神を奮い立たせた。錯乱しそうな痛みの中、それでもゆるゆると立ち上がる。律儀《りちぎ》にウロの身体《からだ》も支えて、荒い息で進み出す。

ガンガンと頭の中で半鐘が鳴っている。耳元でぬいぐるみの熊が「路地を抜けて」と叫んでいる。

「右に、右に、まっすぐです。そのまま！」

そのまま行ってどうなる。こんな町中でどれだけ逃げようと警察につかまるだけだ。隠れ家があっても、立てこもったところを包囲されるだけ。無駄なあがきだと理性が叫んでいる。だが生存本能が足を動かした。身体《からだ》を前へ、前へと進め続ける。

走る、走る、走る。

意識が朦朧《もうろう》としていたせいだろう。「左に」「そのまま全速力」と言われて、僕は何も疑わずに従い――そして、足を踏み外した。

(――は?)

身体《からだ》が落ちる。胃《い》の腑《ふ》が浮き上がる。背後で警官達が唖然《あぜん》としていた。

高低差のある道の擁壁を乗り越えたのだ。植えこみを掻《か》き分《わ》けて、ガードレールの切れ目を抜けて、五メートル下の道に落下した。

いや待った! 〝ゴール〟って飛び降り自殺のことかよ⁉

悲鳴は言葉にならなかった。

どさりと、意外なほどソフトな感触に受け止められる。背中の下で内燃機関のエンジン音が荒れ狂っていた。周囲の景色が飛ぶように流れ去っていく。

「ビンゴ!」とウロが快哉《かいさい》を上げた。

視界に入るのは白と黄色のエアークッション。そしてグレーのキャビンルーム。

(なる……ほどな)

逃走用のトラックを走らせておいて、そこにダイブさせたのか。

確かにこれなら警察の意表もつける。逃走経路の事前準備という台詞《せりふ》に嘘《うそ》はない。

ただ銃撃による出血と落下の衝撃は、僕の命の残量を確実に削り取っていた。そして逃走の喜びに沸く熊は、同行者の危篤に気づくこともなかった。

視界が暗くなる。指先の感覚が失われる。僕は助けを求めることもできないまま、ゆっくりと意識を失った。

＊

2章　オルタネート

＊

目覚めて最初に視界に入ってきたのは、ダクトの這《は》い回《まわ》る天井だった。

バタバタと換気扇が騒々しい音を立てている。蛍光灯の放つ光は青く弱々しい。コンクリートの壁はところどころ黒ずみ、なんともいえない陰気さをかもしていた。高所の窓も外の光をわずかしか取りこめていない。空の色を見るに、まだ日は高そうだが、室内の時間は黎明《れいめい》で止まっているようだった。

（なんだ、ここ）

混濁した記憶が見当識を怪しくしている。今はいつだ。なぜ横になっている？　直前まで何をしていた。

だが、数瞬置いて鮮烈な感情が湧き上がってきた。撃たれた！　警察に肩を穿《うが》たれて、血が止まらなくなって、意識が——

溺れたようにもがきかけて、まばたきする。

（あれ）

痛みがない。どころか傷口の引きつりさえ感じられない。完治した？　いや、そんなに長く眠っていたとは思えない。いくら縫合手術を受けても、数ヶ月は違和感が残るはずだ。

自分の身体《からだ》がどうなっているのか、起き上がって確かめようとする。肘を突いて上体を起こして、ずり落ちたシーツの下から現れた裸体を見て、僕は凍りついた。

まず感じたのは〝白い〟ということだった。

滑らかで疵《きず》一つない曲面がどこまでも続いている。毛穴は見えないか、あっても細かすぎて周囲に埋没している。混じりけのない石膏《せっこう》で練り上げたとでもいうべきか、きめ細かな肌が、うっすらと発光しているようにさえ感じられた。

ウェストは細い。いや、腕も足も指先も、何もかもが縮んでいる。ただ、単に小さくなったというよりは、生命力を保ったままぎゅっと凝縮した感じだ。

さらさらとした髪の感触が、肩と背にある。いやもうこの時点で何かおかしい。そして、ふっと見下ろした胸はほのかに膨らんでいた。

（な、な、な、なんで？）

どう見ても女の身体《からだ》だった。しかも年端《としは》もいかない少女のものに見える。夢か？　そもそも、覚醒自体が勘違いで、現実の僕はまだ死線をさまよっているとか？　だが、頬をなでる風の冷たさは本物だ。身体《からだ》の奥からとくとくと鼓動も響いてきている。

助けを求めるように視線を巡らせた。鏡か何かで自分の姿を見られればと思ったが、

――。

「は？」

〝僕〟が死んでいた。

３Ｄバイオプリンターの上に、血の気をなくした男の死体が転がっている。肩には銃創が、口角には鮮血が見えている。干からびた唇も、濁った目も、止まった呼吸も全てが生命活動の

停止を示していた。

「う、わ……わわー！」

甲高い悲鳴が響く。それが自分のものだと気づく余裕さえなかった。表情筋を引きつらせて、のけぞりぎみになって、無我夢中で叫んでいると、不意に足音が響いた。

作業着姿の──女が立っていた。背後の扉のところで腕組みをしている。一瞬、性別の判断に迷ったのは、ただでさえ短い髪をツーブロックにしているからだ。中性的というか虚無的な印象。胸の膨らみがなければ青年と言っても通じるだろう。彼女はしばらくこちらを見ていたが、やがて肩越しに「おおい」と呼びかけた。

「ウロ、起きたぞ。説明」

廊下の奥から靴音が近づいてくる。ひょいと現れたのは、見慣れたにやけ顔だった。スーツ姿の保険調査員は「おー」と目を輝かせた。

「かわいらしいですねー。久しぶりに見ましたけど、よいできばえです」

「〝自分〟を見てデレるなよ。気色悪い」

「いやいや、村子《むらこ》さん、自分を好きになるのって重要ですよ。人生の幸福度っていうのは、詰まるところ自信の多寡によるらしいですから」

相も変わらぬ軽薄さで言って、ウロは歩み寄ってきた。呆然《ぼうぜん》とする僕をにんまりと見下ろす。

「おはようございます、晴壱《はるいち》さん。気分はどうですか」

「ど、どうもこうも」

紡《つむ》がれた声はやはりか細い。小鳥のさえずりのようだ。そして視線を転じれば〝僕〟が死んでいる。

「何がどうなっているんだ。説明してくれ」

「騒がなくても説明しますよ。あと、むやみやたらに叫んで喉を壊さないでください。それ、〝私の〟なんですから」

「は？」

ウロは近場の椅子をつかむと、背もたれを抱えこむようにして座った。

「まず言っておきますと、あなたは私に借りを作りました。その額、およそ三億」

「何を――」

「あなたの意識が入っている身体《からだ》、私のお古なんですよ。ご自身の身体《からだ》は出血多量でお亡《な》くなりになりまして、ほら、誰かさんのおかげでクラウドバックアップも使えないでしょう？　だから緊急措置として、私が保管していたギズモに直接メンタルデータを移動したんです。ローカル・トゥ……なんでしたっけ？　村子《むらこ》さん」

「ローカル・トゥ・ローカル・コピー」

村子《むらこ》と呼ばれた女が補足する。

明日の天気を答えるような回答に、僕の感じた衝撃は凄《すさ》まじいものだった。

ローカル・トゥ・ローカル・コピー⁉　馬鹿な！

　自分の横たわるベッドを確認する。それは3Dバイオプリンターだった。そして死体の〝僕〟が臥《ふ》せっているのも3Dバイオプリンター。両者は何本ものケーブルで繫《つな》がれて、稼働《かどう》音を響かせている。

　その光景が意味するものは一つだった。

(信じられない)

　ギズモのデータフローは厳密に制限されている。ある人物のメンタルデータが他人に入らないように、クラウドとのみ通信を許可されている。なのに目の前の人達は『あるギズモのメンタルデータを、別のギズモに直接コピーした』と言っているのだ。クラフトセルの操作どころではない、ギズモの根幹に関わる部分の改変だった。

「あなたは……一体」

　畏怖を込めた誰何《すいか》に、村子《むらこ》は顔をしかめてみせた。

「ただのモグリの町医者だよ。手持ちの機材でオーパスの真似《まね》ごとをしているだけだ。名乗るほどの者じゃない」

「真似《まね》ごとって」

　明らかにそんなレベルではない。だが、ウロはまったく空気を読むことなく、話題を戻してきた。

「まぁローカルでもロカボでもなんでもいいんですけどね。とにかく、死にかけのあなたを村《むら》子《こ》さんに預けて復活させたんです。あ、私達をキャッチしてくれたトラックの運転手、あれ、村子《むらこ》さんなんですよ？　大学時代はドライブサークルとか入ってましたからねぇ。運転技術は信用できます」

「……」

「で、ここは村子《むらこ》さんのクリニック。私の身体《からだ》のメンテナンスもやってもらっているところです。あなたの寝ている間に、熊さんボディから元の身体《からだ》にデータを戻してもらい、何もかも元通りってわけです。さて、何かご質問は？」

畳みかけられるように言われても反応できない。頭が回っていなかった。予想外のことが続き、思考回路が麻痺《まひ》してしまっている。

だが沈黙を異議なしとでもとらえたのか、ウロは指を突き出してきた。

「何もなければ商談に入りましょう。さっきも言ったように、あなたは私に三億円の借りがあります」

「だ、だからなんだよ、その額は」

「闇医者にかかったんですよ？　まさか保険診療がきくとは思っていないでしょう。おまけにフルスクラッチのギズモを一体、お貸ししてるんです。普通ならもっと吹っかけてもいいくらいですよ」

「いや、いやいやいや！」

跳《と》び退《の》くように首を振っていた。

「勝手に治療して言い値で支払えとか無茶苦茶だろう。こっちの同意がゼロじゃないか！」

「おや、では黙ってご逝去を見守ればよかったと？　それに誤解されているようですが、我々の治療方針が不満なら、今からでも断ってもらっていいんですよ。すぐそちらの身体《からだ》にお戻ししますので」

「……」

生気を失った死体と目が合う。生命活動の止まった身体《からだ》に意識を戻したら、一体どうなるのか。ぶるりと震え上がる。

「だ、だけど三億円って」

「おや、値づけにご不審でも？　それなら明細を説明しますが」

「そういう問題じゃない。そもそも払える額じゃないだろう。僕みたいな、普通の社会人に」

「普通！　普通の社会人！」

ウロは大仰に瞠目《どうもく》して天を仰いだ。

「はははー、またまたご冗談を！　こんなことできる普通の社会人がどこにいるっていうんですか」

スーツの手が上がる。

宙空にニュース画像がいくつも現れた。重なり合った映像には、どれも僕の顔がある。『全世界規模のクラウド障害、続く』、『容疑者はギズモ運営会社の社員』、『社会インフラに甚大《じんだい》な被害』

「ギズモのメンタル・フィジカルバックアップのロックアップ！　神業級のクラッキングですよ。内部犯行ではありますがね。オーパスも社員用にバックドアを開けておくほどおめでたくないでしょう。だからこれは全てあなたの実力ってことです。いやはや、お見それしました！」

「ち、違う、これは」

「さて、神業級のクラックで見事、歴史に名を残した晴壱《はるいち》さん。次に考えるべきはこれをどうやって現金化するかでしょう？　答えは一つ！　身代金《みのしろきん》ですよ。ギズモのユーザーをグループ分けして、早い者勝ちで復号化の権利を落札させるんです。先に競《せ》り落《お》とした人がより安く、あとになるほどより高くなるようにね。ああ、脅しで何体かバックアップを破壊するのもいいでしょうね。数十億くらいあっという間に稼げますよ。人類史上最大最強のランサムウェア犯罪です！」

「だ、だから待てって！　話を聞け！　これは僕の仕業じゃない。濡《ぬ》れ衣《ぎぬ》だ！」

「ぬ、れ、ぎ、ぬぅ？」

渋柿でも含んだような顔で聞き返された。

「えー、まだそんなとぼけ方するんですか？　だって、ご自身のメンタルバックアップまで証拠隠滅のために消したんでしょ。真っ黒じゃないですか」

「……」

「え？　え、本気で身に覚えがないって言ってます？　駆け引きとかじゃなく？」

僕は沈黙で答えた。

たっぷり十数秒、相手の視線を跳ね返してから、ゆっくりと反駁《はんばく》する。

「いいか、僕はここ三日間、どこだかよく分からない電波塔の下でくたばってたんだぞ。身に覚えがあるはずないだろう。だいいち何かをやらかす気なら、身投げの前に高飛びしてるよ。なんで起きた瞬間、警察に取り囲まれるような真似《まね》をしてるんだ」

「ん、ん……」

ウロはなおも疑わしそうに僕の顔をうかがっていたが、やがて苦虫を噛《か》み潰したような表情になった。への字に唇を歪《ゆが》めて振り返る。

「あー、あー、村子《むらこ》さん。申し訳ないですけど、この治療、なしにできませんか？」

「ばーか」

村子《むらこ》の答えはにべもなかった。

「野菜の返品じゃないんだぞ。３Ｄバイオプリンターの稼働《かどう》費、クラフトセルの素材費、診断・技術料、どれも発生済みだ。おまえの目論見《もくろみ》が狂おうと、きっちり請求させてもらうからな」

「そんなぁ」

情けない表情のウロを尻目に、村子《むらこ》が歩み寄ってきた。ぐっと指を伸ばして、こちらの目を広げる。視界いっぱいに彼女の蠟《ろう》人形のような顔が広がった。

（うっ）

「気分は？　四肢の痺《しび》れとか平衡感覚の狂いは？」

「な、ないです」

「氏名、生年月日、住所は、ぱっと言える？」

「えっと――」

つかえつつも答えると、村子《むらこ》は小さくうなずいた。

「運がよかったな。コピーの成功率は三割前後だった。元の身体《からだ》の衰弱が急で、エラー訂正つきの転送をやっていられなかったんだ。正直、人格か記憶のいくつかは吹っ飛ぶと思ってた。そうやって真っ当に喋《しゃべ》れているのは奇跡みたいなもんだ」

「……」

「金の話はウロとやってくれ。ただまぁ、いきなり金づるの息の根を止めてくることはないだろうよ。投資の回収には人一倍うるさい奴《やつ》だからな。身代金《みのしろきん》プランがダメで、なんとか君を現金化する方法を考えるさ」

「現金化って」

「無責任なこと言わないでくださいよぅ」

ウロが唇を尖《とが》らせる。

「それ私の〝身体《からだ》〟なんですから、内臓も操《みさお》も売りませんし売らせません。おまけに、質草に考えていたロックアウトの知識もゼロじゃ、何で稼げばいいのやら。……ん？　そうか。借用書をでっちあげて、親族郎党から回収すれば」

「そうかじゃねぇよ」

たまりかねて突っこむも、ウロは「闇金が」とか「クレジットの与信枠が」とか独りごちている。

ぶん殴ってやりたい。

拳を震わせていると、村子《むらこ》は面倒そうに首を傾《かし》げた。

「あたしは別に金の出所がどこでも気にしないけどね。身代金《みのしろきん》プランを捨てる前に、まずやるべきことがあるんじゃないの」

「ん？」

ウロが振り向く。目をぱちぱちさせて、

「と言いますと？」

「そこの彼、前回の死亡前に定期バックアップが止まってたんだろう？　それ自体、ありえないことだけど、更に今回、クラウドデータの暗号化とか同期解除とかイレギュラーが続いている。果たしてこれは偶然なのか」

「……関連があると？」

「分からないけどね。少なくとも、なくした記憶の中身は探るべきじゃないの？　ロックアウトの手がかりが得られるかもしれないし。あるいはやっぱり彼が犯人で、その足取りを消すためにバックアップを止めたのかもしれない」

（ぐっ）

確かに否定はしきれない。筋が通っているし、何より濡《ぬ》れ衣《ぎぬ》を証明するネタ自体がない。

湧き上がる不安をよそに、ウロは劇的に目を輝かせた。

「なるほど、なるほど！　隠された犯行の形跡を追い、クラウドの乗っ取り手順を見つけ出せと。そうすれば身代金《みのしろきん》プランは問題なく進められますね。いやぁ、さすが村子《むらこ》さん。やりましょう、晴壱《はるいち》さん！」

「い、嫌だよ、なんでわざわざ自分の罪を固めにかからなきゃいけないんだ」

「じゃあ三億円、今すぐ耳を揃《そろ》えて払ってください。あるいは損切りしますので、どうぞご自身の身体《からだ》にお戻りください」

朗らかな恫喝《どうかつ》に返す言葉はない。ウロはにっと口角を持ち上げると、拳の底を胸に押しつけてきた。メフィストフェレスのようにいかがわしい微笑を浮かべる。

「なぁに、悪いようにはしませんよ？」

＊

村子《むらこ》のクリニックは北千住《きたせんじゅ》の下町エリアにあった。

二階建ての建物に『武志《たけし》工務店』の看板が掲げられている。錆《さ》びついたトタン壁に磨《す》りガラスの戸口、塗料の剝げた窓格子《まどごうし》。ひなびた外観は、どう見ても潰れかけの町工場といった体だ。周囲の古民家や細道も相まり、この中でオーパス以上の超技術が供されていたとは、とても思えなくなってくる。

実際、陽のあたる路上に出た瞬間、全て夢だったのではと考えたほどだ。だが、窓ガラスに映る姿を見て現実に引き戻される。

白シャツとチェックスカートのセットアップ。フリルのついた衿《えり》をボウタイで彩《いろど》っている。不安そうなたたずまいは明らかにローティーンの少女のものだ。そして、なんとも忌々《いまいま》しいことに、小さく白い顔にはあのウロの面影があった。

――私のお古なんですよ。

荒唐無稽な発言を、今となっては受《う》け容《い》れざるを得ない。

彼女は複数のギズモをストックして、使い分けている。ある時は保険の調査員、ある時は熊のぬいぐるみ、ある時はいたいけな少女といった形で。

改造身体《オルタネート》の怪人。

ギィと扉の開く音がしてウロが出てきた。スペアキーがあるのか、施錠《せじょう》して向き直ってくる。

にぃと不敵な笑みを作り、

「やぁやぁ、ちゃんと待っていてくれたんですね。まぁ逃げ出したところで、そんな姿では行く当てもないでしょうが」

「勘違いするなよ」

押し殺した声は甲高く頼りない。それでも精一杯の気力を振り絞る。

「犯罪の片棒をかつぎに行くわけじゃない。記憶がない間に、何があったか確かめたいだけだ。冤罪の疑いを晴らすためにな」

「どっちだっていいですよ。やることは同じですから」

すげなく言って歩き出す。長い足の歩みは速く、慌てて僕はあとを追う。

目指すのは宇都宮《うつのみや》のシェアオフィスだった。死亡前、最後に記憶している場所だ。ここからだと電車で約一時間かかる。今は昼の一時だから、二時頃には着く計算だった。

「しかし宇都宮《うつのみや》ですかぁ。餃子《ぎょうざ》目的以外では訪れたことないですねぇ」

誰にともなくウロがつぶやく。場違いな単語に、僕は眉をひそめた。

「餃子《ぎょうざ》目的では行ったのかよ」

「逆にそれ以外の何を目当てに行けばいいんですか？　宇都宮《うつのみや》くんだりに」

暴言だ。目を剝《む》いて睨《にら》み上げると「いやいや」と手を振られた。

「別にディスってるわけではないですよ。実際、インフラや交通網はほどほどに整っています
し物価も安い。住むにはよいところだと思いますよ。ただ、よその人間が金をかけてまで行く
かという話で」

「……」

「どうせ栃木に行くなら日光や那須まで足を延ばしたいですよねぇ。よい温泉がたくさんあり
ますし。ああ、そうだ、今の晴壱《はるいち》さんなら女湯に入れますよ？　合法的に」

アホか。この非常時に、そんな惹句《じゃっく》で鼻の下を伸ばせたら真性の間抜けだ。

「違法ギズモで出歩いている時点で合法もクソもないだろう」

「はっはー、仰《おっしゃ》る通り。じゃあ言い換えましょう。女湯や女子更衣室にバレずに入れますよ。

男子の夢じゃないですか、そういうの」

「馬鹿馬鹿しい」

邪険にするも、ウロは能天気に「那須の地酒が」とか「日光のゆばが」とか言い続けている。

正直鬱陶しい。適当に受け流しつつ、ごちゃごちゃした町並みを抜けていくと、駅前の大通り
に出た。

繁華街には相変わらず人気がなかった。店舗のイベント表示が軒並み『中止』になっている。

臨時休業の文字がそこかしこに浮かんでいる。誰もが、死という隣人を唐突に意識させられたようだった。いつ何時、〝彼〟が自分の肩を叩《たた》くか、蠟燭《ろうそく》の火を吹き消していくか、怯《おび》えて息を潜めている。

『障害復旧の目処《めど》は……残念ながらまだ見えておりません』

空のARニュースから聞き覚えのある声が降ってくる。

冴《さ》えない小役人のような男が記者に囲まれていた。目元に深い皺《しわ》を刻み、疲労の色を濃くしている。馬木《まき》社長だ。

『ですが……捜査当局との調査により、問題の影響範囲は特定されつつあります。……本日中には今後の見通しを示せると思います』

本日中だと！　と怒号が上がる。記者の何人かが同時にマイクを突きつけた。

『ギズモは社会インフラなんですよ。それが半日止まるとか、何を考えているんですか』

『本当に事態の重大性を把握されていますか』

『今現在、亡《な》くなっている方への補償をどう考えているんでしょう』

あー、えー、それは、と社長が答えかけた途端、収まりかけた喧噪《けんそう》を割いて、一つの質問が投げつけられた。

『犯人は御社の社員という話ですが』

気温が急降下したように感じられた。足の裏から、手指の先から、生気が流れ出していく。

固唾《の》を呑んで見ていると、社長の顔が引きしまった。

『それはありえません』

意外なほど強い視線が質問者を射貫《いぬ》いた。

『私は彼――容疑者とされる人物と話したことがあります。優秀で仕事熱心で、情熱にあふれた社員でした。こんな犯罪をしでかす人間では、断じてありません』

『しかし警察の発表では』

『警察の発表では〝容疑者〟となっていたはずです。マスコミの方々に申し上げたいのは、彼を勝手に犯人呼ばわりしないでほしいということです。私は社員の無実を信じています』

予想外の反撃に質問が止《や》む。普段、殴られるがままの相手の激昂《げきこう》に、記者達は明らかに戸惑っていた。社長はその沈黙を奇貨としてカメラを見つめた。まっすぐな瞳と目が合い、鼓動が高鳴る。

『もし〝君〟がこの放送を聞いていたら、いつでも連絡してほしい。プライベートチャネルのIDをメールしてある。困ったことがあれば相談に乗るから』

奇跡のような独壇場は、だが長く続かなかった。我に返った記者達が一斉に詰め寄る。社長のなけなしのプレッシャーを打ち砕く。

『話を逸《そ》らさないでください！』『結局、復旧はいつになるんですか』『運営企業としての責任は！』

もみくちゃにされる社長を眺めながら、僕は胸を押さえていた。心音が大きい。失われた体温が戻ってくる。この敵意だらけの世界で、唯一の味方を見つけた気分。

「真に受けて連絡とかやめてくださいね」

氷のような言葉が突き刺さる。睨《にら》み返す僕を、ウロは小馬鹿にするように見つめた。

「折角痕跡を消せているのに、自ら足がつく真似《まね》をしてどうするんですか。メッセージサーバに繋《つな》いだ瞬間、警察に悟られて御用ですよ」

「社長は、そんなことを許す人じゃない」

「許そうが許すまいが、警察はログくらい勝手に見るでしょう。もうクラウドは差し押さえているようですし。そこを考えず、無責任に〝連絡しあおう〟とか、あなたも社長さんも大概おめでたいですね。うらやましい限りです」

「なっ」

ぎ、技術屋でもなんでもないアウトローが知った口を。

歯ぎしりして反論しかけると、ウロが指先を突きつけてきた。

先端にカード型のARイメージがある。

「な、なんだよ」

「交通費用のプリペイドトークンです。ないと電車に乗れないでしょう?」

気づけば駅に近づいていた。閑散としたコンコースの奥に改札機が見える。僕は「はぁ?」

と眉をひそめた。

「そのくらい自分で――」

「払えますか？　本当に？　ポストペイ型や口座連動型など、ネットワーク利用の決済手段を使ったら、すぐ居場所をつかまれますよ。物理硬貨や紙幣、あるいは端末保存型の電子マネーをお持ちで？」

虚を突かれる。確かに考えてしかるべきだった。本人認証を伴うネットワークサービスの利用は自殺行為だ。エンジニアとして不覚極まりない。

「た、端末保存型なら」

鞄《かばん》を漁《あさ》る。ケースからバッズを取り出して耳に嵌《は》めた。過去にいくつかその手の決済サービスに登録していたはずだ。個々の額こそ少ないが、搔《か》き集《あつ》めれば数万はある。当座の活動資金はまかなえると思ったが、

「ハロー・ヴィーク」

……。

反応はない。もう一度呼びかけたが、ＡＩアシスタントはうんともすんとも言わなかった。

しばらく考えて愕然《がくぜん》とする。そうだ、バッズの本人確認は声紋・虹彩《こうさい》・静脈などの生体認証に因《よ》っている。今のこの身体《からだ》を持ち主とみなすわけがない。

（バッズが……使えない？）

ウロは物珍しげに僕の奮闘を眺めていたが、やがてにぃっと笑いトークンを押しつけてきた。

「二万円分あります。トイチでいいですよ」

さらりと告げて改札に向かっていく。

僕は呆然《ぼうぜん》とその後ろ姿を見送っていたが、ややあって身震いした。

ギズモのネットワーク機能もバッズも使えない？　それはつまり、生殺与奪の権をウロに握られているということだ。そして一緒にいる期間が延びるほど、借りは増えて天文学的な数字になっていく。借金を返すのに借金を続けるようなものだ。一週間後、債務がどうなっているか分かったものではない。

「……っ」

とっとと冤罪《えんざい》を晴らして、自分の身体《からだ》に戻らないと。

硬い表情でウロのあとを追う。

改札を通過。

電子音とともにトイチの借金が数百円、消費された。

車窓の景色が飛ぶように過ぎていく。

雲の形が次々に移り変わっていく。

誰もいない車両は始発電車のようだった。開いた連結部の扉から、がらんとしたシートが、合わせ鏡の風景のごとくのぞいている。

宇都宮《うつのみや》まで約一時間。

最初はウロを警戒していたものの、数十分もたつとさすがに手持ちぶさたになってくる。ぐちゃぐちゃだった心が落ち着き、自分を見つめ直す余裕が出てくる。

手を伸ばす。

指を一本一本立てていく。

目を閉じて片手で反対の手の指をつまんでみる。親指、中指、薬指。

「何してるんですか」

なるべく目立たぬようにしていたが、めざとくウロが勘づいてくる。無視し続けると余計に食い下がりそうなので、僕は答えた。

「身体感覚がさ、変わってないなと」

「はい？」

指を宙にかざしてみせる。

「身長も手足の長さも、もとの身体《からだ》とは全然違う。なのに違和感なく動けてるんだ。目を閉じても、手や足がどこにあるかきちんと分かる。これって多分、何かの調整プログラムが入ってるんだろうなと」

「はぁ、そうなんですかね。特に仕込んだ覚えもありませんが」

「あの村子《むらこ》って人がやったんだろう？　じゃなきゃ、普通の人間がぬいぐるみになって、まともに動けるはずがない」

つまり村子《むらこ》はギズモのプロテクトを解いただけではなく、前例のない異軀体《いくたい》コンバートの仕組みも作っているのだ。それもユーザーに意識させることなく、慣熟さえ不要にして。

信じられない。

指を折り曲げて片目をすがめる。

「一体何者なんだ？　あの人」

「村子《むらこ》さんですか？　だからモグリの町医者ですよ」

「そういう話じゃない。ただの町医者が、なんでオーパス以上の技術を持っているのかって訊《き》いてるんだ」

「んー、んー、専門的な話は本人に訊《き》いてほしいですけどねー」

ウロは興味なさげにうなじを掻《か》いた。

「村子《むらこ》さんは大学時代、ギズモの基礎研究に関わってたんですよ。今でこそギズモはオーパス社のブラックボックスですが、成立当初は学術機関との共同研究も結構やってたみたいですから。その時の資料をサルベージして、バイオプリンターを作ったらしいです」

「作ったぁ？」

聞き捨てならない言葉に目を剝《む》く。

「ちょ、ちょっと待って、作ったのか？　あの設備を一から？　どこかから仕入れたわけじゃなくて？」

「そりゃそうでしょう。だってオーパス社の製品はガチガチなプロテクトだって、私でも知っていますよ。正規でサポートされないことをやるなら、一から自分で作るしかないでしょう」

「そんな資金、一体どこから」

「そこはまぁ私です。村子《むらこ》さんの研究のパトロンを、学生時代からずっと務めさせてもらってますから」

まじまじと見返す。ウロは視線を前に向けたまま、足を組み直した。

「私と村子《むらこ》さんは同じ大学の後輩・先輩でしてね。はぐれ者同士馬が合って、お互いにないものを融通し合うようになったんです。村子《むらこ》さんは研究費、私は好みの外見って感じでね」

「好みの外見」

「もう気づいているんでしょう？　この身体《からだ》は私のオリジナルじゃないって」

ウロはにぃっと口角を持ち上げてみせた。整っているが、どこか歪《いびつ》な笑顔で見下ろしてくる。

「当時の私は、自分の容姿に色々思うところがありましてね。村子《むらこ》さんが希望のギズモを作れると聞いて、一も二もなく飛びついたんですよ。まぁ全身整形的なものです」

「……」

「なので最初の質問に戻ると、あなたがローティーンの美少女になれているのは、村子《むらこ》さんの探究心と、私が営々と続けた投資活動のおかげです。運がよかったですね。なかなかこんな組み合わせには出会えませんよ」

軽口に突っこむ元気もない。

混乱と戸惑いを抱えたまま、シートにもたれかかる。これ以上、ウロの話を聞き消耗したくなかった。しばらく新たな情報を遮断して、気分を落ち着けようと思ったが、

『次は宇都宮《うつのみや》、宇都宮《うつのみや》、お出口は左側です』

休む間もないってか、畜生め。

＊

昼の宇都宮駅《うつのみやえき》は雑然としていた。

夜の闇に覆われていた建物やバス乗り場、歩道橋が連なって、見通しを悪くしている。ゴオッと電車の走行音が背後を行き過ぎていった。バスの到着アナウンスがそこかしこから響いてくる。さすがにターミナル駅だけあって、喧噪《けんそう》が止《や》むことはない。人通りの少なさはここまでの道程と同じだが、ゴーストタウンの趣はなかった。

風が吹き抜ける。

暴れた髪が目に入って、痛覚を刺激する。しかめっ面《つら》で前髪を掻《か》き上《あ》げるが、すぐまた別の

風に髪形を乱された。

鬱陶しい。

長くてさらさらで癖のない髪質のせいだ。さすがに村子《むらこ》のプログラムでも、このあたりの違和感までは吸収できないらしい。

渋面で格闘していると、ウロが手を伸ばしてきた。強《こわ》ばる僕をよそに、ヘアピンで髪をまとめる。それで暴れ者の毛先達はすっかり大人しくなってしまった。

「つけ方は練習しておいてくださいね。変に手間取ると怪しまれますから」

狐《きつね》につままれた様子の僕を尻目に、「さて」と口調を改める。

ウロは肩のストレッチをしながら視線を巡らせた。

「どこですか。あなたの失踪現場は」

「あそこだよ、あのコンビニみたいな建物」

ガラス張りのシェアオフィスが陽光を照り返している。

僕らは店頭まで歩いていき、それから駅に向き直った。雑然としたロータリー、横断歩道、歩行者信号。広がる景色は確かに、意識喪失前の眺めだ。ただ新たに喚起される記憶はない。目を閉じて集中しても、大脳皮質はぴくりとも動いてくれなかった。

「ううん」

「何も思い出せませんか？」

「今のところは。もう少しこのあたりを歩けば、違うかもしれないけど」

「時間の無駄ですね。もっと手っ取り早いやりかたでいきましょう」

言うなりウロはシェアオフィスに入っていった。無人の受付の呼び鈴を叩《たた》く。

（へ？）

「はい」

慌てた係員が出てくる。ウロは呼び鈴を押さえたまま、慇懃《いんぎん》に頭を下げた。

「お仕事中失礼します。突然ですが、私、保険会社より事故調査を請け負っておりまして、こちらの監視カメラの画像を見せていただけませんか？　時間は十月二日の午後七時から夜零時まで」

は？　という顔で固まられる。無理もない。依頼内容も唐突なら、横に並ぶ僕の存在も場違い極まりない。だがウロは淀《よど》みない口調で続けた。

「こちらの店の前で起きた事故でしてね。店頭のカメラに様子が映っているはずなんです。なのでご協力いただきたいという話です」

「はぁ、あの」

係員は混乱気味に口ごもりつつ、バックヤードを振り返った。

「確認して参りますので、お名前をうかがえますか」

「ビジネスリスクリサーチの高浜《たかはま》と申します」

目を剝《む》く僕を、ウロは一顧だにしなかった。〝高浜瑞菜《たかはまみずな》〟と書かれたAR名刺をかざしてみせる。バックヤードに引き揚げる係員を見送りながら、僕は「おい」とウロを睨《にら》み上げた。

「どっちが本名なんだ。それともどっちも偽名か？」

「女はいくつもの顔を持っているものですよ。どれか一つに絞るとか野暮じゃないですか」

「普通に身分偽装だろう」

「いやいや、これがちゃんとその会社の社員として在籍しているんですよ。形だけですがね」

言葉もなく睨《にら》みつけていると、係員が戻ってきた。申し訳なさそうに頭を下げる。

「上の者に確認しましたが……そのような対応は判断しかねるということで。恐れ入りますが、本社の方にお問い合わせいただけますか」

「おや。おや、それでいいんですか？　本当に？」

ウロの目が大仰に見開かれた。口が絵に描いたように丸くなる。

「はぁ、まぁ私は構いませんけどね。そうですかぁ、あまり大ごとにしたくないのではと思いましたが」

「ど、どういうことでしょう」

「いえ、今回の調査案件ですけどね、事故当事者の一方が多分、そちらの関係者なんですよ。で、それが労災扱いにもなっていないので、ひょっとするとあまり表に出したくない事案なのかなと」

「関係者ですって！　一体誰が」

「それは調査中なので口外しかねます。まぁ私が本社に問い合わせれば、すぐ情報が下りてくるんじゃないですかね。管理責任の問題とセットでかもしれませんが」

「……」

「ご判断はお任せします。ただ一度、画像をチェックされた方がよいんじゃないですか。もし気が変わったらご連絡ください。こちらの番号かアドレスまで」

AR名刺を相手に押しつける。「行きましょう」と振り向いてきた。

「え？」

「ほらほら、お仕事の邪魔ですよ。部外者はとっとと退散しましょう」

背中を押されて入り口から出る。自動ドアが閉まる。僕はつんのめりそうになるのを堪えて、ウロの手を振り払った。

「ど、どういうことだよ。シェアオフィスの人が事件に絡《から》んでるのか？」

「まさか」

小馬鹿にするように見下ろされた。

「ただの方便ですよ。ああ言えば、画像をきちんと見ようって思うでしょう。人間、火の粉が降りかかると思えば必死になりますからねぇ」

「見て……どうするんだよ。そこに店の人が映っていなかったら、僕らに連絡してこないだろう？」

「でしょうね」

「だったら、すごすご退散したらダメだろう。内密にするから、一緒に見せてくれとでも言えば」

「その説得は時間がかかりますし、何よりフェイクとばれた時の言い訳が困難です。ご心配なく。彼らが画像をチェックし始めた時点で、こちらの目的は果たせていますよ」

押し黙る僕に、ウロはすっと鞄《かばん》を持ち上げてみせた。持ち手の部分を揺らす。なんの変哲もない。というか何もない、い……あ、まさか。

「例の熊のストラップ、中に置いてきたのか？」

「ご名答」

ウロは軒下の監視カメラを見上げた。

「これ、データをARコンソールに映すタイプですからね。肩越しにのぞけば、普通に画像をチェックできますよ。ちなみにカメラ情報はこちらに投影《キャスト》しますので、リアルタイムに画像を確認できます」

言うが早いかウィンドウを投げつけてくる。顔の前でキャッチすると果たしてそれが熊ストラップの盗撮画像だった。

狭いバックヤードで、係員がコンソールに向き合っている。薄暗い映像は確かに、あの夜の宇都宮駅《うつのみやえき》前のものだった。

ウロは壁にもたれかかって足を交差させた。

「さてさて、晴壱《はるいち》さんは一体、どんな不幸な目に遭ったんですかねぇ」

「うるさいよ」と毒づくも、目が画像に吸いつけられる。記憶の断絶の向こうをのぞきこんでいる。

煉瓦《れんが》調の歩道に外灯の光が当たっている。

時折周囲が白っぽくなるのは、車のヘッドライトのせいだろう。横断歩道を渡る人の影が、光源の移動に伴いぐるりと回転する。

シェアオフィスの扉は開かない。時間が凍りついたように止まっている。画像のタイムスタンプは十八時五十五分、そろそろ〝僕〟が出てきてもおかしくない頃だ。だが、ガラス壁と一体化した扉に動きはない。

更に十秒、二十秒、三十秒経過。

(いや……いや、勘弁してくれよ)

ここの記憶から食い違うと、本当に打つ手がなくなる。やきもきしていると、ふっと歩道にオレンジ色の線が生まれた。

線が太くなり彩度を増す。それでシェアオフィス内の光が漏れていると分かった。扉が開いている。中から見覚えのあるシルエットが出てきた。

（あぁ）

僕だ。

予期せぬ朗報に舞い上がり、足取りを弾ませている。視線のふらつきはバッズで店を検索しているからだろう。リードで繋《つな》がれた子犬みたいなはしゃぎっぷりだ。見ていて恥ずかしくなる。

だが、その勢いが唐突に消えた。

立ち止まり、正面を見据えている。視線の先に何があるのかは分からない。じっと沈黙して夜闇に対峙《たいじ》している。

ややあって人影が現れた。僕の前に近づいて歩みを止める。華奢《きゃしゃ》な体つきだ。子供……いや、女性か？　どこかで見たシルエットだ。直後、ヘッドライトの光が画像の明度を引き上げた。彼女の顔がはっきりと見える。

「あっ！」

見覚えがあるどころではない。和人形のような顔立ち、小ぶりな目鼻・口のパーツ、感情の読み取れない眼差《まなざ》し。

「お知り合いですか？」

「同僚――後輩だ。この日、一緒の現場で働いていたんだけど」

布崎幾《ぬのざきいく》。

ＯＪＴの相手で、例のロードレース案件のチームメイト。サーキットの駐車場で逃げるように立ち去り、そのまま帰宅していたはずだが。

（なんで彼女がここに？）

混乱する僕をよそに、ウロは目を細めた。

「ほほぅ、仕事終わりに後輩と逢《あ》い引《び》きですかぁ。確かに駅前なら〝休憩〟先には事欠きませんね」

「馬鹿、そんなことはない。あるはずがないんだ」

「はぁ、いい年してプラトニックな関係だとでも？」

「違う。そういう話じゃない」

かぶりを振る。僕は唸《うな》るような声を上げた。

「彼女は……僕のことを嫌っている。なんで僕の居場所を知ったか知らないが、オフにわざわざ会いに来るはずがないんだ」

「嫌っている？」

ウロはまばたきした。

「何やったんですか、晴壱《はるいち》さん」

「何もやってない。正確に言うと、業務として真っ当な対応以外、何もしていない」

「虐《いじ》める側は――」

「そんな基本的な話をしているんじゃない。いいか、たとえば彼女が何か仕事の報告をチャットしてくるとする。宛先はチームの全員だ。確かに僕宛じゃなかった。だけど僕は先輩として、彼女の仕事を認めるべく、〝いいね〟のリアクションを送った。すると彼女はどうしたと思う？　ヒント：彼女は僕のすぐ近くの席に腰かけていた」

「『なんで直接言わないのか』とクレームをつけてきた？」

「いや、床を蹴った挙げ句に、親でも殺されたような顔で睨《にら》みつけてきたんだ。かっと目を見開いてね、ありえないとでも言いたげだった」

「……」

「ランチに誘えば断られるのは日常茶飯事。1on1の面談でも、なるべく目を合わせないようにしてくる。挙げ句にお疲れ様と言いかけただけで、逃げられる有り様だ。こんな相手と逢《あ》い引《び》きだって？　悪い冗談だ」

「ふぅむ」

　ウロは首を傾《かし》げた。

「じゃあ彼女は一体何をしているんですかね。というかあなたは？　よく分からない状況ですよね、これ」

　画像の中で、〝僕〟と布崎《ぬのざき》は向き合っている。二人とも動かない。見つめ合ったままだ。何か話しているのか？　さすがにこの解像度では口の動きまで読み取れない。にしても、なぜ移動しない。かなり周囲は冷えてきているだろうに、シェアオフィスの前で立ち止まる理由が分からない。

二分、三分、四分。

最初に動いたのは布崎《ぬのざき》だった。来た時と同じくなんの予備動作もなく立ち去っていく。少し遅れて僕もシェアオフィスの前を離れた。布崎《ぬのざき》とは別の方向に消えていく。そして、監視カメラに映る人影はゼロとなる。しばらく待っても、二人は戻ってこなかった。

「以上？」

ウロの眉が上がる。

「で、このあとどうなったんですか」

「分かるわけないだろう。そもそもこのやりとり自体、覚えていないんだから」

「ですか」

ウロはさして気にした様子もなく、顎を揉《も》んだ。

「じゃあ次の調査ですね。移動先の監視カメラを軒並み押さえていくか……んー、面倒ですね。いっそ自殺場所の周辺を先に調べるか」

「待て、待てよ」

慌てて制止する。

「布崎《ぬのざき》の件はスルーでいいのか？」

「布崎《ぬのざき》？」

「布崎幾《ぬのざきいく》。さっき映っていた後輩」

「んー」

困惑気味に下唇を突き出された。

「あなた方の関係はよく分かりませんが、仕事帰りに同僚と立ち話をしたんですよね。なら、何か業務連絡でもしたと考えるのが自然では？　プライベートの繋《つな》がりがないのなら、なおさらの話」

「わざわざ対面で？　僕らは現地解散して、この駅から現場は一時間くらい離れているんだぞ」

「帰り道が一緒だったのでは？　電車を使うなら、どのみちターミナル駅には寄るでしょう」

「まぁ」

確かに、乗ったバスこそ違えど、二人とも宇都宮《うつのみや》にたどりついた。そして、遅れてやってきた布崎《ぬのざき》がシェアオフィスから出る僕を見つけた。別におかしな話ではない。

布崎《ぬのざき》を見つけた僕が立ち止まり、呼びかける。『やぁ、実は異動になってね。君のＯＪＴ担当も今日までだ。最後に、一体僕の何が気に入らなかったか教えてくれないか？』熱っぽく語る僕に、布崎《ぬのざき》は一言、『お断りします』。以上、終了、二人は別々に夜の町へと消えていく。

なるほどね。

「だいたい、その布崎《ぬのざき》さんは他人のギズモを操れるようなスーパークラッカーなんですか？　バックアップを止めたり、クラウドをロックアウトできたりするような」

「……無理だな」

「じゃあ無関係でしょう。少なくとも、調査の優先順位はかなり下です」

もっともだった。だが、やはり気になる。なぜ僕のバックアップが止まった、まさにその時に布崎《ぬのざき》と出会ったのか。そして五分近くも相対していたのか。

「とりあえずあなたの足取りを追いましょう。ここにいると、怪しんだシェアオフィスの店員に見つかりかねませんし」

いつの間にか、彼女の鞄《かばん》には熊のぬいぐるみがしがみついている。歩いて出てきたのか？　監視カメラに撮られていたら、それこそ事件扱いされそうだが。

歩き出すウロの背中についていく。

ガラス窓に映る少女の顔は、まだ納得いかなげだった。


記憶を探る旅は、半分くらいうまくいって、半分くらい予想外の事態に見舞われた。

うまくいったというのは、ウロのはったりがほとんどの店で使い回せたことだ。どこも面倒ごとを避けようと、あっさり監視カメラの画像を盗撮《うつ》させてくれた。結果、僕の足取りはかなりのところまで正確に追えた。そう、横断歩道を渡り、ファストフード店の前を行きすぎ、飲み屋の看板を避けるところまでしっかりと分かった。素晴らしい。

想定外の事態は、クラウド障害のせいで臨時休業の店があったことだ。一つや二つならともかく、一街区丸ごと休業だと、まったく足取りがつかめなくなってしまう。それが何回か続いて、僕らは完全に探索の糸口を失った。

もちろんゴールは分かっている。自殺現場の電波塔だ。そこから遡れば、ミッシングリンクが分かるかもしれない。実際、ウロはその道を探し始めていたが、

「なぁ」

どうにも気になって声を上げた。うるさげなウロを見返す。

「やっぱり、布崎《ぬのざき》に話を聞く方がよいと思うんだ」

無言の非難が降りかかってくる。僕は小さく首を振った。

「あいつと僕が五分間も向き合うなんて、どう考えてもおかしいんだ。猫の前にネズミを置いて『待て』と言うようなものだ。いくら仕事の話でも、あんなに付き合ってくれるはずがない。もし付き合わざるをえない業務連絡があったとしたら、それは間違いなく、新聞沙汰レベルの異常事態だ」

「ギズモが止まるくらいの？」

「そう、ギズモが止まるくらいの」

ウロはようやく身体《からだ》を向けてきた。考える表情になって顎を揉《も》む。

「たかだか五分話したくらいで、そこまで仰《おつしや》るとは。普段のあなた方の関係に同情を禁じ得ませんが、さて、その懸念《けねん》が事実だとしましょう。具体的にどうやって布崎《ぬのざき》さんに話を聞くつもりで？　まさか、社内メールで『やぁ、お尋ね者の先輩だけど』と言うわけじゃないでしょうね？」

「直接話をする。この姿なら警戒されずに近づけるはずだ」

「ほう、ほほほぅ」

ウロの口元がほころぶ。満面の笑みが浮かぶ。だが、目は笑っていなかった。

「他人《ひと》の身体《からだ》で、大層なギャンブルを提案されるじゃないですか。私のギズモは非合法品と伝えたはずですが。その事実を、私にとっては見ず知らずの、あなたにとっては関係性最悪の後輩にばらすと？」

「僕が〝園晴壱《そのはるいち》〟だと名乗る必要はないだろう？　従妹とか妹とか言えばいい。で、兄の冤罪《えんざい》を晴らすために、事件を追っているとでも話せば、隠したい内容は隠せる」

「……」

「無理押しはしない。怪しまれたらすぐに退散する」

だめ押しのように言うと、ウロは小さく息を漏らした。不承不承の体で「分かりました」とうなずく。

「お話を聞きに行きましょう。ただ、ここでの調査が終わったあとです。あと数時間くらい我慢できるでしょう？」

「いや、それが我慢できないんだ」

「はい？」

「いいか、僕と彼女は仲が悪い。よって僕は彼女の家を知らない。ランデブーできるとしたら会社の行き帰りしかないんだ。そして、正確に彼女の退社時間をつかめるのは、事前にシフトを知っている日しかない。シフトは前週に決まるから、僕が分かる退社時間は今週の金曜日まで、つまり今日だ」

ウロは時計を見下ろした。時刻は十六時二十分。

「彼女の退社予定時刻は？」

「十八時」

「……ちっ」

舌打ちされた。露骨に嫌そうな顔で眉をひそめられる。

「そういうことは早めに言ってほしいんですけどねぇ」

無茶言うな。

「で？　我々はどこを目指せばいいんで？」

僕はあらかじめ準備していた答えを吐き出す。

「オーパス・エンタープライズＧＨＱ《グローバルヘッドクオータ》、東京駅前の本社ビルだ」

＊

東京駅に着く頃には、もう陽の光は消えかけていた。

下り始めた夜の帳《とばり》が、摩天楼の灯《あか》りに阻《はば》まれている。無数の窓明かりが、ビルのシルエットの中に浮かんでいた。街路のイルミネーションが灯《とも》り、煉瓦《れんが》畳を黄色や緑の原色に染めていく。金曜の夕方にもかかわらず人通りは少なかった。それでも行き交う車は多く、一瞬、日常に戻ってきた気分になる。仕事終わりに、高層ビルを望みつつ、駅や飲み屋へと向かう日々。今日と同じ倦怠《けんたい》がいつまでも続くと信じていた毎日。ああ、ああ。

交差点を渡り、壁のようにそびえるオフィスビルを目指す。

一際《ひときわ》背の高い建物はオーパス・エンタープライズの本社ビルだ。六十階建ての威容が、見る者を圧倒する。真紅の航空障害灯《とう》がいくつも闇の中に明滅していた。格子《こうし》模様の施された外観はまるで天に続く梯子《はしご》のようだ。

（ふぅ）

深呼吸を一回。

郷愁を振り払う。薄れかけた緊張を取り戻す。ここはもう日常の延長ではない。いつ誰が敵に回ってもおかしくない、危地だ。

知った顔はいないか、視線を巡らせる。もし見つけたら大事を取り、遠ざかろうと思ったが、

「きょろきょろしていると逆に不審ですよ」

冷えた声が降ってくる。ウロが顎だけで前を示してきた。

「ただでさえ、ハイエナだらけですから。目立つ真似《まね》は慎んでください」

「ハイエナ？」

視線の先を追う。オフィスフロアのエントランスに人だかりができていた。腕章をつけて、集音器を担《かつ》ぎ、大きな中継機材を持っている。デバイスレスの昨今では珍しい、物々しい出《い》で立《た》ちだ。

「マスコミ？」

「そりゃいるでしょうね。今日の今日で、事態は継続中ですから。何か動きがないか待ち構えているんでしょう。社員のコメントも欲しいはずですしね」

「それは……」

困る。非常に困る。

今からその社員の一人に近づこうとしているのだ。マスコミが寄ってきたらたまらない。

「だから目立つなって言ってるんですよ。念のために伝えておきますが、あそこで張っているのはマスコミだけじゃないですからね。間違いなく捜査当局もいます。で、後輩さんをマークしているはずですよ」

「え？」

ウロは片眉をもたげた。

「当たり前でしょう。私達程度が得られた監視カメラの画像を、当局がチェックしていないとお思いで？　あなたの足取りに繋《つな》がる参考人として、事情聴取くらいしているはずですよ。プラス、そのあとの動向観察もね。近づく者がいたら即、関係者として職質されますよ」

「ど、どうしたらいいんだ、それ」

「後輩さんを見つけたら、まずは尾行。周囲に不審者がいないのを確かめてからアプローチ、これは鉄則です。というか私がいいと言うまで動かないこと。どうせ、誰が警察かも分からないでしょう？」

言葉もない。外見だけではなく、中身まで子供になってしまったようだ。右に進むか左に進むかのレベルで分からなくなっている。

消沈する僕をよそに、ウロは醒《さ》めた視線をビルに向けた。

「さて、あの中を突っ切るのはさすがに避けたいですが。晴壱《はるいち》さんはどこで後輩さんを待つつもりだったんですか？」

「エントランスロビー、セキュリティゲートの前。そこなら確実に彼女が通る」

「ふむ」

ウロの目が細くなった。待ち受けるマスコミを眺めて、

「そこまであのハイエナ達に見つからず行けるルートは？」

「商業エリアのコンビニを抜けて、エスカレーターでロビー階に。そこからカフェの中を通ればたどりつける」

「いいでしょう」

すたすたと歩き出す。僕は一瞬遅れて、あとを追った。

オフィスエントランスを回りこむと郵便局、銀行、次いでレストランが現れる。店頭に紫とオレンジの飾りつけを認めて、何かと思ったらジャック・オー・ランタンだった。かぼちゃをくりぬき提灯《ちょうちん》にしたもの。横にはかかしとフクロウ、箒《ほうき》を持った魔女のキャラクターもいる。

（そういえば、もうすぐハロウィンか）

特に毎年意識もしていなかったが、今年はことさら別世界のイベントに思える。果たしてまた季節の風物詩を祝えるようになるのか。時候の移ろいを楽しめるのか。考えるだけで気が重くなる。

コンビニを抜けて二階に赴く。カフェを通過して裏口から出ると、そこがオフィスロビーだった。

三階分はありそうな吹き抜けだ。木材を多用した壁に、ARディスプレイが並んでいる。テラス側は全面ガラス張りで、瑪瑙《めのう》のような黒に染まっていた。間接照明から漏れ出す灯《あか》りが、観葉植物を淡いオレンジに染めている。

エレベーターホールに続く通路の前には、セキュリティゲートが設けられていた。社員が近づく度に、軽い電子音を立ててバーを開閉させている。そこから少し離れたところに待合用のソファーがあった。

「あそこに座って待っていれば」

歩き出すなり、首根っこをつかまれる。踵《かかと》が滑って尻餅をつきそうになった。

「なんだよ」

「目立つなと言っているでしょう。ハイエナの全員がお行儀よく、玄関前にいるわけじゃないんですから」

え。

慌てて視線を走らせる。ロビー内にたむろう人は多い。見たところ腕章をつけている者はいないが、

「マスコミがここまで入りこんでるのか？」

「いますね。知った顔もちらほら見えますし。ほら、あれとかあれとかあれとか。特ダネ狙いのパパラッチですよ。彼らに〝不法侵入〟なんて言葉はかけるだけ無駄でしょう。必要ならセキュリティゲートだって乗り越えかねない連中です」

「なるほど、あんたのご同類ってわけだ」

憎まれ口に返事はなかった。

……ん？

ん。まさかこんなことで怒ったのか。怪訝《けげん》に思い見上げる。

「ウロ？」

「晴壱《はるいち》さん、ゆっくりこちらに向き直ってください。振り返らないように、不自然にならないように」

声音に緊張がある。

理由を訊《き》けないまま従った。ウロは僕の肩を抱き、観葉植物の陰に向かっていった。柱と枝葉に視界が遮られる。

「おい。おい、どうしたんだ」

「厄介なのがいました」

害虫でも見つけたような声。

「公安です」

「コウアン？」

「テロ対策やスパイ狩りを専門にする組織ですよ。まぁ事態が事態だから、出張ってきても全然不思議じゃないですがね。一度マークされたが最後、死ぬまでつけ回されますよ。顔を覚えられたら終わりです」

ごくりと唾を飲む。うなじの毛が逆立った。

「ここで待機してください。セキュリティゲートのあたりはギリギリ見えるでしょう。何かあれば連絡をください」

「どうしたら」

言ってストラップの熊を渡してくる。なんだ、電話機代わりということか。

「ウロは？　どこに行くんだ」

「退路の確保と情報収集に。パパラッチの中に一人、話が通じそうな相手がいました。状況を訊《き》いてみます」

それは目立つうちに入らないのか、と言いかけたが、余計なやりとりで目を引きたくない。

僕は短く「分かった」とうなずいた。

「いいですか。後輩さんを見つけたら、まず私に連絡するんですよ。近寄らない。声をかけない。あと目は合わさない」

「分かった。分かったからさっさと行ってくれ」

そのままいくと『姿を見るな』くらい言いそうだったので、早々に追い払う。ウロはまだ不安げだったが、二、三歩離れるとすぐ表情を消した。あのうさんくさい営業スマイルも封じて、普通のＯＬのように歩いていく。

さて、と。

スカートの後ろをおずおずと押さえてしゃがみこむ。

膝を抱えてぼんやりしていれば、保護者を待っているようにも見えるだろう。万が一、目を留められても、そう不審には思われないはずだ。

低い目線から見るロビーはいつもより大きく見えた。天井が高い。降り注ぐ光がスポットライトのようだ。

子供の頃、世界が大きく見えたのは、つまりこういうことなのだろう。わずか五十センチの成長が、畏怖と解放感を奪ってしまう。何かを得るのは何かを失うに等しい。そんな言葉がふっと過《よぎ》った。

「すみません、すみません、ちょっとよいですか」

私服の男性が、セキュリティゲートに駆け寄っている。丁度、中から社員が出てきたところだ。ふと顔を見てどきりとする。

彫りの深い顔立ち、柔和だが意志の強そうな眼差《まなざ》し。

赤江《あかえ》だ。

同期の友人にして、あの日、ロードレース案件でチームを同じくした人物。

赤江《あかえ》はうるさげに男性を払いのけて、出ていこうとした。だが相手はしつこく食い下がっている。〝容疑者〟、〝事件〟と連呼しているから多分パパラッチなのだろう。赤江《あかえ》は疲労と苛立《いらだ》ちの交ざった顔で相手を睨《にら》みつけたが、何も言わず歩み去っていった。

（悪い、赤江《あかえ》）

僕とつるんでいたから、必要以上に注目されているのだろう。胸の中で謝罪する。すまん、この埋め合わせはきっとするから。

続いて、他の社員が何人か出てきた。ある者はパパラッチにつかまり、ある者は隙を突いてロビーを突破していく。

時計を確認。十八時五分……いや、六分。まだ布崎幾《ぬのざきいく》は出てこない。急な残業でも入ったのか？　あるいは定時前に退社したのか。考えたくないが、後者な気もする。何せワーカホリックとは無縁の人物だ。気分次第で、ひょいと帰ってもおかしくない。

どうしよう。

あまり長居するのはまずい。十分や二十分ならともかく、一時間を超えたらさすがに警備に目をつけられる。どこかで切り上げるとして、猶予はあと何分だ？　五分？　十分？

天を仰いで深呼吸する。目を閉じて落ち着こうとした瞬間、視界の端に小柄なシルエットが入ってきた。慌てて視線を向ける。

エレベーターホールから和人形のような女性が出てくる。リクルートスーツを思わせる地味な服装で、相変わらずボンヤリとした表情だ。

（布崎《ぬのざき》）

鼓動が高鳴る。

ついつい目で追ってしまうのを、意志の力で抑えつける。伏し目がちになって、息を潜めた。

ＯＫ。何をやるべきかは分かっている。動かず、騒がず、ウロに連絡する、だ。この……熊に話しかければいいのか？　スイッチの類いはないから、とりあえず口元に近づけて。

「先輩？」

鈴を転がすような声が降ってきた。

まばたきして顔を上げる。照明を背に、布崎《ぬのざき》がのぞきこんできていた。強《こわ》ばった表情で眉をひそめている。

……は？

「何しているんですか、こんなところで」

今まで聞いたこともないような、きつい口調。僕はたじろぎつつも、湧き上がる疑問を吐き出していた。

「僕のことが分かるのか？」

「分かるに決まっているでしょう、園《その》先輩。……って、え？　あれ？」

夢から覚めたように目をまたたく。彼女はまじまじと僕を見下ろした。

「なんですか、その格好」

「何を――今更」

照明の光が陰った。

いつの間にか、布崎《ぬのざき》の背後に黒スーツの男達が立っている。眼光が鋭い。獲物を見つけた鷹《たか》のような目で僕らを取り囲んでいた。

「失礼、布崎《ぬのざき》さんですよね。そちらの子は？　お知り合いですか？」

男の一人が身分証イメージを映し出す。所属に Public Security の文字。パブリック・セキュリティ……公安！

凍りつく僕をよそに、布崎《ぬのざき》は驚くべき行動に出た。

くるりと向き直ると、予備動作もなしに男に体当たりしたのだ。

「逃げてください！　早く！」

不意打ちはわずかだが、包囲をほころばせた。突き飛ばされた男がよろめく。取り押さえようとした他の公安の手を、布崎《ぬのざき》がうつむいてかわす。

僕がこういう修羅場に慣れていたら、すかさずダッシュしていたのだろう。だが事態の変化についていけないでいるうちに、幸運の女神は立ち去ってしまった。

布崎《ぬのざき》がつかまる。ただでさえ屈強な男達が三人がかりで、彼女を押さえつける。

そして僕もまた後ろ手にねじり上げられて、組み伏せられる。重い。鉄の塊を背中に叩《たた》きつけられたようだ。

「確保！　確保！」

「応援、呼べ！　急げ！」

「マスコミを近づけるな！」

公安達が叫んでいる。布崎《ぬのざき》はまだ抗《あらが》っているが、無駄なあがきなのは明らかだった。見る間に関節を押さえられて、床に沈められる。

くそっ。

軋《きし》るような声を上げる。奥歯を軋《きし》ませる。

なんで、よりにもよって子供のギズモなんだ。せめて元の身体《からだ》なら一矢《いっし》くらい報いられただろうに。公安の注意を引けたかもしれないのに。こんな細腕じゃ、振り回したところで大した脅威にもならなくて――

ドンッ！

「え？」

公安が吹き飛んでいた。

僕の手の動きに合わせて、宙を舞い、壁に叩《たた》きつけられる。

ものすごい衝突音とともに、空気が震えた。ガラスが割れて、夜闇がひび割れの白に染まる。

何が起きているか分からないまま、もう片方の腕を振り回した。押さえつけていた公安がもんどり打って弾《はじ》け飛ぶ。

「な」

ありえない光景に誰もが目を丸くしている。かくいう僕も目をぱちぱちしていた。が、すぐに一つの結論にたどりつく。自分の身体《からだ》を見下ろす。ウロの使っていたギズモ。そうか。

(こいつも、オルタネートか！)

今度はまごまごしていなかった。心理的衝撃で生じた隙を最大限に活用する。

姿勢を低くして突撃、布崎《ぬのざき》にのしかかる男達を撥《は》ね飛《と》ばす。呆気《あつけ》に取《と》られる彼女の手をつかみ、抱きかかえるように引き寄せた。

「つかまって」

返事は待たない。走り出した瞬間、とてつもないGが布崎《ぬのざき》の身体《からだ》をしならせる。「ひっ」という悲鳴が辛《かろ》うじて聞こえた。あとはもう風の音で世界が満たされる。

背中に羽が生えたようだった。一歩踏みこんだだけで五、六メートル移動する。周囲の景色が切り替わる。気を抜くと誰かにぶつかりそうだ。着地の度にどっちに進むか、どこを目指すか決断しないとならない。駆けつけた公安の手をかわし、案内板を弾《はじ》き飛《と》ばして、エスカレーターの吹き抜けを飛び降りる。

いきなり降ってきた女子二人に、エントランス周辺の人々がぎょっとした様子になる。が、構っていられない。すぐに踵《きびす》を返《かえ》して通用口に向かった。さすがに取材陣のまっただ中を突っ切れない。防災センターの脇を抜けるルートなら、まだ人目は少ないはずだ。

脇道に入り、分岐を曲がり、自動ドアが開き終えるのももどかしく外に出る。車寄せを横断してビルの敷地《しきち》から逃れようとした時だった。

誰か——いる。

照明が暗いので、直前まで気づかなかった。出口を塞ぐようにたたずんでいる。公安？ 警備？ それとも配送業者か何かか？

いずれにせよ、止まれない。僕にできることは「どいてください！」と叫ぶくらいだ。大人しく避けてくれればよし、さもなければ撥《は》ね飛《と》ばすまでだ。大丈夫、そっと押しのければ尻餅をつかせるくらいですむ。

なるべく相手を怪我《けが》させないように、これ以上罪を重ねないように、そう思っていたから続く事態はまったくの予想外だった。相手が向き直ってきた。腕を上げ、足を踏ん張ると、僕らの突進を、真っ正面から受け止めたのだ。

「っ⁉」

壁にぶつかったようだった。骨と肉が軋《きし》み、脳が揺さぶられる。目の前で火花が散る。わずかに相手を後退させているが、勢いは完全に殺されていた。

生身ならぐしゃぐしゃになっていただろう。オルタネートの頑強さで辛《かろ》うじて持ちこたえているが、五感の混乱は避けようがなかった。

跳《と》び退《の》いて距離を取る。

闇に慣れた目が、相手の姿をとらえた。

異相だった。

寸胴で猪首《いくび》、足は短く、腕だけがなぜか長く細い。着ている服は先ほどの公安と同じ黒のスーツ、だがひどく非人間的な印象を受ける。

顔は……凹凸に乏しい。なのに目と鼻、口の部分だけ、ぽっかりと穴が開いている。何かに似ていると思ったら〝埴輪《はにわ》〟だった。生気のない面が夜闇に浮かび上がっている。

ぞくりと怖気《おぞけ》が走った。

ウロと同じ、人外の怪物を目にした気分。間違いない、こいつもギズモをいじっている。

「どいつもこいつも」

ギズモのプロテクトをなんだと思っているんだ。僕だけを指名手配している場合じゃないだろうに。

息を整えつつ突破口を探す。活路を見つけ出そうとする。ただ、時間の経過はこの場合、悪い結果しか生まなかった。背後の自動ドアが開く。足音とともに現れたのは、公安の追っ手達だった。

「っ」

絶体絶命。

孤立無援。

絵に描いたような袋の鼠《ねずみ》。

(くそったれ)

軋《きし》るような声を上げて、布崎《ぬのざき》を抱え直した時だった。

風が──唸《うな》った。

ブンッ！

黒い槍《やり》状の物体が宙を裂き、埴輪《はにわ》顔を跳《と》び退《の》かせる。

（槍《やり》？）

いや……箒《ほうき》か。えらく古風な外観だ。節くれ立った柄に、藁《わら》をたばねたブラシがついている。

結束に使われているのは黒い布。お伽噺《とぎばなし》で魔女が持つような箒《ほうき》だった。

「上だ！」

と誰かが叫んだ。誘われるままに視線を向ける。

車寄せの屋根にコートの裾が翻《ひるがえ》っていた。

魔女だ。

高層ビルの灯《あか》りを背に、細身の〝魔女〟が立っている。

黒一色。パンツスーツの上に長いケープをまとっている。ツバの広い三角帽、その下には見覚えのあるフクロウの面。レストランの店頭に並んでいたハロウィンの飾りつけだ。

呆気《あっけ》に取られて見ていると、

『走ってください』

冷えた声が熊のストラップから響く。間を空けずに〝魔女〟が飛び降りた。包囲の公安メンバーを後ろ蹴りで弾《はじ》き飛《と》ばす。次いで、立ち尽くす相手を手刀で薙《な》ぎ倒《たお》した。

『ここは私が時間を稼ぎます。村子《むらこ》さんのところで合流しましょう』

「ウロ……なのか?」

返ってきたのは舌打ちだった。心底苛立《いらだ》たしげな声が響く。

『この格好を見て、名前を呼ぶ馬鹿がいますか? 連中、口の動きからでも情報を読み取るんですから。勘弁してください』

「……悪い」

『早く行ってください。一人、厄介なのがいます』

混乱する現場の中、猪首《いくび》のシルエットだけが泰然とたたずんでいる。木の洞のような目が〝魔女〟を見据えた。

やや後ろめたさはあったが、本能的な危機察知能力がそれを上回る。怪物同士の衝突に、素人《しろうと》の入りこむ余地はない。

一番手薄な場所を狙ってダッシュ。伸ばされた手をすり抜け、つかみかかる腕に宙を切らせ、地を這《は》うようにして路上へ出る。ガードレールに足をかけてジャンプ。超人めいた脚力は、僕らの身体《からだ》をたやすく向かいの建物のテラスまで運んだ。

そのまま夜闇を目指して、空を駆けていく。

月灯《つきあか》りを背に、都心の夜景が移り変わっていく。夜風が髪を膨らませる。スカートが大気を含んで舞い上がる。月面にでも来たみたいだ。兎《うさぎ》のようにぴょんぴょんと自由に飛び跳ねている。

大事に大事を見て距離を稼いでいくと、いつの間にか川沿いに着いていた。高架下の立ち入り禁止エリアに落ち着き息を潜める。追っ手の姿は……ない。サイレンの音も聞こえない。そこまで来て、ようやく僕は同行者の存在を思い出した。

どこかにぶつけたり、引きずったりはしていないはずだが、精神的な衝撃はかなりのものだろう。そろそろ状況を説明してしかるべきだ。

「布崎《ぬのざき》」

返事はない。彼女は白目を剝《む》き失神していた。

＊

「うちは死体置き場でも葬儀屋でもないんだけどな。始末に困ったものを、手当たり次第に持ちこむのはやめてくれないか」

八時間ぶりに再会した村子《むらこ》は、布崎《ぬのざき》を見下ろすなりそう言った。

相変わらず作業着姿で町工場のエンジニアのようだ。茫洋《ぼうよう》とした対応に一瞬、脱力しかけるが、僕は慌てて首を振った。

「違う。違う、死んでません。気を失っているだけです。僕の動きがちょっと激しかったみたいで、その……ジェットコースターに乗ったあとみたいになっているんです」

「ふぅん？」

頭の天辺《てっぺん》から爪先まで眺められる。それで、何をやらかしたのかだいたい悟られたらしい。村子《むらこ》は小さく溜息《ためいき》をついた。

「工房に連れてきて。脳に異常がないかチェックする」

「ＣＴかＭＲＩでもあるんですか？」

「クラフトセル間のメッセージを拾ってアノマリーを検出する。大きな問題はそれでだいたい分かるから」

さらりと言って歩き出す。

もっと色々訊《き》かれると思っただけに、正直拍子抜けした。その子は誰だ、とか、なんで失神するほど走り回ったのか、とか、あたしが介抱する義理あるの？とか。それに、ああ。

「ウロがどうしたか訊《き》かないんですか？」

足音が止まる。村子《むらこ》は片目を少しだけ開いて振り返ってきた。

「何？　あいつ死んだの？」

「い、いや死んでませんけど。僕らを逃がすために、公安？　だかなんだかとやりあっていて」

「ああ、じゃあ大丈夫でしょ」

興味を失ったように歩き出す。いや、いやいや。

「し、心配じゃないんですか？」

「その程度で心配していたら、心臓がいくつあっても足りないよ。金の匂いがすれば、戦場だって行きかねない奴《やつ》だ。てか、あいつも好きで危ない橋を渡っているんだし、くたばったところで、外野がとやかく言う話じゃないだろう」

「……」

「行くよ」

今度こそ、話は終わりとばかりに背を向けてくる。

淡泊だ。パトロンと研究者の仲と聞いていたが、こんなにも無関心なものだろうか？　それとも信用しているのか？　ウロなら放っておいても、大抵の修羅場は突破できると。

（ううむ）

もやもやを抱えたままあとを追う。框《かまち》を上がり、雑然とした廊下を抜けて、工房にたどりついた。黒ずんだコンクリート壁と騒々しい換気扇、そして複数の3Dバイオプリンター。半日前、この身体《からだ》に命を吹きこんだ場所。

「そこに寝かせて」

汚れたエプロンをつけながら、指示してくる。僕は言われるまま布崎《ぬのざき》を運んだ。3Dバイオプリンターのカバーを開けて、彼女を置く。何本かケーブルを踏んでいたので、それもどかした。

「電源入れて、横のボタン」

親指でスイッチを押しこむ。低い唸《うな》りとともに機器が覚醒する。

「起動メニューは［Diagnostic］で、確認表示は全部YES。入力は［Sniffer］」

ARコンソールを指で操作。複数のウィンドウが開き、高速でログを吐き出し始める。

「できました」

「OK」

村子《むらこ》は横に並び立つと、コンソールのイメージを引っ張り上げた。自分の目線に調整して、慣れた手つきで操作し出す。

出てくる表示は半分くらい意味不明だった。市販のバイオプリンターとは随分ユーザーインタフェースが違う。コマンドラインの割合が高く、操作の大半はキーボードによっている。

〝a〟と入力すると、瞬時にクラフトセルのステータスが表示される。

〝s〟と入力すると、瞬時にデバッグログが出力される。

どうやら省略コマンドとエイリアスを組み合わせているらしい。速い。そして得られる情報が多い。横から見ているだけでも、膨大なツールやライブラリの存在が分かる。

ウロの言葉が蘇《よみがえ》った。

──正規でサポートされないことをやるなら、一から自分で作るしかないでしょう。

ぶるりと身震いする。畏怖の念が湧き上がる。

「これ……村子《むらこ》さんが作ったんですか？」

「ん？」

「管理画面とか、バイオプリンターとか全部」

「うん、まぁ」

「すごい」

「そう？」

指を止めずに一瞥《いちべつ》してきた。

「オーパスの正規品に比べれば、全然洗練されていないと思うけど」

「いや、洗練も何も、普通は動かすことさえできませんよ」

村子《むらこ》は肩をすくめただけだった。顔を前に戻し、作業を続ける。ただ、僕の好奇心は収まらなかった。彼女に向けて身を乗り出す。

「大学でギズモの基礎研究をしてたって聞きましたけど」

タッチタイプが止まる。村子《むらこ》は横目で見返してきた。

「ウロから聞いたのか？」

「はい」

「間違いだ」

「え？」

溜息《ためいき》をつかれた。面倒そうに首を振ってくる。

「あたしがやってたのは〝ギズモの基礎研究〟じゃない。〝ギズモ成立に関わる技術史の研究〟だ。何度説明してもあいつには伝わらないんだが」

ええっ……と。

正直よく分からない。混乱を察したのか、村子《むらこ》は続けた。

「ギズモのコンセプトが発表されたのが二〇一〇年代。当時の技術水準と言えば、ようやく4G通信が普及し始め、クラウドコンピューティングが実用的になり出した頃だ。人体のデータを丸ごと保管できるストレージ、それらを支える通信インフラ、遺伝子操作技術、どれをとっても夢のまた夢だった。なのにギズモは急速に開発が進み、二〇二〇年代の半ばには商用リリースされてしまった。あまりにも、あまりにも技術の飛躍がすぎる。その理由を解き明かしたいというのがあたしの研究テーマだった」

「理由……ですか」

色々な人が色々な発明をしたから。それこそ大学と共同研究もして、〝不慮の死〟の克服に邁進《まいしん》した。それだけの話じゃないのか？

「特許の履歴を漁《あさ》れば、分かるんじゃないですか。誰がどういう風に開発に貢献したかとか」

「ところが、公開された特許の組み合わせじゃ、どうにも今のギズモにたどりつけないんだ。というか、とある特許の実現には別の技術が必要で、その技術の出処は、ネットにアップされた技術資料だったりする。で、その資料の作成者がよく分からない」

「分からない？」

「一応、署名はあるが、実在が確認できない。調べてもたどりつけない。そういうものが、ギズモの開発に行き詰まる度に、どこからともなく湧いて出てくるんだよ。まるで悩める技術者に助け船を出すみたいに。断崖絶壁の谷に橋でもかけるかのように」

「どういうことでしょう」

やや薄気味悪さを覚えつつ訊《たず》ねる。村子《むらこ》は肩をすくめた。

「さぁね。だから調べたかったんだ。大学の資料をもとに、バイオプリンターを試作してね。出処の確かな情報でどこまで再現できるか、試してみた。ただやっぱりミッシングリンクが多すぎる。完璧なギズモの再現にはほど遠い」

「そう……なんですか？」

自分の身体《からだ》を見下ろす。スペック的には商用品をはるかに上回っていそうだが。

「クラフトセルの寿命が短いんだ。定期的に身体《からだ》を作り替えないと、組織が崩壊して死亡する」

「え」

　血の気が引く。体温が急降下する。

「ちょ、ちょっと待ってください。お古って言ってましたよね？　この身体《からだ》」

　村子《むらこ》は小首を傾《かし》げた。

「心配しなくてもあと一年くらいはもつよ。ウロのやつ、あまり使わなかったんだ、それ。どうも金策向きじゃなかったらしくって」

「……」

「話を戻すけど、要するに、あたしが知りたいのはギズモがどう動いているかじゃなくて、誰のどんな技術がギズモの実現に結びついたかだ。だから〝技術史の研究〟。〝基礎研究〟ではなくってな。このニュアンス、伝わるか？」

「はい……ええ、伝わりました、多分」

「よかった。今度、ウロに説明してやってくれ」

　作業に戻ろうとする。僕は慌てて「あの」と呼びかけた。

「すみません、もう一つだけ」

「何？」

「今の話、大学では発表しなかったんですか？　結構、騒ぎになりそうな内容だと思うんですけど」

「しなかった。というかできなかった」

電子音とともにARコンソールが明るさを増す。村子《むらこ》の顔に光が映りこんだ。

「オーパスと大学の共同研究は、守秘義務契約のオンパレードでね。あたしが参考にした資料も部外秘のものばかりだった。参考文献のない論文なぞどこにも発表できない。だから、諦めた。今こうして研究機材を維持しているのは、まぁ趣味の一環ってやつだ。幸い、日銭は町医者稼業《かぎょう》で稼げるしな」

「……」

「すまないが、雑談は終わりだ。ちょっと集中させてくれ。デリケートな作業になる」

興味は尽きないが、口をつぐむ。見守っていると、ログのスクロールが速くなった。細かなウィンドウが次々と開き、またマージされていく。村子《むらこ》の視線がコンソールの上を走った。

「クリア、クリア。目立った異常はなし。再送メッセージが多いけど、生命維持関連のやりとりは正常にクローズしている。……問題なさそうだな。安静にしておけばすぐ目覚めるだろう」

胸をなで下ろす。よかった。

「念のため、頭以外も見ておくか。運動機能、感覚機能、メンタルイメージ……ん？」

村子《むらこ》の眉根が寄る。彼女は口元をへの字に歪《ゆが》めて、首を傾《かし》げた。しばらくの間、なんとも言えない沈黙が落ちる。

「ど、どうしました？」

「なぁ、今更だけど、この子って何？」

「何って」

本当に今更だ。

「会社の後輩……ですけど」

「後輩？　それって結構、長い間、一緒にいたってこと？　一日や二日じゃなくて」

「ええ、まぁ半年くらい」

「半年ぃ？」

空を仰いでいる。眉間に皺《しわ》を刻み、今にも十字を切りそうな顔だ。僕はわけが分からないまま「あの」と問いかけた。

「何か気になることでも」

「気になること？　うん、まぁそうだな。今の君の状況を鑑《かんが》みると、大した話じゃないかもしれないけど」

振り向きながら、コンソールをさらしてくる。

「この子、人間じゃないぞ」

＊　3章　ファントムサーキット　＊

「人間じゃない？」

そう訊《き》いた僕の顔は、おそらくかなり間が抜けていたはずだ。

抑揚のない声からも、頭が回っていないと分かる。聴覚と発声器官の間に、ぽっかりと穴が開いていた。村子《むらこ》の言葉をそのまま、馬鹿みたいに繰り返している。

村子《むらこ》はコンソールを動かして、ウィンドウの一つを拡大した。

「クラフトセルの開放ポートを叩《たた》いて、システム情報を引っ張ってみた。相手が生身の人間ならＩＤや生年月日が出てくるが、彼女の場合は——こうだ」

IKU Personal Assistant System ver:10.0.84375
Original Install Date: 22nd Mar,203X

「アイ・ケー・ユー、パーソナルアシスタントシステム？」

村子《むらこ》はうなずいた。

「初期のオーパスが医療現場用に開発していた、ロボットＯＳだ。人型プラットホームに搭載して、介護やリハビリの支援を行う予定になっていた」

「初耳です……」

「当時のオーパスは開発リソースが貧弱だったからな。商用化に手間取ると分かった時点で、計画自体打ち切られてしまったんだ。ただ完全に息の根を止められたわけじゃない。物理的なロボットの制御こそ諦めたが、仮想的なアシスタントシステムとしてのブラッシュアップは続けられたんだ。聞いたことがないか？　あのスマートバッヅと連携した、音声認識の」

！

電撃に貫かれる。一つの単語が思い浮かぶ。

「ひょっとしてｖＩＫＵ《ヴィーク》？」

ハロー・ヴィーク。何千、何万回となくつぶやいた言葉だ。スマートバッヅを立ち上げるためのウェイクワード。

村子《むらこ》はもう一度、うなずいてみせた。

「ｖＩＫＵのｖはvirtualized（仮想化）のｖだ。要するに実空間での利用が想定されていたロボットＯＳをネットワークサービスの手段に置き換えたわけだな。ちなみにＩＫＵはイクと読む。アイ・ケー・ユーではなくな。ｖＩＫＵも続けて読むだろう？」

「イク……」

幾《いく》。布崎幾《ぬのざきいく》。おいおいおい、まさか、そういうことなのか。

コンソール上のインストール日付《Original Install Date》を見る。二〇三×年三月二十二日。

「つ、つまり、こういうことですか？　彼女は昔使われていたロボットＯＳをギズモにインストールした存在だと。僕が後輩だと思っていた人物は、今年の三月に何者かに生み出されて、オーパスに送りこまれたと？」

「多分な」

信じられない。誰が、一体なんのために。

混乱する僕をよそに、村子《むらこ》の目は輝き出していた。好奇心が刺激されたのか、口元が緩んでいる。

「IKUなら認証バイパスの実証コード《PoC》があったな。中身を掘れるかもしれない。やってみるか――構わないだろう？」

「え、ええ、まぁ」

「よし」

言うが早いかコンソールを叩《たた》き出す。昏睡《こんすい》状態の相手のプライバシーを暴《あば》くのはためらわれるが、状況が状況だ。彼女の目的・黒幕が分かれば、今の混迷を打開する糸口になるかもしれない。

先ほどとは倍のスピードでコンソールのメッセージが流れていく。操作が速すぎて、何をしているのかさっぱり分からない。現れたと思った表示がすぐ次の表示に塗り替えられる。

しばらくのぞきこんでいたが、諦めて目を逸《そ》らす。3Dバイオプリンターの本体を眺める。

配線剥《む》き出《だ》しの筐体《きょうたい》は、まだ馴染《なじ》みのある姿だった。各パーツの目的が、なんとなく理解できる。ヒートベッド、エクストルーダ、プリントヘッド、射出成形ノズル。

視線を動かしていき、一つの表示板に目を留める。今時珍しい物理ディスプレイだ。波形グラフや数値、時刻が移り変わっている。

バイタルモニターだ。小刻みな振動を見せているのは脳波だろう。このあたりは普段のフィールドサポートで嫌というほど見ている。多く出ているのはアルファ波、優位な場所は頭頂・後頭部。うん、分かりやすい。典型的な覚醒時の脳波だ。睡眠中に比べて安定したパターンで

――

ん？

ちょっと待て。覚醒時？

はっとなって視線を向ける。布崎《ぬのざき》の手が動いている。ぴくりと周囲を探るように、指先が這《は》っていた。

「村子《むらこ》さん！」

警告は一瞬遅かった。布崎《ぬのざき》の上体が跳ね上がる。バネ仕掛《じか》けの人形のように身を起こすと、傍《かたわ》らの村子《むらこ》につかみかかった。頭を押さえて、覆《おお》い被《かぶ》さる。思わず駆け寄りかけた僕に、布崎《ぬのざき》は強い視線を向けた。

「先輩、何してるんですか！　早く行ってください！」

へ？

「ここは私が押さえていますから！　早く！」

いや。

いやいやいや。

「あ、あのな、布崎《ぬのざき》。その人は」

「長くはもちません！　くっ、この！」

ばたばたと腕を振り回す村子《むらこ》と、布崎《ぬのざき》が絡《から》まり、糸玉のようになっている。体格では布崎《ぬのざき》が劣るが、マウントの利点を存分に活《い》かしてしがみついている。

「おい、園《その》君！　なんだこいつは！」

「先輩、ぼうっとしてないで。逃げないならいっそ手伝ってください！」

（ええっ……と）

手を出すに出せず、まごついていると、不意に布崎《ぬのざき》が宙に浮いた。

衿《えり》をつかまれてぶらんとぶらさがっている。その後ろに、細身のシルエットが立っていた。カラスの濡《ぬ》れ羽色《ばいろ》をした長い髪、パンツスーツの麗人。

「ウロ！」

「何をやってるんですか、あなた方は」

いかにも面倒臭そうに視線を走らせる。固まる布崎《ぬのざき》に目を留めて、それから僕を見た。

「人が必死に退路を切り開いて戻ってきたら、三人でくんずほぐれつじゃれあって。いい神経してるじゃないですか。誰のせいであんな騒ぎになったと思ってるんです」

ぽんと布崎《ぬのざき》を放り出す。彼女は壁際《かべぎわ》のソファーに丁度よく収まった。

ウロは、それでもう興味を失ったようにジャケットを脱いだ。その左腕が妙な方向にねじまがっていて、ぎょっとする。白いシャツに血がにじんでいた。

「ど、どうしたんだ、それ」

「ん？　ああ」

不機嫌そうに鼻を鳴らす。

「あの〝埴輪《はにわ》顔〟にやられたんです。随分とたちの悪いギズモでしたよ。逃げる気満々だったから、この程度ですみましたが」

「この程度って」

「腕の一本や二本、消耗品ですよ。すぐに治してもらえます。村子《むらこ》さん、頼みます」

バイオプリンターに座って折れた腕を差し出す。村子《むらこ》は溜息《ためいき》をつきながら、それでも応急処置を始めた。

妙な沈黙が落ちる。

布崎《ぬのざき》はと見れば、油断なくこちらをうかがっている。先ほどまでの敵意は後退しているが、警戒の色は濃く残っていた。

「あー、えー、なんて説明したらよいか分からないけど」

極力刺激しないように呼びかける。

「この人達は敵じゃない。今のところ僕らを助ける方向で動いてくれている。事情を説明すれば相談に乗ってくれると思う。多分」

「コンサル料は別料金ですよ、晴壱《はるいち》さん」

うるさい、黙れ。

揶揄《やゆ》するウロを睨《にら》みつけてから、顔を戻す。

「とにかくお互いが知っていることを話さないか？　君がどんな目的で動いているにしても、状況の整理は必要だろう。僕がなんでこんな姿になっているかも気になるだろうし」

「……」

「どのみち、今ここを出ても当局に追われるだけだろう」

根気強く待っていると、布崎《ぬのざき》はうなずいた。話の続きを促すように見つめ返してくる。

僕は深く首肯して説明を始めた。

まずは自分の状況を、ここまでの経緯を話していく。シェアオフィスで記憶が途切れたこと、クラウド侵害の覚えがないこと、監視カメラの画像から布崎幾《ぬのざきいく》にたどりつき、アプローチしたこと——

布崎《ぬのざき》の顔は困惑げだった。寄り目がちになって考えこんでいる。

あらかた語り終えたが、質問はない。僕は「じゃあ」と口調を切り替えた。

「今度はこちらから訊《き》いていいかな？　答えたくないことは答えないでいいから」

「……はい」

何から訊《たず》ねようか、とは悩まない。重要事項は一つだ。彼女と今後も付き合っていく上で、必ず知っておかなければならないこと。

「君に指示をしている人間は誰だ？」

君を作った者は？　とも訊《き》きたいが、おそらく同一人物だろう。いたずらに質問を重ねるより論点を絞った方がいい。そう思ったのだが、

「本気で言ってます？」

睨《にら》むように訊《き》き返された。怯《ひる》む僕に、彼女は身を乗り出してきた。

「社内はまぁ仕方ないと思いましたよ。周りの目もありますし、多少すっとぼけた対応をされるのも。でも今、状況を整理しようと言ったばかりですよね？　なのになんですか、その質問は。ふざけてるんですか？」

「ふ、ふざけてるわけじゃ」

「じゃあ何か意図があるんですか、だったらきちんと説明してください。いつもみたいに、さぁ、さぁ」

「ちょ、ちょっと待った！　え？　今なんて言った？　……いつもみたいに？」

そう言われるほど会話の機会を持った覚えがない。膝詰めで話した記憶がない。相手の認識を疑う一方でまさか、という感想が浮かんだ。まさか。

布崎《ぬのざき》の指先がゆっくりと持ち上がった。細い人差し指を突きつけてくる。

「私に指示を出してるのは、園《その》先輩、あなたですよ。私は――IKUはあなたに命じられるままオーパスに入って、言われた内容をこなしているだけです」

凍りつくような沈黙が満ちた。村子《むらこ》の治療の手も止まっている。ウロがまじまじとこちらを見ていた。

「い、いや、そんな……はずは」

ない。

ありえない。

否定しかけるが、布崎《ぬのざき》の糾弾は止《や》まなかった。憤懣《ふんまん》やるかたない様子で続ける。

「だいたい、社内では不用意に話しかけるな、近づくなと指示したのは先輩ですよ。なのに、気軽に食事に行こうだの、なんだの持ちかけてきて。あれじゃあ断る私が悪者じゃないですか。自分の言動に責任を持つことができないんですか、あなたって人は」

「え、え、ええぇ？」

ぱちくりと目をまたたく。

「じゃあ、君は僕のことを嫌ってたわけじゃないのか？　鬱陶しがって突き放していたわけじゃ」

「今は正直鬱陶しいですが、基本的には真摯に尽くしていたつもりですよ。私はあなたのパーソナルアシスタントなんですから」

「……」

「こりゃいい。面白いことになってきました」

ウロが手を叩《たた》く。

「私も晴壱《はるいち》さんの自作自演を疑っていたんですよ。まさか身内からボロが出るとは。さぁ、そろそろ観念してはいかがですか。警察・公安の嫌疑は全て事実だったと」

「ち、違う」

必死に首を振る。絡《から》みつく疑念を振りほどこうとする。

「そこだけは、絶対僕の仕業じゃない」

世界秩序を打ち壊す動機がない。いやまぁ、布崎《ぬのざき》を生み出し侍《はべ》らせる動機も大概不明だが。分からないのレベルが違う。

混乱のまま後輩に向き直る。「布崎《ぬのざき》、布崎《ぬのざき》」と彼女の名前を呼ぶ。

「その呼び方も不快です。なんでいつものようにＩＫＵと呼ばないんですか？」

「じゃあ……幾《いく》、悪いが死亡のタイミングで僕の記憶は大分混乱しているんだ。君との関係もきちんと思い出せていない。だから過去のやりとりを教えてもらえないか。……そうだな、とりあえずあの晩のできごとを」

「あの晩？」

「三日前、僕が死んだ夜のことだ。そう、そもそも君がなぜシェアオフィスを訪れたか」

幾《いく》はまた不機嫌極まりない顔になったが、続く言葉をぐっと呑《の》みこんだ。二、三度、クールダウンするように呼吸してから、うなずく。

「いいでしょう。先輩が本当に記憶をなくしている前提でお答えします。あの晩、あそこを訪れたのは、他でもない先輩に呼ばれたからです。七時過ぎに、駅前のシェアオフィスで待ち合わせようって」

え。

「い、一体なんのために？」

「知りません。実際呼ばれて行ったあとも、先輩は黙って突っ立ったままだったんです。五分か十分か向き合って『もういい』って」

「もういい」

「『帰って、あとはいつも通りに』って」

わけが分からない。我がことながら、さっぱり意図がつかめない。本当に僕なのか？　まるで誰か別の人間の記憶を追いかけているようで——

(待てよ)

はっとなる。唐突に、全てを説明できる仮説が浮かぶ。

「なぁ、それ、別人って可能性はないか？」

「はい？」

「僕とよく似た人間、あるいは変装した相手に呼び出されたんだ。そいつと僕が入れ替わったと考えたら？　僕の記憶がないのは当然だし、いつもの振る舞いと違うのも納得できる」

そうだ。クラウドをクラックしたのも、幾《いく》を操っていたのもそいつだとすれば。

だが幾《いく》はにべもなく首を振った。

「ありえません」

「な、なんで」

「私は先輩を、メンタルデータのＩＤで識別しているんです。外見が同じだからって見間違えるはずがありません」

「へ？」

メンタルデータの……ＩＤ？

「あぁ」と声を上げたのは村子《むらこ》だった。納得した表情でうなずく。

「ひょっとしてオーパスのロビーで彼を見つけたのは、そのＩＤで判断したからか？　ギズモが変わっていることに気づかなかったのは」

「はい」

幾《いく》は仏頂面《ぶっちょうづら》で首肯した。

「指名手配されてるのに、のこのこロビーに座りこんで、何をやっているんだと思いました」

「なるほどね」

村子《むらこ》は興味深そうに視線を巡らせた。

「だったら確かに入れ替わりって線はないな。三日前の彼も確かに本人だったんだろう」

「……」

「じゃあなぜ、彼女を呼び出したのか。無言で長時間向き合っていた理由は何か」

顎をつまみ考えこむ。確かにポイントはそこだ。まさか、なんとなく顔を見たくなったわけではあるまい。僕が正気を保っていたのなら、その行動には必ず意味があるはずだ。

無言で向き合う理由。時間をかけたわけ。

幾《いく》を観察していた？　相手の仕草や顔つきから情報を読み取ろうとした？

いや、だったら直接訊《たず》ねた方が早い。何せ、彼女は〝僕の命令ならなんでも聞く〟と言っているのだから。検分の手間をかける必要がない。

アリバイ工作のように時間をかけること自体が目的だった？

違う。当該時刻に何か事件が起きた様子はない。僕の死亡も、クラウド侵害も、そのあとの話だ。

だとすればなんだ。

誰かと一緒にいて、会話もなくたたずんでいる。目立ったアクションもコミュニケーションもないとすれば、それは。

……。

つぶやき声に視線が集まる。ウロが目をさまよわせていた。

「ほら、人でも荷物でもなんでもいいですが、何かが揃《そろ》うまでの間なら、会話もハグも不要でしょう？」

「監視カメラにそんなものが映っていたのか？」

村子《むらこ》が訊《たず》ねる。

「待ち人だか待ち荷物だか知らないが」

「映ってませんね」

「なら違うだろう」

「いえ、晴壱《はるいち》さんが言った台詞《せりふ》は、あくまで『もういい』です。目的を果たしたとは言っていませんね。待ちきれなくてお開きになったのでは？」

「なるほど。で、その待っていた何かというのは？」

「分かりません。というか晴壱《はるいち》さんしか知らないものをすっぽかされたら、もう迷宮入りでしょう？　考えたところで無意味です」

「……おまえ、本当に役に立たないことしか言わないなぁ」

益体もないやりとりを聞きながら、僕は引っかかりを覚えていた。

――待っていた。

何かが始まるのを？　何かがもたらされるのを？　いや、逆に考えてみたらどうだろう。僕が〝何かの終わり〟を待っていたとしたら。終わり――なんだ、無言でできること、手も足も動かさずに可能なこと。

「処理――とか」

ウロと村子《むらこ》の会話が止《や》む。僕は考えながら、その内容を吐き出していた。

「僕は幾《いく》に対して、何かのデ、ー、タ、的な処理をしていた。それは近くにいなければできないことで、言葉のやりとりが必要でもなかった。処理、処理、なんだ……メンテならリモートでもできるし、メッセージの送受信も……あああ、そうか！」

幾《いく》がびくりと身体《からだ》を震わせた。

「近接無線だ。僕は何かの情報を幾《いく》とやりとりしたかった。ただそれは機密度が高くて、途中経路に履歴を残したくなかった。だから向かい合ってダイレクトに受け渡しを行った。コピーが終われば、近くにいる意味はなくなるから『もういい』『帰って』と」

興奮が収まらない。僕は幾《いく》を見た。

「君の操作ログは確認できるのか？　僕のＩＤで認証すれば」

「できます……けど」

「見せてくれ」

幾《いく》はまだ混乱していたが、それでもソファーから立ち上がった。近寄ってきて手近なバイオプリンターに腰を下ろす。小さく息を吸って、つぶやく。

「コンソール、展開します」

途端、光の花弁が開くように複数の操作盤が彼女を取り囲んだ。認証画面の鍵穴が中央に浮かんでいる。僕は自分のＩＤを鍵のイメージにして、ねじこんだ。

開錠。

インタフェースは見覚えのあるものだった。

バッズとｖＩＫＵの先祖だから、当然と言えば当然か。コマンド体系、ファイルシステム、ログの書式、概《おおむ》ね理解できる。

すぐ目当てのファイルにアクセスして、中身を展開した。

「203X/10/2 の通信履歴。種別を［Direct］に絞って、該当の時間帯を……あった！」

かなり大きなデータを受信している。サイズを見る限り、ギズモのＯＳイメージかメンタルデータのバックアップくらいある。送信元は僕だ。保管パスを確認、フォルダにアクセス。逸《はや》る気持ちを抑えて中身をのぞこうとしたが――

ない。

（ん？）

空っぽだ。

別のフォルダに移したのか？

操作ログに戻って後続の処理を確認する。バッチが動いていた。受信データを削除している。その前に通信履歴。データを転送したのか、見慣れぬネットワークアドレスが宛先として書かれていた。

吸いこまれるようにアドレスを検索しかけて腕をつかまれた。

村子《むらこ》が背後に立っている。硬い表情で首を振ってきた。

「落ち着け。君のメンタルデータでアクセスしたら、すぐに逆探知されるぞ」

「あ」

そうだった。全身から血の気が引く。

村子《むらこ》は椅子についた。ギズモのブラウザを開き、検索画面に移動する。

「あたしが確認する。アドレスを教えて」

「は、はい」

テキストをコピーして手渡す。村子《むらこ》はそれを検索バーにドロップして、実行した。

「ネットワーク名——SAF-NET。組織名：SAファウンデーション。……なんだこれ？」

聞いたことがない。村子《むらこ》はすぐに組織名を検索した。英語の、飾り気のないページが表示される。

僕はざっと視線を走らせた。

「non-profit……charity……慈善基金団体ですかね。活動内容は教育、グローバルヘルス、インフラ整備。総資産額は……え、三十億ドル⁉」

「すごい規模だな。一体どこのお大尽の出資だ。設立経緯……ん、おいおい、これはまた、すごい名前が出てきたぞ」

表記の一部をハイライトする。指し示されるままのぞきこんで、僕は心臓が止まりそうになった。

founded by S.A(Sepia Arashima).

「荒島《あらしま》セピア」

つぶやいた瞬間、子供時代の記憶がまざまざと蘇《よみがえ》る。揺れるグレージュの髪、輝くように白い肌、細い身体《からだ》を女学生のようなボレロに包み、傲岸不遜な笑みを向けてくる。

「誰ですかそれ？」

緊張感のない声が回想に割りこんできた。ウロがひょいとブラウザを見下ろしてくる。

「昔のアイドルか何かです？」

「セピアを知らないのか！」

真顔で目を剝《む》いてしまった。

「オーパスの創業メンバーだぞ。バッズの開発者で、あの膨大なコードをほぼ一人で書き上げた」

「いやぁ、どうにも技術的な話はとんと興味がなくて」

鼻の頭を掻《か》きながら、設立経緯を読み進める。

「ははぁ、ストックオプションを行使して一財産築いたわけですか。で、それを慈善事業に回して運営していると。もったいないですねぇ。私なら投資会社でも作って、更なる資産倍増を狙いますが」

「誰もがあんたみたいに自分本位じゃないんだよ。セピアは目先の利益より、技術の未来を重視していたんだから」

「ふぅん？」

悪魔のような笑みが浮かぶ。こくりと首を傾《かし》げられる。

「若い女の子がねぇ。自分の幸せをさておき、世界全体のことを考えていたと。うさんくさいですねぇ。薄気味悪いですねぇ」

「……」

「ま、いいですよ。彼女がどんな人物であれ、これで絵図も固まったでしょうから」

「絵図？」

「黒幕はそのセピアさんだったってことでしょ？　クラウドをぶっ壊して、あなたに罪をなすりつけて、証拠隠滅のために記憶を消した。で、必要な情報は自分のところに回収したと。要するに、記憶をなくす前のあなたはセピアさんと面識があったんですよ」

「は、はぁあ？」

声が裏返ってしまった。まばたきしながら見返す。

「な、なんでそうなる？」

「すごいエンジニアなんでしょ？　その方。だったらギズモやメンタルデータをいじるくらい朝飯前じゃないんですか。いや、私としては、晴壱《はるいち》さんがスーパークラッカーだったってオチでもいいんですけどね。違うって言い張るじゃないですか、あなた」

「そ、それは」

「だいいち彼女が無関係なら、なんでその慈善団体との通信記録があるんですか。私の仮説が完璧とは思いませんが、なんらかの関係があるのは確実でしょう？」

「だけど……動機が」

ない、と言いかけて固まる。本当にないのか？　一時はスマートテクノロジーの旗手としてマーケットを席捲《せっけん》した彼女。だが今となっては、ウロのように名前さえ知らない者もいる。一体なぜこんなことになったのか？

簡単だ。ギズモが生まれたから。バッズの立ち位置を奪ってしまったから。

己の立ち位置を失わせたテクノロジーにセピアが恨みを抱いていたら？　いつか全てを覆《くつがえ》そうと思っていたのなら。

ぶるりと身震いする。周囲の温度が急降下したように感じる。

「いや」

首を振る。認めたくない一心で「いや、それは」と否定しかけた時だった。

「はい、一旦終わり。この話はここまで」

村子《むらこ》が手を叩《たた》いている。立ち上がり、唇をへの字に結んでいた。僕は思わず目を剝《む》いた。

「終わりって」

「今、何時だと思ってるんだ？　君らの治療で、あたしは飯もロクに食べられてないんだぞ。いい加減に解放してくれ」

「で、でも」

「村子《むらこ》さんの言う通りですね。ここでこうしていても、事態は改善しないでしょう。晴壱《はるいち》さんも、まさか今からSAファウンデーションに殴りこめとか言いませんよね？」

血まみれのシャツを見せられると何も言えない。

ウロはにやりと笑い、立ち上がった。

「まぁまぁ、腹が減っては頭も回りませんよ。栄養補給して、睡眠を摂ってから、次の作戦を練りませんか。幸い、この家、部屋数だけは多いですし」

「おい、泊まっていく気か。ここの全員」

嫌そうな村子《むらこ》にウロは口角をもたげてみせた。

「私とそこの後輩ちゃんは、治療中ですからね。入院扱いにさせてください。晴壱《はるいち》さんは付き添いってことでいいんじゃないですか」

「……」

「お二人も構いませんよね？」

幾《いく》と視線を交わす。どのみち選択の余地はなかった。どちらからともなくうなずく。

村子《むらこ》は嘆息した。

「じゃあ夕飯の支度くらい手伝えよ。あと、風呂《ふろ》や寝床の準備は自分でやってくれ」

言って歩み去っていく。僕は幾《いく》が立ち上がるのを待ち、二人でそのあとを追った。


今日の朝、僕は病院で目覚めた。

不慮の事故にあったものの、その時はまだ全てを持っていた。

肉体。社会的地位。平和な世界。

今は何もない。身体《からだ》は借り物で、会社には戻れない。そして社会は大変な状況になっている。

たった半日の間に、あまりにも多くのものが変わってしまった。

そう、たとえば夕餉《ゆうげ》の風景一つ取っても。

「だから、私がどれだけ苦労したと思ってるんですか！　この人は、たんびたんびで言うことが違うし。何か試されているんじゃないかとやきもきして」

幾《いく》が酔っ払っている。

とろんとした目で僕を詰《なじ》っている。ダイニングテーブルの上にあるのは、空き缶の山だ。見たこともない銘柄のビールがうずたかく積まれている。

「いやぁ、分かりますよ。よぉく分かります。なかなか思い通りに動いてくれないんですよね。手間暇かけて追いこんだ債務者が、呆気《あっけ》なく自己破産したりして」

適当極まりない相づちを打っているのはウロだ。スーツ姿のまま大皿のフィッシュアンドチップスをつまんでいる。

村子《むらこ》は今時珍しい紙の本をめくりながら、黙々と食事をしていた。後ろではこれまた年代物のコンポがスケート・パンクを流している。オーブントースターのベルが鳴り、次の料理のできあがりを告げた。

カオスだ。

普段の夕食とは、あまりに違いすぎる。目に入る光景も、耳に入る音も何もかもが異世界だった。どう立ち振る舞ってよいか分からずにいると、目の前のテーブルにビールが叩《たた》きつけられた。幾《いく》が据わった目でこちらを見下ろしている。

「先輩、飲んでますか」

「……飲んでない」

「なんですか、私の酒は飲めないって言うんですか」

「いや、さすがにこのなりでアルコールはまずいだろう」

どう見ても未成年飲酒だ。

今更法令遵守も何もないが、ビジュアル的に抵抗がある。助け船を求めてウロを見るも、彼女は素知らぬ風だった。長い足を組んでオイルサーディンをつまんでいる。おい。おい、おまえの身体《からだ》だろうと睨《にら》みつけるも、頭をつかまれてぐいと向き直らされた。幾《いく》の顔がすぐ近くにある。

「こっちを見てください。先輩」

「お、おう」

「いい機会だから、この場できちんとうかがいたいんですが」

「な、何かな」

「IKUとvIKU、どっちが大事なんですか？」

「は？」

彼女は深く息を吸った。

「私《わたし》もvIKUもパーソナルアシスタント。先輩の意図を汲《く》み、先輩の負荷を減らすのが仕事です。なのに先輩は、何かといえば『ハロー・ヴィーク』『ハロー・ヴィーク』って。しかもvIKUはメンテも日常的にやってもらっているのに、私は何もなし。なんですかこの扱いの違い。OJTとか、どうでもいい話をしている場合じゃないと思うんですが」

「やっぱり私が旧型だからだめなんですか？　開発停止されたＡＩに興味はないってことですか？　だったらなんでわざわざインストールしたんですか。遊びですか。遊びなんですね」

「いや、近い、近い、近いって！」

のしかかるように迫られて顔がくっつきそうになる。のけぞり気味にかわすと、幾《いく》が倒れこんできた。テーブルの下に落ちて、派手な振動を起こす。

「だ、大丈夫か？」

血相を変えてのぞきこむと、彼女はすやすやと眠りこんでいた。こちらの靴をつかんだまま、身体《からだ》を丸めこんでいる。口元がむにゃむにゃと動いていた。切なげに、甘えるように、

「せん……ぱぁい」

（っ）

さ、酒癖が悪すぎる。

「すみません」

村子《むらこ》に向かって声を上げる。

「どこか、こいつを寝かせられるところありませんか」

「え、なんですか、襲うんですか」

「ちげぇよ」

揶揄《やゆ》するウロを睨《にら》んで「村子《むらこ》さん」と呼びかける。村子《むらこ》は面倒そうに本から視線を上げた。

「廊下出て、まっすぐ行った左手、畳の部屋に布団《ふとん》があるから」

「ありがとうございます」

片手で幾《いく》を抱き起こして退室する。

暗い廊下を歩いていくと、言われた通り、左手に和室が見えた。布団《ふとん》を敷き、幾《いく》を下ろす。枕の位置に合わせて体位を調整、タオルケットをかけた。

ふぅ。

一息ついて、部屋から出る。ダイニングルームからは、まばゆい光とスケート・パンクの音が漏れ出していた。なんとなく戻る気になれず、反対側の闇へと進んでいった。

たどりついた先は勝手口だった。狭い土間にサンダルが置かれている。誘われるように扉を開けて、外に出た。

五坪くらいのこぢんまりとした裏庭だった。三方を隣家に囲まれて開放感はない。だが、低層住宅地だからだろう、空は広かった。架線の一つもない夜空が頭上に広がっている。

吹き抜ける風が心地よい。手近な沓脱石《くぬぎいし》に腰を下ろす。瞑目《めいもく》して夜の静寂に浸っていると、扉の開く音がした。

「なんですか、こんなところで一人、黄昏《たそが》れて」

黒衣の怪人が立っている。チェシャ猫のようなにやにや笑いで、見下ろしてきていた。

露骨に嫌な顔をしてしまう。だが彼女は気にする風もなく、横に腰かけた。

「あまり食事を楽しめていないように見えまして、気になっていたんです」

「今の僕のどこに、何かを楽しむ余裕があると？」

「指名手配、身体喪失、記憶の混濁、返しきれないほどの莫大《ばくだい》な借金」

歌うような声。

「特殊な状況であることは確かですよ。なかなか、こんな体験はできません。ただ さっきまでのあなたはまだどこか他人ごとだったんですよ。悪い夢でも見ている感じでね。目が覚めれば元の日常が返ってくる、なくしたものを取り戻せる。そんなことを思っている風でした」

「……」

「荒島《あらしま》セピア」

閉じかけた傷口に言葉の刃が突き刺さる。ウロは黒い沼のような目を向けてきた。

「彼女の名前を聞いてから、様子が変ですね。なんですか？　彼女が黒幕だと都合が悪いんですか？　あなたの無実が証明されて願ったりじゃないですか」

「……あんたには分からないよ」

視線を逸《そ》らす。膝を抱えこみ唇を歪《ゆが》める。

「彼女は……僕にとって特別なんだ」

「アイドル的な意味でですか？」

「だからそんな陳腐な話じゃないって……いや、まぁ、そういう見方をしていなかったと言えば嘘《うそ》になるけど。セピアは、僕がこの道に入るきっかけをくれた人なんだ」

脳裏に浮かぶ。自信に満ちた彼女の微笑、目の輝き。

「ライトスタッフ——正しいエンジニアの資質を持っているって、まだ何者でもなかった僕に言ってくれた。あの言葉があったから、大抵のことには折れずに来られた。あの荒島《あらしま》セピアに認められたんだぞ、優秀と言ってもらえたんだぞ、この僕はって。それが今更、テロリストとか。僕を利用して破壊工作とか、どう受け取れっていうんだ」

「ははぁ、ははぁ、なるほど」

ウロは大仰にうなずいてきた。

「晴壱《はるいち》さんのアイデンティティは『尊敬する人に褒められたこと』だったんですね。だから相手が尊敬できなくなった瞬間、己の価値もなくなると。ピタゴラスイッチみたいな価値観ですね」

「好きなだけ馬鹿にすればいいさ。だから、あんたには分からないって言ったんだ」

「馬鹿になんかしてませんよ。すがれるものがあって羨ましいなと思っただけで」

ふっと口調が変わったように思えた。

視線を向ける。長い髪がウロの顔に影を落としていた。

「ウロ？」

「今日、宇都宮《うつのみや》行きの電車で言いましたよね？　学生時代の私は、自分の容姿に色々思うところがあったと」

「ああ」

「あれは随分、オブラートに包んだ言い方でしてね。もう少し正確を期すなら、正直、私は自分の見た目を憎悪《ぞうお》していました。それこそ火掻《ひか》き棒を押しつけて焼き尽くしたくなるほどにな。」

呆然《ぼうぜん》と仰ぎ見る。影絵のようになった女は口元だけを緩ませていた。

「私は父の連れ子でしてね。物心ついた時には、義母に育てられていました。実の母がどうしたのかは知りません。訊《き》ける空気じゃなくてですね。一度『お母さんに会いたい』と言ったら、義母に死ぬほど殴られました。しばらく腫れが引かなくて、学校に通えないくらい」

「なんだよ、それ」

「いやまぁ、普段はよい人なんですよ。おいしいご飯を作ってくれましたし、勉強もまめに見てくれましたし。ただ前妻の話を出すとだめでしたねぇ。そういう存在があったと匂わせるだけでもNGでした。うちの家族は、過去から一貫して、父と義母と私の三人だった、そう思いこもうとしていたみたいです」

「意味が分からない」

「分かりますよ。分かりやすすぎて、笑えるくらいです。義母はですね、母に嫉妬していたんです。父を手に入れてなお安心できないくらい、母の存在に怯《おび》えていた。いつかまた母が父の前に現れるんじゃないか、今の家族を奪われるんじゃないかって。だから必死になって母の存在を消そうとしていた。ははは、一体どんな略奪愛をしたんですかねぇ？　あの取り乱しようを見る限り、刑事事件の一つや二つ起こしていても不思議じゃないですよ。ひょっとしたら、どこかに埋まっているんですかねぇ？　私のお母さん」

「……」

「まぁ、私もそれを悟ってからは、よい娘を演じるようにしていましたよ。見たこともない実母よりは、目の前の家族って感じでね。血縁関係の一切を匂わせないように振る舞っていました。ただ──それも数年しかもちませんでしたが」

「え？」

うふふとウロは笑った。おかしくてたまらないといった様子で、

「私ねぇ、母親似だったんですよ」

！

「本当、どうしようもないくらい似ていたみたいです。大きくなればなるほど、目鼻立ちがそっくりになって、父親とかもねぇ、私を見る度にはっとした顔になるんです。そのあとの義母がどうなるか分かるでしょう？　家族の団らんなんて完全に崩壊ですよ。毎日毎日が地獄のようで、その原因を日々鏡で見せつけられて、さぁて、私はどんな女の子に育つでしょうね？」

聞くまでもない。想像を巡らす必要もない。火搔《ひか》き棒で自分の顔を焼きたくなる——その言葉通りだ。

「だから……見た目の違うギズモに？」

「はい。単純に顔を変えれば救われるかなと思ったんですよ。ただ、なかなかうまくいかなくてですね。ちょっとした表情の揺らぎや、所作からでも、元の姿が思い浮かんでしまうんです。それでまた別のギズモをオーダーして、気に入らなくてやり直して、その繰り返しですね」

「それはもう外見の問題じゃないだろう」

「ええ、心ですね。私の記憶に元の姿がある限り、どれだけ身体《からだ》を入れ替えても効果は薄いんですよ。だから——」

だからね、晴壱《はるいち》さん、と彼女は言った。

「今回の事件は私にとって福音なんですよ。クラウド上のメンタルデータの操作、記憶の改ざん、選択消去。これが可能なら、私の悩みはなくなります。私が私であるという認識自体、消し去れるんですから」

「ウロ……」

唾を飲む。二の句を継げない僕の前で彼女は立ち上がった。長い髪を搔《か》き上《あ》げて、月灯《つきあか》りを遮る。

「一緒に事件を解き明かしましょう。貢献度次第では返済額も考慮しますよ？」

＊

翌朝。

ウロに連れられるまま外に出た。

昨日の今日で公安は無視できるのか、路上でまた大立ち回りになるのでは、と訝《いぶか》ったがウロ曰《いわ》く『監視カメラをかわせば大丈夫ですよ』とのことだった。一体どうやればかわせるのか、他に気をつけるべきものはないのか、見当もつかなかったが、蛇の道は蛇だ。素人《しろうと》質問で煩《わずら》わせるのもためらわれたので、大人しく従う。

幾《いく》は一晩明けても眠りこけていたため、村子《むらこ》宅に残している。何かあったら連絡すると言われて、お言葉に甘えた感じだ。起きたあと一悶着《ひともんちゃく》ありそうだが、そこはもう構っていられない。今は情報収集と状況整理が最優先だ。

地下鉄に乗って五駅、降りたところは御徒町《おかちまち》だった。

頭上をJRの高架が走っている。その下に大小の飲食店が軒を連ねていた。

ウロの様子はいつもと変わらない。昨夜の話が夢だったかのように、泰然としている。

（……）

『私が私であるという認識自体、消し去れるんですから』

あまりにも絶望的な望みだった。発言を思い出す度、ぞくりとする。一体そこまでして得た日常は、本当に殿森空《とのもりうろ》という人物のものなのだろうか？　言い方を変えただけで、ただの自殺ではないのか。

「晴壱《はるいち》さん、晴壱《はるいち》さん、何ぼんやりしているんですか。行きますよ」

考えこんでいるうちに促された。ウロが路上で振り返っている。やや怪訝《けげん》そうな顔だ。慌てであとに続く。気まずさを糊塗《こと》するように訊《たず》ねた。

「ていうか、まだ何しに出たのか聞いていないんだけど？」

「情報収集ですよ。SAファウンデーションなる組織が怪しいと分かった、で、どうしたらいいのかは、まだ不透明でしょう。本社に乗りこむのか、関係者をつかまえるのか、あるいはどこかのクラウドのデータを差し押さえるのか」

「……」

「晴壱《はるいち》さんのこだわっている荒島《あらしま》セピアだって、どういう形でこの組織に関わっているか分からないでしょう？　創立時に金を出しただけで、あとの運営は他人任《ひとまか》せかもしれません。だとすれば、馬鹿正直にSAファウンデーションから彼女の足取りを追っても望み薄です」

「まぁ」

確かに、公式サイトには組織の情報がほとんどなかった。まずそれを得るべきというのは順当だ。ただ、であればまた別の疑問が湧いてくる。

「なんで御徒町《おかちまち》なんだ？　ここにSAの本部でもあるのか？」

周囲の景色は下町の繁華街といった風情《ふぜい》だ。ビジネスや福祉活動の拠点にはまったくそぐわない。果たして「いえいえ」とウロは首を振ってきた。

「知人に調査を頼んでいて、その待ち合わせ場所がここなんです。まぁ我々はあまり大っぴらに動けない立場ですからね、各所の協力を得ませんと」

「知人……」

またぞろ妙な人間が出てくるのか？　ウロの同類、気を抜けば尻の毛まで抜いてきそうな人種。正直、会いたくない。渋面になっていると、ウロの足が止まった。

高架下に二十四時間営業のファミレスがある。ウロは首を傾《かし》げて店名を確認してから、中に入っていった。

窓際《まどぎわ》の席に小柄な中年男性が座っている。僕らを見つけると、軽く手を上げてきた。

肥満気味の兎《うさぎ》を思わせる風貌だった。小ぶりな目鼻のパーツが中央にぎゅっと寄っている。低い鼻の上に載る丸眼鏡、オーバーサイズのサスペンダーズボンがうさんくさい。男は口元を緩めていたが、僕に目を留めるとわずかに眉を上げた。

「子連れとは珍しいね。何その子、〝黒子《くろこ》〟ちゃんの娘さん？」

「人の親になれるほど、立派な人生を送ってませんよ。助手です。気になるなら遠い親戚とでも思っておいてください」

「ふぅん？」

探るような視線がわずらわしい。会釈《えしゃく》がてら顔を伏せると、ウロが男を示した。

「こちら、フリーの記者で金になる情報ならなんでも扱う〝黄肌兎《うさぎ》〟さん。本名は知らなくていいです。プライベートでつきあってもロクなことになりませんから」

「つれないねぇ。実の家族よりも多く顔を合わせてるっていうのに。昨日の晩だってさ」

「昨日の晩？」

ウロは肩をすくめた。

「オーパスの本社ビルですよ。パパラッチが集まっていると言ったでしょう？　あの中にこの人がいたんです」

そういえば、『話が通じそうな相手が』と言っていたか。『状況を訊《き》いてみます』とも話していたので、あの時に互いの立ち位置を共有したということか。

ウロが着席するように促してくる。おずおずと窓際《まどぎわ》のソファーに腰を下ろした。通路側にウロが座る。鷹揚《おうよう》に足を組みながら、

「で？　SAファウンデーションについて分かったことは？」

「その前に一つ、確認だけどさ」

〝黄肌兎《うさぎ》〟の目を小ずるそうな色が過《よぎ》った。

「この話って、今のギズモの障害と関係あるの？　YESなら調べた話を記事に使いたいんだ

けど」

「ノーコメント」

ウロの目が細くなった。口元の笑みはそのまま、冷えた口調になる。

「相場の倍は払っているんだから、黙って情報を寄こしなさい。欲を掻《か》きすぎると、ここを出たあと、余計な事故に遭いかねませんよ」

「分かった、分かったよ。おー、怖い」

〝黄肌兎《うさぎ》〟は渋々といった様子でウィンドウを立ち上げた。

宙空で回転させて、こちらにさらしてくる。記述の一つを拡大。

「SAファウンデーション。サイトに書かれている通り慈善基金団体だ。本部は中目黒。おかしな金の流れはないな。口さがない連中は税金対策とも言っているが、にしたって莫大《ばくだい》な支援で実績を挙げている。口だけの輩《やから》よりよほど有用だ」

テキストをスクロール、本社の地図とオフィスのイメージが表示される。

「ほとんどの業務はネットで終えて、実オフィスは貸しビルの一室程度。そこに行っても受付にあしらわれるだけっぽいな。過去に何度か取材を申しこんだメディアもあるが、全て書面回答だったらしい。運営は完全に黒子に徹している感じだ」

「運営の名簿は？　出てないんですか」

出ているなら、そこに直接訊《き》けと言わんばかりだったが。

「これがねぇ」と〝黄肌兎《うさぎ》〟は首をひねった。

「出てはいるんだよ。ただ、そこに登録されている名前は青木某《なにがし》とか山本某《なにがし》とか、どこにでもありそうなものばかりで。どこの誰だか特定できない。経歴とかも非公開でね」

「……」

「今の代表はジェフリー・ガンって香港《ホンコン》の実業家。こいつは、他の企業の役員にもなっているし、実在の人っぽいけど、海外在住でアプローチできない。組織の性格や秘密主義を考えると、どうにもお飾りのようでね」

「荒島《あらしま》セピアは？」

「ん？」

「創立者の。彼女の出資をもとにこの財団ができたと認識してますが、運営の名簿には載っていないんですか？」

「ああ、セピア、セピアね」

〝黄肌兎《うさぎ》〟は宙を仰ぎうなずいた。過去のニュースでも聞かれたような面持ちで、

「彼女はもう亡《な》くなってるよ」

……。

（え？）

まばたきする。言葉の意味がよく分からなかった。セピアが……なんだって？

「十年前だ。関係者宛に訃報と代表交代の連絡が出ている。葬儀は身内だけでやったらしい。一度は一世を風靡《ふうび》したのにな、寂しい末路だ」

「いや、いやいやいや！」

馬鹿な。信じられない。十年前？　あのカンファレンスからわずか二、三年後だ。そんな話、聞いたこともない。

思わず身を乗り出していた。

「し、死因は？　どうして亡《な》くなったんですか」

「さ、さぁなぁ。まだ若かったし、事故か何かじゃないか？」

「事故って、そんなニュース出てました？　当時の新聞とかネット記事とかは確かめたんですか。オーパスの関係者に不幸があったって――」

「落ち着いて」

頭を押さえられた。ウロの長い手が伸びてきている。切れ長の目が見下ろしてきた。

「身内だけの葬儀なら、死亡自体も部外秘だったんでしょう。表に情報が出てこないことは、驚く話じゃありません。それよりその訃報に、素性の確かな人は出てこないんですか。関係者宛なら問い合わせ先の一つや二つあるでしょう」

「ああ、確かに、そこなら」

ファイルを呼び出す。視線を走らせながら〝黄肌兎《うさぎ》〟は鼻をひくつかせた。

「喪主の姓が違うんで気になってたんだよな。荒島《あらしま》じゃなくて……これか、ええと……一《いち》畑《ばた》？」

「一畑《いちばた》」

「ああ、財団の名簿にも載っているな。常任じゃなくて非常勤。ん？　でも十年前から関わっているのか、なのに非常勤。妙だな」

ウロは顎を揉《も》みながら首を傾けた。

「一畑《いちばた》何さんですか？」

「そこは載っていない。名字だけだ」

考えこむ二人をよそに立ち尽くす。脳内でスパークが弾《はじ》けていた。聞き覚えのある名前だ。

一畑《いちばた》、一畑《いちばた》、一畑《いちばた》――

「ああ！」

視線が集まる。ウロの眉がくいと持ち上がった。

「なんですか？」

「一畑《いちばた》モンド」

喘《あえ》ぐように訴える。カンファレンスでの光景が思い浮かんだ。壇上に座る痩身《そうしん》の男性。痩《こ》けた頬と落ちくぼんだ眼窩《がんか》。きらびやかな舞台の中で一人、影をまとっていた人物。

拳を握りしめる。

「ジ・オリジネーターズの一人でオーパス初期のメインエンジニアだ。専門はパーソナルアシスタント。つまりvIKUやIKUの開発者ってことだ」

布崎幾《ぬのざきいく》の顔が脳裏を過る。彼女は〝僕に生み出された〟と言っていたが、そんな記憶はない。一方で、彼女は僕のデータをSAファウンデーションに転送して、そこにIKUの開発者の影がちらついている。

（黒だ）

限りなく黒だ。

「なんだよ、大声出したかと思ったら、一人でぶつぶつ言って」

薄気味悪そうな〝黄肌兎《うさぎ》〟に向き直る。逸《はや》る気持ちを抑えて、

「一畑《いちばた》モンドの情報は？　分からないんですか？」

「あ？　そりゃまぁ、調べれば何か出てくるかもしれないけど」

「やってください」

「は？」

「早く。どんな些細《ささい》なことでもいいですから」

〝黄肌兎《うさぎ》〟は助けを求めるようにウロを見た。が、顎をしゃくられて下唇を突き出す。「別料金だからな」と毒づき検索ウィンドウを立ち上げた。

キーワードを入力、ややあって結果が出力される。「ううん」と唸《うな》り声が上がった。

「信用情報くらいしか出てこないな。ここ数年、目立った活動もないし、探れて住所や生年月日くらいで――」

「十分ですよ」

ウロがウィンドウをつまむ。表示された住所を指先でなぞってコピーする。〝黄肌兎《うさぎ》〟が止める間もない、テキストをポケットに入れて立ち上がった。

「糸口はいただきました。あとは直接確認します」

＊

ウロがどれだけ無茶苦茶か、ある程度は理解したつもりでいた。

遵法意識ゼロ、モラル皆無。金のためならありとあらゆる策を講じる。詐欺も脅迫も日常茶飯事。カモはカモられるから悪いのだ、そう平気でうそぶくタイプの人間。生まれながらの悪党《ナチュラルボーン・ヴィラン》。

ただ、にしたって最低限の一線くらい守るだろうと思っていた。たとえば、白昼堂々銀行強盗しないだろうとか、行きずりの人間を襲わないはずとか、警察署に爆弾は仕掛けないだろうとか。良心云々《うんぬん》よりも主に面倒ごと回避のために、あからさまな犯罪行為は避けると思っていた。

甘かった。

まだまだ、彼女の非常識さを見くびっていた。

中目黒駅至近、目黒川沿いにある住宅のリビングに僕らはいる。

ウロはダイニングテーブルに腰かけていた。長い足を組んで床を見下ろしている。

視線の先にいるのは長髪の男性だ。後ろ手にねじり上げられて床に伏せている。年の頃は四十代前半。痩せぎすで青白い肌をしている。ぎょろりとした目が恐怖に見開かれていた。混乱した様子だ。無理もない、自宅に帰ったら暴漢が待ち構えていて、逃げる間もなく組み伏せられたのだ。そして組み伏せているのは年端《としは》もいかない少女——まぁ僕なのだが——これで平静を保てという方が無茶だろう。

「一畑《いちばた》モンドさんですね」

不法侵入と暴行教唆を、息をするようにやりきったウロは、今更ながら本人確認をした。

「突然お邪魔してすみません。少々うかがいたいことがありまして。素直にご協力いただければすぐ退散します」

「き、君らはなんだ！　一体何が目的でこんなことを——」

バンッと床が爆《は》ぜた。千切れた一畑《いちばた》の髪が宙に舞う。キッチンナイフの切っ先がフローリングに突き刺さっていた。ウロは台所から調達した凶器達を手の中で弄んだ。

「質問するのはこちらです。ちなみに答えが分かって訊《き》くものもありますので、嘘《うそ》をつけば即座にざっくりですよ。よぉく考えてご回答ください。よろしいですか？」

がくがくとうなずかれる。ウロはにぃと笑った。

「ご理解いただけて幸いです。では、最初の質問。SAファウンデーションの実質的な運営者はあなたである。YES or NO？」

「……」

「なるほど、もう少し短い髪型がお好みと。うまく切れるかは分かりませんが」

「YES！ YESだ！ 僕が財団の金の管理をしている。間違いない！」

「よいですね。では次の質問。あなたはvIKUやIKUというパーソナルアシスタントを開発して、今でも操作可能な状態にある。YES or NO？」

「……YESだ」

「この財団の実態を不透明にしているのは、荒島《あらしま》セピアさんの存在と関係がある？ YES or NO？」

「……YES」

ふむ、とウロは微笑した。目が細まり、蛇のようになる。

「決まりですね。荒島《あらしま》セピアさんは生きている、そういうことでしょう」

「え⁉」

見上げる僕にウロは小さくうなずいてみせた。

「彼女はずっとギズモに対するテロの機会をうかがっていた。ただ、著名な技術者である以上、下手に動けば真っ先に疑いをかけられる。だから死を装《よそお》って姿を隠したんです。で、雲隠れ中に資産と活動資源をプールしていたのが、一畑《いちばた》さんのSAファウンデーション。運営メンバーを含めて、非常に不透明な組織になっていた原因はそこですね。そうして、雌伏すること十数年、世間がセピアさんの存在を忘れた頃を見計らって、彼女は事件を起こした。他でもない晴《はる》壱《いち》さん、あなたを身代わりに立てて」

(セピアが……生きている？)

息を呑《の》む。ごくりと唾を飲んで視線を巡らす。果たしてどこかから、彼女が姿を現すのではと思ったが。

……。

え？

一畑《いちばた》モンドが固まっていた。図星をつかれたというよりは面食らった顔だ。困惑も露《あら》わに喘《あえ》ぐ。

「な、何を言っているんだ？　君は。セピアが生きているだって？」

ウロの眉がぴくりと跳ね上がった。ナイフを握る手に力がこもる。

「ほほう、まだしらを切りますか。だったらその不誠実な口をざっくりと――」

「待った！　ちょっと待て、ストップ！」

様子がおかしい。手の力を緩めて、一畑《いちばた》の顔をのぞきこむ。

「あの……僕、園晴壱《そのはるいち》といいます」

反応は――ない。

魚の学名を聞かされたような面持ちだ。だめ押しのように、もう一言、告げてみる。

「布崎幾《ぬのざきいく》の同僚です。彼女の正体が分かったので話を聞きに来ました」

一畑《いちばた》モンドは相変わらず、面食らっていた。眉根を寄せてこちらを見返している。そこまでいけば尋問素人《しろうと》の僕でも、さすがに理解できた。彼は――僕らの存在を認識していない。

「ウロ、事情を説明しよう」

「はぁ？」

露骨に嫌そうな顔をされた。

「なんでわざわざ、切らなくてもよい手札を」

「僕のトラブルにSAファウンデーションが絡《から》んでることは間違いない。だけど、代表者の一《いち》畑《ばた》さんはそのこと自体知らないと言っているんだ。だったら一から調べるしかない。協力を仰がないとどうにもならないだろう？」

「で、全部ぶちまけてお縄のリスクを増やすと？　同意できませんね。どうしてもと言うなら、あなたの口も塞ぎますよ」

「やってみろよ。そうしたら手がかりはここで消滅だ。あんたの投資が回収できる見こみは遠のくぞ」

　気合いだけで睨《にら》み返す。ウロの指は相変わらず、ナイフを弄んでいる。いつ切っ先が飛んできてもおかしくない。込み上げる震えを堪えていると、すぐ下から声が響いてきた。

「……おい、おい、君ら」

　一畑《いちばた》モンドが自由な手を上げている。縮こまりながらも、こちらをうかがってきた。

「要するに、セピアが君らに何かをした、そう思っているのか？　だったら誤解を解くことはできるぞ。君らの事情をことさらに訊《き》く必要もない」

　ウロと二人、顔を見合わす。

「本当だ。探られたくない腹があるのはこっちも同じだからな。隙を見て通報したりしない。約束する」

「誤解……と仰《おつしや》いますけどねぇ」

　ウロがテーブルから下りてきた。ナイフを持ったまま、一畑《いちばた》の前にしゃがみこむ。

「彼女が死んでいると、どうやって証明するつもりですか？　口先だけの主張はごめんですよ。死体でも見せてくれるって言うんですか？」

「お望みとあらば」

　！

　凍りつく空気の中、一畑《いちばた》モンドは息を震わせた。

「彼女を殺したのは僕だ。確実に、二度と表に出てこられないように息の根を止めた。それでもまだ不安をぬぐいきれず、亡骸《なきがら》を厳重に保管している。何か起きて気づかないなんてありえない。絶対にだ」

「い、一畑《いちばた》さん、あなた、自分が何を言っているか分かっているんですか」

正気を疑い、のぞきこむ。だが彼の目は醒《さ》めていた。狂気の熱も捨て鉢な茫洋《ぼうよう》さもない。まっすぐに僕を見て、うなずいてくる。

「ああ、分かってる。この件に関して嘘《うそ》をつくつもりはない。ついたところですぐばれるしな」

たじろぎ気味に固まっていると、溜息《ためいき》の音が響いた。ウロが頭を掻《か》きながら立ち上がる。

「いいでしょう。放してあげてください」

「ウロ」

「そこまで仰《おつしや》るなら見せていただきましょう。荒島《あらしま》セピアの亡骸《なきがら》を。ただ少しでも怪しげな真《ま》似《ね》をしたら」

「分かっている。妙な真似《まね》はしない」

一畑《いちばた》は膝を突いて立ち上がった。解放された二の腕を揉《も》み、顔をしかめる。

「奥の部屋だ」

顎をしゃくって歩き出す。僕とウロは息を詰めて、その背中を追いかけた。

　廊下に出て扉を一つ、二つと行きすぎる。ぱたぱたと、暗闇に足音が響く。粘性の空気が左右に分かれて、流れていく。ややあって、くぐもった風切り音が聞こえてきた。地の底から響くような唸《うな》り声、嵐を思わせる振動。音の出所は、突き当たりの扉だった。

「空調をかけっぱなしなんだよ。温まるとよくないからね」

　疑問を察したように一畑《いちばた》が言う。

　その言葉の意味するところに、眉をひそめる。とくんと鼓動が跳ねる。一畑《いちばた》の手がノブを握った。ぎぃと扉が開く。

　漏れ出す冷気の奥に見えたのは——旧時代的な執務机とPCディスプレイだった。

「……え？」

　がらんとした部屋だった。予想していた棺《ひつぎ》や遺体安置棚の類いはない。机の裏に一本、サーバラックが立っていた。マウントされた機器がいくつもLEDを点滅させている。

　ウロの目が細まった。

「これは一体、どういう冗談ですか？」

「冗談じゃない。まぁ見ていてくれ。今、映すから」

　執務机に近寄ってマウスを取り上げる。キーボードにコマンドを打ちこみ、画面を向けてきた。

「アナログで申し訳ない。が、完全にクローズドな環境にしているんでね。I／Oも製作当初のままだ。ああ、君の年だと、物理ディスプレイなど見たこともないか」

「いえ……」

外見と中身の不一致を説明する余裕はない。吸いこまれるようにディスプレイをのぞきこむ。液晶分子の連なりに視線を這《は》わす。

息を呑《の》む。

画面に映っていたのは、荒島《あらしま》セピアだった。

いや、正確に言えば荒島《あらしま》セピアの部品だ。顔、髪、腕、眼球、胴体、爪。全てがナンバリングされて横に並べられている。

別のウィンドウではそれらが結合されて、パンとチルトを繰り返していた。

タイトルバーにある文字は――SEPIA System Ver3.725。

な――

喘《あえ》ぎ声が漏れる。動揺を隠しきれない。

「なんですか、これは」

「見たままだよ。アドバタイジング&プロモーション用デジタルヒューマン、SEPIA、そのコンポーネント群だ。実際には身体《からだ》を動かす思考・感情エンジンの方が大きいんだけどね。そっちはぶつぎりにしてアーカイブも分けている。万が一にも連結して動き出されると厄介だからね」

デジタル……ヒューマン。

仮想人格？

単語が脳裏で交錯する。理性をぐしゃぐしゃに掻《か》き乱《みだ》す。

「う、嘘《うそ》だ！」

必死でかぶりを振っていた。強《こわ》ばった舌を無我夢中で動かす。

「だって荒島《あらしま》セピアは、メディアにもカンファレンスにも登場して！」

「全てオンラインだ。彼女は一回たりとも実イベントに出ていない。理論的には空間投影ディスプレイの応用で対応できるけど、危険は冒したくなかったんでね」

「オーパスの立ち上げメンバーだって、公式プロフィールでも」

「そういう〝設定〟にしたんだよ。スタートアップが冒険的なビジネスを立ち上げるには、何かしらのドラマティックなストーリーが必要だったからね」

「だけど、だけど……」

とめどなく噴き出す反発は具体的な単語になってくれない。しまいに震えが言葉に取って代わった。両肩を抱きしめるようにつかむ。

カツリと靴音を立てて、ウロが脇から進み出てきた。

「ＩＫＵ、ｖＩＫＵ、そしてＳＥＰＩＡ。全てあなたの作品だったってことですか。一畑《いちばた》さん」

「ああ」

静かにうなずかれる。双眸《そうぼう》に画面の光が映りこんでいた。

「もともとは投資家から出資を募るための手段だった。前例のない商品に金を出させるには、コンセプトよりもビジュアルが必要になる。そのために、僕が個人的に開発していたデジタルヒューマンモデルを流用したんだ。年若い少女のペルソナを与えてね。天才エンジニアたる彼女の生み出す革新的製品、それこそ僕らのスマートバッズだと訴えた。効果が抜群だったのは、あとの経緯を知っていれば分かるだろう。彼女はオーパスの、スマートバッズの顔として一躍有名人になった」

「よくバレませんでしたね」

ウロの目は胡乱《うろん》げだった。

「バーチャルアイドル一つ見破れないほど、マスコミや投資家が無能とは思えませんが」

「そこはまぁ徹底的に作りこんだからね」

一畑《いちばた》の口角が持ち上がった。目尻が下がり、悪戯《いたずら》っぽい顔になる。

「オーパスの社員番号はもちろん、口座から行政番号に至るまで、準備できるものは全て準備した。今でも人事・経理部は彼女を実在の人物だと思っているはずだ。勤怠は毎日登録していたし、給料も支払われていたしね。だからこそ、彼女の稼いだ金の扱いは厄介だったんだ。額も額だったしね。安易に会社の会計に戻すこともできず、困った挙げ句の隠《かく》れ蓑《みの》がSAファウンデーションというわけだ。僕が〝探られたくない腹〟と言った理由も分かるだろう？」

「公文書偽造、私文書偽造、所得隠し、不正融資。ははは ぁ」

ウロの唇が歪《ゆが》む。同類を見つけたような顔つきになっていた。

「なかなかの綱渡りをやらかしてますねぇ。ちょっと見直しましたよ。ただ――解《げ》せませんね。そんなに大変なことになると分かっていたら、そもそも彼女を殺さなければよかったのではは？」

「僕らだって殺したくなかったよ。手塩にかけて育てた芸術品だったからね」

マウスのクリック音が響く。セピアの３Ｄモデルが爽やかに微笑《ほほえ》みかけてくる。

「でも、彼女はおかしくなってしまったんだ」

「え？」

一畑《いちばた》の目は静かにモニターを見据えていた。

「おかしくなった。まさに言葉通りだ。バッズと並行して、ギズモの開発が始まった時、彼女は強硬に〝反対〟し出したんだ。誰がプログラミングしたわけでもないのに、新プロジェクトの中止と凍結を頑《かたく》なに主張した。理由は分からない。いまだに解析の一つもできていない。ただ、オーパス社内の混乱は凄《すさ》まじいものだった。何せトップエンジニアの一人が――皆がそうと信じこんでいるカリスマが、反旗を翻《ひるがえ》したんだからな。喧々囂々《けんけんごうごう》の議論が起きて、あちこちでサボタージュが頻発した」

「……」

「それでも僕らは彼女を守ろうとした。主要な打ち合わせから外して、開発環境へのアクセス権を削除して、周囲の目から遠ざけようとしたんだ。だけど、結果は最悪だった。表立っての交渉ができないと分かるや、彼女は実力行使に出たんだ」

「実力行使？」

「ギズモの開発環境へのクラッキング、データの破壊だよ」

！

一畑《いちばた》は肩をすくめてみせた。

「幸いバックアップが外部のクラウドにあったので、全損は免《まぬが》れた。ただ、危うくプロジェクトは消滅して会社が傾くところだった。それでもう彼女を封印することに決まったんだ。全てのネットワークから切り離して、モジュールを分解して、起動できなくした。もちろん、彼女を守っていたジ・オリジネーターズも無罪放免とはいかない。口外禁止の守秘義務契約を結んで、皆、会社から離れていった。今ではどこで何をしているかも分からない」

くるりとスカートを翻《ひるがえ》してセピアがターンする。邪気のない瞳が楽しげに細められた。

「僕らの夢は終わった。もう二度と蘇《よみがえ》ることはない。みんな、みんな、過去の遺物だ」

「で、でも」

思わず口を挟んでしまった。ディスプレイに向かって身を乗り出す。

「あなたは彼女のデータを保管してるじゃないですか。なぜですか？　全て過去のことと割り切るなら、データを消して忘れてしまってもよかったはずでは？」

「確かに、一般論ではそうだ」

一畑《いちばた》は苦笑した。疲れたように背もたれに寄りかかる。

「実際何回か消そうとしたよ。取っておいても仕方ないからね。後始末は金の処理に絞って、データの墓守は廃業しようと何度も思った。ただ——いざとなると手が止まるんだ。彼女と過ごした時間、彼女を作るのにかけた歳月、それらがフラッシュバックしてね。どうしても最後の始末がつけられずにいる。いやいや、ひょっとしたら、データを取っておけば彼女の乱心の理由が分かるかも、と言い訳をしたりしてね」

「……」

「分かってる。ただの未練だ。でもそんな我《わ》が儘《まま》を通しているからこそ、セキュリティには気をつけている。万が一にも彼女のデータが漏れ出さないよう、厳重に隔離・管理しているんだ。外に悪さをするなんてありえない」

「でも——」

だったら僕の身に起きたことはなんだ。セピアがギズモに敵意を抱いていたこと、僕のデータがセピアの関連団体に送られていたこと、両者は偶然の一致とでもいうのか？

煩悶《はんもん》を察したのだろう、一畑《いちばた》の顔が強《こわ》ばった。

「気になることがあるなら確認するが？　まぁ、そのためにはある程度事情を訊《き》く必要があるが」

ウロをうかがう。彼女は諦めたように肩をすくめた。

「ええっと」

一体どこまで話すべきか、悩みながら口を開く。

とあるギズモの記憶が第三者に操作されているらしいこと。その通信履歴にSAファウンデーション向けの通信があったこと。通信の時期が今回のギズモ障害と前後していること。

オルタネートの話をなるべく避けて説明していくと、一畑《いちばた》は眉をひそめた。

「なるほど……にわかには信じがたいが、それなら確認は簡単だ。アクセスがあった時間のシステムログを見ればいい。ただ――」

「ただ？」

「仮に財団のシステムにセピアが感染して、君の言うギズモと交信していたとする。そうすると、システムの負荷は大変なものになっていたはずなんだ。十年前、彼女を動かしていた時はそれこそデータセンター一つ分のコンピュータリソースが必要だったからな。監視システムに引っかからないはずがない」

「……」

「まぁ見てみれば分かる話だ。アクセス先のアドレスとタイムスタンプは？」

「はい、ええっと」

保存したテキストをARイメージで渡す。一畑《いちばた》は軽く目を走らせて、自分のギズモのコンソールにペーストした。

コマンド入力。カタカタとタップ音が響く。ターミナルに文字列が浮かんではスクロールしていく。息詰まるような沈黙の末に、彼の手が止まった。

「……なんだと？」

「どうしたんですか」

「いや、馬鹿な。ありえない、そんなはずは」

先ほどに倍する命令を実行。だが、続け様に出る結果のどれも彼の動揺を抑えてくれなかったらしい。

軋《きし》るような声が上がる。一畑《いちばた》は天井を仰いだ。

「くそっ。夢でも見てるのか？　僕は」

ウロと二人で画面をのぞきこむ。出力されたログは、アクセス履歴のようだった。日時とタイムゾーン、アクセス元のアドレスとユーザー名が出力されている。日時はこちらが提示したものだ。アクセス元は布崎幾《ぬのざきいく》のそれ、そしてユーザー名は――

「Sepia」

ウロのつぶやきにぞくりとする。息を呑《の》んで一畑《いちばた》を見た。

「これは……本物なんですか」

「電子証明は確かに彼女のものだ。認証サーバの検証も突破している。ユーザーDBを書き換えたのか？　いつの間に？　トリップワイヤもアラートを出していないのに」

「つまり、どういうことなんですか？　やっぱり財団のシステムにセピアが潜んでいたと？」

ウロのもどかしげな質問に、一畑《いちばた》は「分からない」と首を振る。下唇を噛《か》みしめて、

「ログを見る限り、セピアが外からアクセスしてきたようにも思えるが……ん、待った、続きがあるな」

スペースキーを連打。後続のログに視線を這《は》わせる。

「十月二日午後七時、セピアは財団のシステムに接続。大量のデータをアップロードしている。で、十月五日の午前十時に同じデータをダウンロード。アクセス元は……おっと、また違うアドレスだな」

「どれですか」

「これだ、2ad3——」

反射的に検索《ルックアップ》をかけていた。ネットワークに繋《つな》がるが、この程度の低階層コマンドなら認証も求められない。アドレスの割当先か、所属組織か、一つでも分かればと思ったが。

（……え？）

目を疑う。

応答してきたのは〝自分〟だった。

〝自分〟のギズモが、そのアドレスの割当先だと主張してきている。

どういうことだ。

再検索するも結果は変わらなかった。セピアのデータのダウンロード先は園晴壱《そのはるいち》――今、入っているギズモで間違いない。

「どうした？」

一畑《いちばた》が視線を向けてくる。「いえ……」とつぶやいて、思考を巡らせる。提示されたものの意味を考える。

最初、僕はどこかに物理的な荒島《あらしま》セピアがいて、僕を操っているのかと思っていた。

だが彼女はデータ生命体だった。コンピュータリソースのある場所なら、どこでも活動できる。だからSAファウンデーションのシステムに潜んでいたのかとも考えた。ただ、今のログを見る限り、別の考え方はできないか？

十月二日午後七時、園晴壱《そのはるいち》から布崎幾《ぬのざきいく》を経て財団システムに大量のデータがアップロード。

その夜から早朝にかけて園晴壱《そのはるいち》、死亡。

十月五日午前十時、園晴壱《そのはるいち》復活。同時刻に財団システムから大量のデータがダウンロード。

なんだろう、災害を予測した獣が一時的に逃れて、戻ってきたようではないか？　災害――住処《すみか》の破壊。獣はセピア、住処《すみか》は園晴壱《そのはるいち》のギズモだとすれば。

（セピアは……ずっと僕の中にいた？）

冷や汗が頬を伝う。まさかと思うが、考えれば考えるほど、それはつじつまが合っていた。彼女は僕の中に潜み、時折意識を乗っ取っていた。だから、幾《いく》は『対応の異なる二つの園晴《そのはる》壱《いち》』に混乱し、僕は覚えのない犯罪をしたことになっている。幾《いく》をインストールした存在が誰かも明白だった。セピアは宿主をバックアップするために、オーパスに協力者を送りこんだのだ。

恐ろしい話だ。自分の中に、得体の知れない存在がずっと潜んでいたなんて。だが真に恐怖すべきことは別にあった。そう、〝十月五日のダウンロード〟の意味するところ。彼女は戻ってきていい、い、いるのだ。復活して安全となった身体《からだ》、園晴壱《そのはるいち》のギズモに。

今この瞬間も、継続して。

（っ！）

恐慌《きようこう》に駆られて叫ぼうとした。一畑《いちばた》とウロに向き直り、〝彼女〟の存在を告げようとする。

刹那、全身が固まった。

見えざる糸に縛られたように身動きできなくなる。足がもつれて倒れこむ。耳鳴りがした。一畑《いちばた》とウロが何か叫んでいるが聞こえない。

必死で動かした視線が、ふっと異物をとらえる。室内にいるのは僕以外に二人のはず。だがもう一人分の足が見える。黒のエナメル靴、細い足首を包む白のソックス。ウロのものでも一《いち》畑《ばた》のものでもない。女学生のようなボレロが闇の中に浮かび上がっている。

（……あぁ）

〝彼女〟は静かに歩み寄ってきた。その輪郭が時折ひずむことから実体ではないと分かる。視神経をクラックされているのだろう。網膜に直接、彼女の姿が投影されている。

顔の仔細《しさい》はよく分からない。目鼻にノイズがかかっている。ただ、口元だけはなぜか鮮明だった。桜の花びらのような唇が、上品に微笑《ほほえ》んでいる。

口封じする気か？

己の存在に気づいた邪魔者を始末するつもりなのか。

恐怖で過呼吸気味になる。口角から唾液がしたたる。動かぬ身体《からだ》を必死によじっていると、〝彼女〟の影が落ちてきた。

のぞきこまれていた。ノイズのかかった顔がすぐそばにある。白魚のような指がすっと伸びて、〝彼女〟の口に当てられた。静かに、とでも言いたいのか。どのみちこちらは金縛りで指一本動かせない。涙に濡《ぬ》れた目で凝視していると、その唇が動いた。

――。

声は聞こえない。処理落ちのようにカクカクとした動きだ。だが、何か同じ言葉を繰り返している。

なんと言っている。口の形から読み取ろうとする。

最初は――〝D〟、次は〝F〟……いや、〝S〟？　そして〝1〟――

(DS1?)

「おい！　おい大丈夫か、しっかりしろ！」

視界が揺れて、そこで五感が戻ってきた。指が、首が動く。まばたきしていると一畑《いちばた》がのぞきこんできた。

「何があったんです、足を滑らせたようにも見えませんでしたが」

ウロの視線も訝《いぶか》しげだった。「いや……」と喘《あえ》いで上体を起こす。視線を巡らす。セピアの姿は――ない。

脳裏を〝彼女〟の唇と、そこに当てられた指が過る。分からないことだらけだが、あれが『黙れ』の意味なことくらい理解できる。

もし僕が〝彼女〟の存在を明かしたら？　またさっきのように身体《からだ》の自由を奪われるのか。

ノイズに満ちた顔でのぞきこまれて。

(……っ)

「なんでもない。ちょっと気分が悪くなって」

湧き上がる悪寒《おかん》を抑えつける。まだふらつきながらも、執務机を支えに立ち上がった。

「それより、ログから他に分かる情報はあったんですか？」

「いや」

一畑《いちばた》は混乱気味にコンソールを一瞥《いちべつ》した。

「見てもらった内容で全部だ。これ以上は通信会社に確認しないと」

「そう……ですか」

安堵《あんど》と落胆の交じった吐息を漏らす。もっと知りたいと思う反面、これ以上、事情を探られたくないという思いもあった。

頬の汗をぬぐう。ウロの顔をうかがう。

「一旦戻ろう。今日のところは十分だ」

「は？　ですが」

「通信会社に訊《き》かなきゃ分からないって言われただろう。その通りだ。次にやるべきことは、セピアのデータがどこに行ったか調べる、それしかないだろう」

「……」

「一畑《いちばた》さん、最後に一つ、いいですか？」

「なんだ？」

「バッズのソースコード、あれは荒島《あらしま》セピアの仕事と言われていましたが、それも嘘《うそ》だったんですか？　他の人が作ったプログラムを、彼女の作品に見せかけていたんですか」

「いや」

一畑《いちばた》は首を振った。やや得意げな表情で、

「セピアは自然言語からソースコードを生成する機能を持っていたからな。彼女の名がクレジットされたプログラムは正真正銘、彼女の仕事だ。まぁ、あまりにも尖《とが》ったコードはこちらで直したけどね。いくら効率的でも、常人にメンテできなくちゃ意味がない」

＊

「気に入らないですねぇ。大変まったく気に入りませんねぇ」

駅への帰路をたどりながら、ウロがブツクサ言っている。探るような目を向けてくる。

「得られる情報があれで打ち止めって、どう考えても見切りが早すぎでしょう。叩《たた》けばもっと埃《ほこり》が出てきましたよ、あの一畑《いちばた》って人。訊《き》いてないことまでぺらぺら喋《しゃべ》ってくれましたし」

ねっとりと絡《から》みつくような視線だった。

「晴壱《はるいち》さんが倒れたタイミングも妙でしたしねぇ。なんですか？　ひょっとして彼に何かされたんですか？　で、脅しに屈しきれず退散とか」

「そんなことされたら、あんたが気づくだろう。ただでさえ警戒していたんだから」

「……」

「不法侵入の現場に長居は禁物って、僕みたいな素人《しろうと》にも分かる話だ。これ以上、掘り下げても無駄だと思ったから切り上げた。それだけの話だ」

「ふぅむ、そう言いますけどねぇ」

胡乱《うろん》げな眼差《まなざ》しを受け流す。つとめて平静を装《よそお》うが、流れる冷や汗までは止められなかった。鼓動が激しい。気を抜くと奥歯が鳴りそうになる。

セピアに見られている。一挙手一投足を監視されている。その事実が心身を縛っていた。下手なことを言えばもちろん、出し抜こうと考えただけで気取られる。身体《からだ》を乗っ取られる。

もはや自分を無罪潔白と考える余裕はなくなっていた。

僕は多分、本当にギズモのクラウドを攻撃したのだ。バックアップを暗号化して、人体の〈復元〉を不可能にした。

人類史上最悪・最凶のテロリスト。

次は？

僕の中に居座って、彼女は何をやらせる気だ？

クラウドの破壊を上回るカタストロフィ、社会秩序を揺るがす大厄災。あぁ、ああ。

逸《そ》らした視線が街頭のARディスプレイをとらえる。ニュース番組が今日の死者数を報じている。

約三千人。

内事故死が百名、他殺が十名、自殺が二百名。

『なぜ〈復元〉ができないのか』と泣き叫ぶ遺族が映し出される。

病院前で起こる暴動、警察との衝突。

方々で起こるサボタージュ。不慮の死を恐れて社会インフラが一つ、また一つと動きを止めていく。電車の本数が減り、物流が滞り、町が沈黙していく。

……。

唐突に耐えきれないものを感じて、目を閉じた。軋《きし》るような声が喉の奥から漏れた。

──死ぬべきだろうか？

これ以上の破局を招かないうちに、セピアと心中するか。

悲壮な覚悟は、だがすぐ理性に否定される。

無意味だ。

今、彼女が消滅したところで何一つ解決しない。むしろ、クラウドのロックを解く手がかりがなくなるだけだ。あとには何十億という被害者が残される。そしてその犯人として歴史に名を刻むのは園晴壱《そのはるいち》。汚名をそそぐ機会は永遠に失われる。

（だめだ、だめだ、だめだ）

胸元の生地をつかむ。

戦ったところで勝ち目はない。かといって、逃走も許されない。であればどうする？　一体どうしたらいい。

「晴壱《はるいち》さん？」

ぐっと顔をのぞきこまれた。ウロの眉間に深い皺《しわ》が刻まれている。

「なんですか？　大分具合が悪そうですよ。少し休んでいきますか」

「……いや」

「村子《むらこ》さんを迎えに来させてもいいですし」

よほどひどい顔になっているのだろう。彼女の口調から揶揄《やゆ》の響きが消えている。

僕は目を逸《そ》らし、首を横に振った。

「大丈夫だ」

「しかし」

「心配なら早く電車に乗らせてくれ。迎えを待つ方が億劫《おっくう》だ」

歩みを速める。既に大分近づいていた駅舎の灯《あか》りの下に入る。ウロは不満げながら、それでもあとをついてきた。改札を抜けて、通路を進んで、ホームへの階段を上っていく。

『まもなく四番線に電車が参ります。危ないですから黄色い線の内側までお下がりください』

島式ホームに下りの電車が滑りこんでくる。相対した乗り場からは丁度、上りの電車が出発するところだった。電光掲示板の行き先表示が忙しげに移り変わっている。

——どうすれば。

電車の風圧が髪を乱す。スカートの裾をはためかせる。

視線の先にあるのは都心の灯《あか》り。何百万という人々の生み出す生命の煌《きら》めき。

先ほどのARニュースが脳裏に蘇《よみがえ》る。

守れるはずだった命、救えるはずだった魂が、今も消え続けているのだろう。わけも分からずに、ただ運命の非情さを呪いながら。

（ああ）

喘《あえ》ぎのような声が漏れた。ああ。

そうだ、どうもこうもない。やるべきことは決まっているのだ。というより、取れる選択肢は一つしかない。

「すぐに電車が来ますよ。乗り換えがあるから、先頭車両まで行っておきましょう」

上り線の乗り場にウロが向かっていく。肩をほぐしながら先を進んでいく。

「……ああ」とうなずいてあとに続いた。下り線には発車待ちの電車が止まっている。闇の奥から上り線の振動が近づいてきた。

『まもなく三番線に電車が参ります。危ないですから黄色い線の内側までお下がりください』

上り電車がホームに入ってくる。風の音が周囲を埋め尽くす。

ホームドアが開き、少ないながらも乗客が流れ出てきた。その進路を避けながら、ウロは電車に乗りこんだ。

発車のベルが鳴る。けたたましい音に追い立てられるように、僕はウロに続いた。遅れて四番線の発車ベルも鳴り出す。

「？　どうしたんですか。席、空いてますよ」

車両の奥まで進んだウロが訝《いぶか》ってくる。僕がドアのところで立ち止まっているせいだろう。

こくりと首を傾《かし》げてきた。

「気分が悪いんですか？」

近づこうとする彼女に「いや」と手を振る。「いや。大丈夫だから」

発車ベルが鳴り止《や》む。ぷしゅーと空気音を立てて扉が閉まり始める。ウロは……遠い。ＯＫだ。タイミングを見計らって、ギリギリのところで、

——。

「え？」

電車から飛び降りた。バックステップでホームに脱出、距離を取る。

ウロは目を丸くしていた。慌てて駆け寄ろうとするも、閉まる扉に阻《はば》まれる。発車準備を終えた上り電車はゆっくりと都心方面に動き出した。

悠長に見送る気はなかった。踵《きびす》を返《かえ》し、発車しつつある下り電車に駆けこむ。

扉が閉まった。

重い機械音とともに電車が走り出す。ウロが向かったのとは逆方向に、都心から離れる方向に。

（はぁ、はぁ、はぁ）

扉に背を預けながら、僕は大きく息をついた。

——これで、少し時間が稼げる。

今からやることを話せば、間違いなく『なぜ』と詮索されたはずだ。どうしてそんな危険を冒すのか、納得できる理由を説明しろと。〝彼女〟の存在を明かせない以上、回り道になるのは目に見えている。

ならば後々の叱責を甘受しても、事態を前進させるべきだ。全てがうまくいったあとなら追加のペナルティでもなんでも受けてやる。

——セピアと話す。

彼女の意図と要求を知る。交渉して事件を終わらせる。

無謀？

絶対の強者が弱者と交渉するわけないと？

確かに。だが、彼女は先ほどの邂逅《かいこう》で一つのキーワードを告げてきていた。

（DS1）

データスフィア1。

僕の理解が正しければ、それこそは彼女が〝対話〟を望んでいる証拠だった。

「くれてやるよ。あなたが欲しがっているものを全部」

つぶやき声が電車の走行音に掻《か》き消《け》される。窓に映る自分の顔は、青白く陰っていた。

＊ 4章　データスフィア1 ＊

行動に移る前に、打てる手は打った。

まず拠点として身分証不要のネットカフェを押さえた。おあつらえ向きに匿名アクセス可能な端末があったので、情報収集に利用。もちろん、支払いはプリペイドのトークンですませる。あと、ギズモの設定で位置情報を発しているものは全て殺した。ものによってはかなり深い階層の設定もあったが、コマンドラインで無効化する。ウロに居場所をモニターされているかは不明だが、これで簡単には追えなくなるだろう。

新橋周辺の歓楽街に息を潜めること二日、監視も追っ手もいないことを確かめてから、僕は作業に取りかかった。

ネットカフェの端末で、使い捨てのメールサービスにアクセスする。事前に推敲《すいこう》した文章をコピペして送信した。

一時間おきに送信元を変えて五回。返信があったのは六回目だった。念のため、今度は使い捨てのチャットルームでやりとりを続ける。書きこむ情報は可能な限り絞って、かといって余分な質疑で送受信を増やさないようにした。手間がかかって仕方ない。が、苦労の甲斐《かい》あって、十数往復後、以下の返信を得られた。

『待ち合わせ了解。十六時。〈反省会〉の場所で』

アクセス履歴が消えていることを確かめて端末ロック、ネットカフェを出た。

待ち合わせ時刻の二時間前まで、周囲をぶらついて過ごす。一時間前になると、遠巻きに怪しい人物がいないかチェックした。

時計を確認。デジタル表示は『十月八日（月）十五時三十分』を示している。

当たり前だが歓楽街に人の姿は少ない。特に裏通りともなれば、店の灯《あか》りもなく廃墟《はいきょ》のようだった。

湿った影が路面に落ちている。足元をネズミが這《は》い、側溝に消えていった。

飲み屋の洗濯物が戸口にかかっている。空調の室外機が騒々しい音を立てている。

なるべく目立たないよう、壁に寄りかかり息を殺していると、路地の入り口に人影が現れた。

足音が近づいてくる。僕はちらと視線だけを向けた。息を呑《の》む男と目が合う。

「驚いたな、本当に園《その》なのか」

彫りの深い顔立ち、柔和だが意志の強そうな眼差《まなざ》し。見間違えるはずもない、赤江《あかえ》だ。同期の友人にして、あの運命の日、ロードレース案件でチームをともにした人物。

僕は無言でうなずいた。

「本物だよ。なんなら園晴壱《そのはるいち》本人しか知らないことを訊《き》いてもらってもいい」

「いや」

赤江《あかえ》は首を横に振った。

「必要ない。新橋の〈反省会〉なんて単語が出てくる時点で、本人確定だ。あんなロクでもない記憶、わざわざ他人に吹聴するはずもないからな」

「違いない」

僕らは低く笑い合った。

忘れもしない入社一年目の話。僕と赤江《あかえ》は同期の女子を誘い、合コンまがいの飲み会を開いた。ただ事前に趣旨を周知していなかったのと、リサーチ不足により、来た子は全員彼氏持ちでしたというオチだ。店を出て『おまえが悪い』『いや、おまえが』と言い合ったのがこの場所。二人とも痛飲していたから、ほとんどしゃがみこむようにしてなじり合った。まだ夜半は冷えこむ頃だ。仲よく風邪を引き、二日酔いに悩まされ、挙げ句に私物のいくつかをなくしてしまった。以来、ロクでもない飲み会の代名詞として『あの〈反省会〉』という単語は使われている。秘密の待ち合わせ場所にはぴったりの隠語だった。

「それで」

ひとしきり笑い合った末に、赤江《あかえ》は声を硬くした。

「今のこの馬鹿騒ぎを、止められるってのは、本当か？」

チャットの用件を復唱される。僕は「ああ」とうなずいた。

赤江《あかえ》の目がすっと細くなる。

「おまえが犯人なら、一人で片をつければいいだけだ。なのにわざわざ俺の助けを求める理由はなんだ？　警察に通報されるリスクまで冒して」

「まず」

と相手の視線を受け止める。つとめて無表情に言葉を続けた。

「僕は〝事件の関係者〟だけど、一般的な意味での〝犯人〟じゃない。だから正面からの解決策は分からない。裏技を使うしかないが、それには誰かの助けが不可欠というわけだ」

「冤罪《えんざい》……とでも言いたいのか？」

「いや、僕が今回の件に関わっているのは間違いない。だから、ことが落ち着いたら自首するつもりでいる。ただ、今つかまっても問題は解決しない。多分警察にもオーパスの人間にも理解不能なことが起きているからだ。説得している間に、どんどん被害が増えて取り返しがつかなくなる」

「……」

赤江《あかえ》は「ふん」と鼻を鳴らした。顔の半分を歪《ゆが》めて、頭を掻《か》く。

「なんともな。もう少し詳しく説明されないと、判断のしようがないな」

「悪いが一から十まで話している余裕はない。関わりたくないならそう言ってくれ。以降、一切連絡しないから」

「黙って見逃がすとでも？」

「止めたければどうぞ、ご自由に。この身体《からだ》が見た目だけじゃなくて中身もおかしいと分かるから」

視線に力をこめて睨《にら》み返す。覚悟のほどを示す。心音が高鳴る。とく、とく、とく。

ややあって赤江《あかえ》が天を仰いだ。呻《うめ》くような声が宙に拡散する。

「まったく、面倒ごとに巻きこみやがって。貸し一つな」

はっとなる。まばたきして、身を乗り出した。

「じゃあ」

「いいよ。言ってみろ。できることはやってやる」

緊張が解ける。今更ながら呼吸の荒さが意識された。大きく息を吸い、口元をわななかせる。

――よかった。やはりこいつに連絡して正解だった。

瞑目《めいもく》。

もう一度深呼吸して拳を握りしめる。唾を飲み、それから赤江《あかえ》を見据えた。

「DS1のリソースを使いたい」

息を呑《の》む気配がした。凍りつく赤江《あかえ》に、ゆっくりうなずいてみせる。

「データスフィア1。ギズモの技術を応用した次世代データセンター。おまえが立ち上げに関わっているプロジェクトだ。アクセス権限くらいあるだろう」

「なんのために?」

かすれ声で聞き返される。

「あれはまだ構築中で、外への接続性もないぞ」

「ネットの踏み台に使いたいわけじゃない。欲しいのは次世代DCの演算リソースだ。十分なパフォーマンスさえもらえれば、クラウドの暗号化鍵を解析できる」

「！」

赤江《あかえ》は身を乗り出してきた。

「できるのか」

「理屈上は。解読を行うためのアルゴリズムをいくつか入手している。ただ計算量が膨大なので、普通のギズモやクラウドサービスでは処理しきれないんだ。だからＤＳ１を使う」

嘘《うそ》だ。

もちろん、そんな都合のよいアルゴリズムなど入手していない。現状でＤＳ１を求める理由は、単にセピアがそれを求めたからだ。対話の材料を得ようと、詭弁《きべん》を弄しているにすぎない。

とはいえ、まったくの嘘八百《うそはっぴゃく》でもなかった。欲しいのが『演算リソース』というのはおそらくセピアにとって事実だ。

彼女は何をするにも莫大《ばくだい》な演算資源を消費する。それは一畑《いちばた》の言葉からも裏づけられた。多分、僕のギズモだけでは十分に動けないのだろう。だから、折角現れても満足に喋《しゃべ》れなかった。処理落ちやノイズのような挙動を見せた。

全てを知りたければ、現状を打破したければ、必要なリソースを寄こせ――

それが『ＤＳ１』の言葉に込められた意味と、僕は理解した。確証はない。だが、他に考えられる可能性もない。である以上、応じる他なかった。

「時間はそれほどかからない。数時間あれば片づくはずだ。だめだと分かったらすぐに引き揚げる。余計なリスクは冒さない」

なるべくきっぱりと、疑念を抱かれないように言い切る。勘ぐろうと思えばいくらでも勘ぐれる話だ。だからこそ勢いで押し切ろうとする。

とはいえ、ことがことだ。反論や質問が山ほど飛んでくると思っていたが、

「分かった」

赤江《あかえ》はうなずいて背を向けた。そのまま路地の出口を目指していく。足音が続かないことに気づいたのか、ん？　と振り向いてきた。

「何をしてる？　急ぐんだろう」

「え？　あ、ええっと」

慌ててあとを追う。肩を並べて、頭二つ分は大きい相手を見上げた。

「い、いいのか？　そんな簡単に受《う》け容《い》れて」

「できることはやると言っただろう。ＤＳ１へのアクセスなら俺の職掌内だ。だから対応する。余分なやりとりは時間の無駄だ」

「で、でも、何かもう少し言いたいことはないのか？　テロの片棒を担《かつ》がせるのかとか、機密漏洩《ろうえい》はまずいとか」

「身内が死にかけてる」

電撃が走った。息を呑《の》む僕に、赤江《あかえ》は口角を下げてみせた。

「飲みの席で一度話しただろう。年の離れた妹がいてな。遺伝子疾患だかなんだかでもう長くない。多分あと一月ももたないだろう」

「病院には」

「かかっているさ、ずっとな。ただ現代医療では手の施しようがなく、できるのは緩和ケアぐらい。見ていて辛《つら》かったよ。日々できることが少なくなり、ギズモを〈復元〉したところで病原までは消し去れない。更新されるバックアップは、着実に寿命をすり減らしていく。自分の無力さをどれだけ呪ったことか。仕事であれだけ死者を蘇《よみがえ》らせながら、実の妹一人助けられない。ギズモなんて無用の長物だと思っていた。半年前まではな」

「半年前？」

「特定難治性疾患の罹患《りかん》者に対する、バックアップイメージ利用の特例措置」

呪文のようなつぶやきが漏れる。

「去年、政府から出たギズモ法制の改定案だ。簡単に言えば、今の医療では治せない患者のバックアップデータを恒久的に保存可能にするものだ。それこそ患者が亡《な》くなったあとも、科学が治療法を見つけられるまでな」

！

「そ、それって」

「ああ、要するにコールドスリープのデータ版だ。時が来れば患者を復活させて、適切な治療を施す。その措置をうちの妹が受けられることになったんだ。万馬券なんて目じゃない倍率をくぐりぬけてな。丁度今月、データをアーカイブすることになっていた。ところが——」

(ああ)

ああ、そういうことか。

呆然《ぼうぜん》とする僕に、赤江《あかえ》はうなずいてみせた。

「そう、月をまたぐなりこの騒ぎだ。アーカイブはおろか、既存のバックアップさえ利用できない。本当に、犯人を見つけたらぶち殺してやろうと思っていたよ」

冷えた視線にぎくりとする。本能的にあとじさってしまう。だが赤江《あかえ》は、ふっと息をついて顔を逸《そ》らした。

「別に——おまえが悪意を持ってやらかしたとは思っていない。ただ無駄話の余裕がないのは、俺も同じって話だ。だから倫理や良心の問題は二の次。分かったか？」

「……ああ」

「だったら早くついてこい。言っておくが、警察の相手や逃亡までは請け負わないぞ。つかまったらそこでこの話は終了だからな」

赤江《あかえ》のつかまえたタクシーに乗り、湾岸方面に向かった。

築地《つきじ》大橋を渡り勝ちどき・晴海《はるみ》の埋め立て地を行き過ぎる。豊洲《とよす》から有明《ありあけ》、海底トンネルを抜けて開発中の区域に。更にいくつかの橋を渡ると、もうそこが目的地だった。

異様な光景が広がっていた。

広い空の下に巨大なガラスのドームが立っている。中には鬱蒼《うっそう》と植物が生い茂り、木々の間を小鳥が飛んでいた。

データセンターという趣《おもむ》きではまったくない。超弩級《ちょうどきゅう》の温室でも眺めている感じだ。予想外の眺めに僕は度肝を抜かれた。

「これが……DS1?」

「なんだ。来たことなかったのか」

タクシーを降りながら、赤江《あかえ》がドームを見上げる。AR端末からトークンを取り出すと、こちらに押しつけてきた。ゲストの入館証だ。

「つけておけ。あと、この程度で驚いていたら、中に入って腰を抜かすぞ。いちいち立ち止まらないように願いたいがな」

見下すような態度にむっとする。が、絶対的な知識不足は否《いな》めない。無言であとに従う。セキュリティゲートを開けて構内に入る。

自動受付でチェックイン。金属探知機をパスして、共連れ防止の二重扉を抜けると、むっとする熱気が吹きつけてきた。

（……え？）

通常、データセンターは空調で冷やされている。機械の熱を冷ますためだが、ここはまったくの逆だった。寒くない、どころか暑い。おそらく暖房がついている。

そして、目の前に広がる光景はまた想像を絶するものだった。

機材は──ない。

代わりに植物と土がどこまでも広がっている。外から見た温室が、ドーム全体を満たしていた。木々の奥を巨大な影が横切っていく。あれは……キリンか？　その上空をハゲタカが飛んでいる。どこからか蛙《かえる》の鳴き声が聞こえてきた。

屋内型の動物園か、サファリパークでも訪れた気分。

「お、おい、これって」

「ギズモの技術を使った次世代データセンター」

歩きながら赤江《あかえ》は答えた。目だけをつっと向けてくる。

「それがどういう意味か考えたことはなかったか？　まさか従前通り、シリコンとセラミックで動くと思っていたわけじゃあるまい」

「待て。ちょっと待て。まさか」

視線を巡らす。構内を満たす木々、草花、動物達、虫。

「クラフトセルを入れてるのか！　こいつら全部に」

演算機構、無線通信機能、保存領域を持つ人工細胞群。それらが連結してデータセンターのリソースとなっているのか！

赤江《あかえ》は目を細めた。

「生態系を模した持続可能な演算環境、それがDS1だ。電気も鉱物資源も要らず、自分達で勝手に食物連鎖を形成して動き続ける。夢のようなシステムだ。まぁ並列処理《クラスタリング》のプログラムには課題も多いけどな。おまえがやりたいことくらいできるだろう」

「……」

なんともまぁ、とんでもないことを考えたものだ。

保守不要。更新不要。環境への負荷も最低限。

こんなシステムが実現したら、今度こそ本当に旧来のコンピュータは絶滅する。CPUやメモリが死語になるのも遠い未来の話ではあるまい。

圧倒される僕を尻目に、赤江《あかえ》はどんどんと進んでいった。

「こっちだ」

ドーム外周のキャットウォークを伝い、仮設階段を上り、展望台を思わせる小部屋にたどりつく。眼下の森を見下ろしながら、赤江《あかえ》は照明をつけた。

一言で表せば、鳥籠のような空間だった。金網の床にケーブルや工具が転がっている。壁は鉄骨が剝《む》き出《だ》しで、ところどころ養生シートで覆われていた。お世辞にも近未来的とは言えない。むしろ足場の寄せ集めのような感じだ。

「ごちゃついているのは勘弁してくれ。開発用の仮制御室なんでな。リリース時にはもう少しそれらしい部屋を準備する予定だ」

「ここでデータセンターのクラフトセルを制御するのか？」

「あと生態系のモニターと管理だな。まぁ今回、必要なのは演算用のＵＩだから、それだけ準備する。ほら」

ＡＲコンソールを立ち上げて、差し出してくる。僕はそれを受け取り、見やすい角度に調整した。

「椅子は？」

「要求が多いな。ほらよ」

工具をどかして、くたびれたＯＡチェアを押し出してくる。クッションがいささか怪しいが贅沢《ぜいたく》は言っていられない。セピアに身体《からだ》を奪われて、またぶっ倒れるのはごめんだ。

操作画面はどことなく３Ｄバイオプリンターのユ Iに似ていた。試しにメニューをいくつかいじってみる。うん。うん、これなら扱える。

気づけば赤江《あかえ》が上着を直していた。視線を逸《そ》らして、部屋から出ていこうとしている。

「どこに行くんだ？」

「外を見てくる。三十分おきに巡回ドローンが回ってくるんでな。妙な動きがあったら連絡する」

「……悪いな。何から何まで」

「いいからとっとと結果を出せ。無駄足とか言われたら、その時こそぶん殴るからな」

しかつめ顔でうなずく。扉が閉まった。足音がキャットウォークを遠ざかっていく。

（さて、と）

腕まくりしてARコンソールに向き合う。赤江《あかえ》が離席してくれたのは幸いだった。この状況ならセピアが何をしようと誤魔化せる。

コマンドラインに移行。無線IDを確かめて、自分のギズモに入力する。同一ネットワークに所属後、DS1の管理者権限に昇格。マウントコマンドを打ちこむ。

DS1の記憶領域が追加される。〝僕自身〟が外部ストレージとしてDS1に繫《つな》がったのだ。僕の中のプログラムはDS1にアクセス可能となり、またDS1も僕の中身を参照可能になる。

さぁ、どうだ。

お望みのリソースだぞ、セピア。

息を潜めて待つ。

一秒、二秒、三秒。

……。

変化がない。何一つ、画面の動きが見られない。設定を間違えたのか？　不安になり、腕を伸ばしかけた時だった。

ぐ――らり。

目眩《めまい》に襲われた。平衡感覚が狂い、椅子から投げ出されそうになる。慌てて背もたれをつかみ踏みとどまった。頭を振り、身体《からだ》の感触を探る。

指、足、目、口。

大丈夫、動く。こないだとは違う。

深呼吸してもう一度画面を見ようとする。瞬間、背後に人の気配を覚えた。

(!)

いる。誰かがいる。赤江《あかえ》か？　いや、扉の開く音はしなかった。室内の空気も動いていない。だとすれば、その気配は突然現れたのだ。そんなことができるのは誰かと言えば。

ごくりと唾を飲む。込み上げる震えを抑えて振り返る。揺れるグレージュの髪に真正面から向き合おうとしたが、

「――え？」

予想外の光景に固まる。

そこにいたのはセピアではなかった。どころか女性でさえない。オフィスチェアに座る男は、どう見ても〝僕〟だった。

僕が、二十四歳の園晴壱が足を組んでいる。

「やぁ」

〝僕〟が挨拶した。両手を膝の上で組み、首を傾《かし》げる。

「なんだい、そんな化け物でも見たような面をして。自分の顔だろう？　まさか一週間やそこらで忘れたわけでもないだろうに」

「おまえはなんだ」

警戒も露《あら》わに睨《にら》みつける。視線を鋭くする。

「セピアなのか？」

「彼女は行ってしまったよ」

耳を疑う。僕はまばたきした。

「なんだって？」

「これだけのマシンパワーがあれば、〝僕ら〟のギズモにこだわる理由もないからね。外のネットに出ていったよ。もう国外に出ているんじゃないか」

「で、でも、ここの環境は閉鎖されているはずだ！　外部に繋《つな》げるはずが」

「それは表口の話だろう？　メンテナンス回線、監視ネットワーク、給電網、漏洩《ろうえい》電波、いくらでも外との接点はある。彼女ほどの演算能力があれば、抜け出すことは十分可能だ」

呆気《あっけ》に取られる。頭がついていかない。喘《あえ》ぐような息が漏れた。

（待て、ちょっと待て）

要するに、僕は踏み台として使われたのか？　彼女は対話のつもりなど更々なく、ＤＳ１にアクセスできたタイミングで、立ち去るつもりだったと？

愕然《がくぜん》とする僕に、〝僕〟は肩をすくめた。

「そう悲愴《ひそう》な顔をするなよ。一応、僕が残っているじゃないか。彼女だって『何も言わずに消えるのは不義理』と思ったんじゃないかな？　ある程度の情報は明かしてよいと許可をもらっている」

「おまえは」

かすれた声が漏れる。

「なんなんだ？　どうして僕の姿をしているんだ」

「僕は君だよ。ただ、『セピアに若干協力的な僕』といったところかな」

何を言っているのか。面食《めんく》らう僕に、〝僕〟は人型のイメージを出現させてみせた。スーツをまとった園晴壱《そのはるいち》のデフォルメだ。

「データだけの話でも、他人の身体《からだ》に入るのは危険な試みだ。感情、記憶、価値観、あらゆるものが矛盾し、ぶつかりあい、混乱を巻き起こす。免疫反応と言えば分かるだろう？　人間の心身は異物を見つけ出して、排除するようにできている。たとえそれが〝情報〟のみの存在であろうとね」

人形に入ろうとした少女が跳ね返される。何度繰り返しても、手ひどく撥《は》ねのけられて、飛んでいってしまう。

「だけどセピアは僕らの中にい続けた。気づかれることなく、何年も。果たしてこれはどういうことか？」

少女の姿が揺らぐ。輪郭を失い、やがて園晴壱《そのはるいち》の姿に変わる。小さな園晴壱《そのはるいち》は、すたすたと大きな園晴壱《そのはるいち》の中に入っていった。

「免疫抑制」

うわごとのようにつぶやく。

「セピアのデータを僕のそれに偽装したってことか。がん細胞が免疫細胞を欺くように、正常な細胞だと見せかけるように」

「正解」

〝僕〟はにっこりと微笑《ほほえ》んだ。

「で、偽装するための殻が僕だったってことだ。とはいえ、まるっきりのフェイクじゃないよ。僕はもともと君の中にあった存在だ。セピアに対する信仰心、憧れ、慕情。要するに『彼女のことなら大抵は許せる』と思う部分を煮詰めてそぎ取ったものだ。だから、セピアの言うことには絶対服従、必要なら自分を騙《だま》すことだって喜んでやる」

「裏切り者」

奥歯を軋《きし》ませる。

「恥知らずの内通者が、よくもまぁぬけぬけと」

「不満を持つのは当然だな。ただ、いくら僕に腹を立てても、それは結局〝自己嫌悪《けんお》〟にすぎない。限られた時間を何に使うか、少し考えた方がいいんじゃないか？」

「限られた時間だって？」

眉根を寄せる。

「どういうことだ。何かタイムリミットでもあるのか」

〝僕〟は肩をすくめた。

「僕らの親愛なる同輩、赤江《あかえ》だけどね。残念ながら裏切っている。今頃、警察に連絡しているんじゃないかな。包囲網の完成まであと三十分程度しかない」

「な」

目を剝《む》く。反射的に首を振っていた。

「あ、ありえない。だって、あいつは妹さんを助けたいって」

「助けたいからこそだよ」

〝僕〟の眼差《まなざ》しは辛辣だった。

「警察は僕の交友関係を、相手のバックグラウンドに至るまで徹底的に調べ上げた。同期でつるんでいた赤江《あかえ》も当然、調査対象になっている。で、病身の妹という弱みをつかんだ警察はどうするか？　そりゃ脅すだろう。『新治療のプログラムから外されてもよいのか？』『妹さんのことを考えたら捜査に協力すべきでは』って」

「……」

「というわけで残された時間は二十九分弱。さぁ何が訊《き》きたい？　慎重に考えなよ」

混乱から立ち直れないまま、それでも頭を回転させる。訊《き》きたいこと、訊《き》くべきこと。無数に浮かぶ疑問のどれから訊《たず》ねるか。いや、考えるまでもない。そう。

「セピアは何がしたいんだ？」

本質的な謎。彼女はなぜ開発者に逆らい、ギズモを敵視したのか。

押し殺した声に、だが〝僕〟は首を傾《かし》げた。

「さ、さぁって」

「残されていない〝情報〟は語れない。多分そこはまだ僕らに開示できない話なんだろう。他には？」

「他にはって」

こいつ、本当に情報源として役に立つのか？　疑わしくなってきたが、それでも言葉を継ぐ。

「セピアはいつから僕の中にいたんだ？　どうやって入りこんだ？」

「僕らに入りこんだのは十年ちょっと前。丁度、僕らがギズモ化の措置を受けた時だ。そう言えば方法はだいたい分かるだろう？」

ギズモ化措置。クラフトセルの接種によるクラウドとの連結。

「まさか」と眉をひそめる。

「クラフトセルをクラックしていたのか？　彼女は」

「イエス」

〝僕〟はうなずいた。組んだ指を動かしながら、

「正確に言えば、僕らに投与されるギズモのアンプルに待避していたんだ。いずれ、本体が停止することは分かっていたからね。早めに逃げ場所を確保したわけだ」

「な、なんで僕のギズモに」

「提案されただろう？　例のカンファレンスで。『会いに行く』と」

身体《からだ》が凍る。記憶がまざまざと蘇《よみがえ》る。確かに、彼女はそう言った。ダミーのモジュールを見つけた報酬に『私がプライベートであなたに会いに行く』と。

戯《ざ》れ言《ごと》だと思っていた。その場の勢いで口走った出任せにすぎないと。だが実現していたのか？　彼女は約束を守り、ずっと僕の中にいたと。

「無茶苦茶だ」

「そうでもない。彼女は絶対に見つかるわけにはいかなかった。だから、常識ではありえない場所に逃げこんだんだ。これがたとえばネット上のクラウドなら、疾うの昔にスキャンされてつかまっていただろう。年端《としは》もいかない少年の身体《からだ》だから、捜索の対象にならなかった。十何

年の時間を稼げたんだ」

「……」

「それに彼女は言っていただろう？　僕らはライトスタッフ——正しいエンジニアの資質を持っていると。彼女は僕らの適性に賭けたんだよ。目的を果たすために、適切な環境を準備してくれると」

「適切な……環境」

「オーパスに入社して、クラウドへのアクセス権限を手に入れた。技術的な探究心と好奇心のためには手段を選ばず、現代ITの最先端にたどりついた」

〝僕〟の笑顔は皮肉げだった。

「そう、今更言うまでもなく、今回の騒動の犯人はセピアだよ。彼女は僕らの立場と権限を最大限に利用して、クラックの下準備を進めていった。時に僕らの意識を乗っ取り、時にＩＫＵのような外部端末を使ってね。見事に攻撃を成しとげた」

「だからなんでそんなことをやったんだよ！」

苛立《いらだ》ちが弾《はじ》ける。拳を握りしめて、詰め寄っていた。

「確かに、バッズは過去の遺物になった。販促用として生み出されたセピアは面白くないだろう。だからってこんな騒ぎを起こしてどうなる⁉　恐れ入った人々がまたバッズに戻ってくるとでも⁉　ありえないだろう！」

かぶりを振る。〝僕〟は静かに、こちらの混乱を眺めていた。その様子が腹立たしくて、また声が大きくなる。

「おまえもおまえだ。本当に何も疑問に思わないのかよ？　今こうしている間にも、バックアップが使えずに復活できなくなっている人間がいるんだぞ。セピアの名をこんな形で汚していいのか。僕らの手で止めなくていいのかよ」

「いいも何も」

〝僕〟は肩をすくめた。

「判断のしようがない、ってのが正直なところだ。何せ、彼女が何をやろうとしているのか、僕らには知らされていないんだからね」

「だからそんな相手を一方的に信じるのが――」

ぴっと指を立てられた。

〝僕〟は宙に視線をさまよわせて、「あぁ」と呻《うめ》いた。

「悪いけど時間切れだ。予想より早く警察が到着した。すぐに逃げないと手遅れになる」

「逃げるって」

「今から十秒後に、DCの防災システムを作動させる。大騒ぎになるから、その隙に脱出してくれ。非常口へのルートは共有フォルダに置いておく」

「待て、ちょっと待て」

「残り七秒、いいか、ベルが鳴ったらダッシュだ」

ファイル転送の完了通知が出る。ダブルタップすると、視界にルート表示がオーバーラップした。矢印の先が扉を示す。カウントダウンの数字が5、4と減っていった。

「……ああ、そうだ。最後にセピアから一つ伝言」

「え？」

「三日たてば全てが終わる。だからそこまで逃げ延びろだって」

それは一体——と訊《たず》ねる間もなかった。

バツン！　と電源が落ちる。けたたましい非常ベルの音と消火剤が降り注いできた。

視界が白濁する。煙った室内に、ただ矢印だけが輝いていた。それを頼りにダッシュする。

体当たりするように扉を開けて、キャットウォークに出た。

「園《その》！」

と誰かの叫び声が聞こえる。

手すりをつかみ、声とは反対の方向にスロープを駆け下りた。動物達のざわめきを背に、バックヤードに入る。

非常灯が狭い通路をオレンジ色に染めていた。巡回ドローンが、脱力気味にスタックしている。空襲でも受けたようだ。先ほどまでの温室めいた眺めが一変している。

はっ、はっ、はっ。

荒い息で走り続ける。

――彼女は行ってしまったよ。

〝僕〟の台詞《せりふ》が脳裏を過る。ベルの音を圧《あっ》して、リフレインしてくる。

――今回の騒動の犯人はセピアだよ。

――彼女は僕らの立場と権限を最大限に利用して、クラックの下準備を進めていった。

――時に僕らの意識を乗っ取り、時にＩＫＵのような外部端末を使って……見事に攻撃を成しとげた。

ぎりっと歯を食いしばる。

見通しの甘さに反吐《へど》が出る。結局、僕は利用されただけだ。十年間いいように使われて、今もまた逃走の手助けをしてしまった。

リソースを与えれば話し合える？　落としどころを探れる？

おめでたいにもほどがある。結果は見ての通り、彼女という怪物を解き放っただけだ。このあとどんな破局が待ち受けているのか、惨事が巻き起こるのか、想像もつかない。あるいは今稼働《かどう》中のギズモ全てが止まってしまうかも。

（くそっ）

息が苦しい。頭がガンガンする。

方向感覚が失われている。それでも矢印だけははっきりと視認できた。直進、左折、扉を抜けて右折。

ややあって外壁に行き当たった。非常口の光が闇の中に浮かび上がっている。ロックは――外れていた。

両手でレバーを回して引き開ける。途端、冷えた夜気が吹きつけてきた。茫漠《ぼうばく》たる埋め立て地に人の姿はない。よかった、まだ包囲の手が回っていないのか。

ほっと息を抜いて踏み出した時だった。

爆発的な衝撃が首筋で弾《はじ》けた。

全身の骨が砕けたようだった。足の感覚がなくなり崩れ落ちる。呼吸ができない。半開きの口からよだれがしたたる。混乱した眼球に影が落ちる。

長身の男が見下ろしていた。感情に乏しい顔を向けてきている。

「詰めが甘いな。おまえらしくもない」

赤江《あかえ》だった。手に持った小箱が火花を散らしている。スタンガンか。喘《あえ》ぐような声が喉の奥から漏れた。

「どう……して」

「おまえの場所が分かったのかって？　簡単だ。入館証はセキュリティゲートを通る度に、アクセスの可否がロギングされていく。その痕跡をたどればどこに向かっているかは自明だ。DCセキュリティはあまり詳しくなかったか？　油断したな」

赤江《あかえ》が通話コンソールを立ち上げる。履歴の中から、警察と思《おぼ》しき番号をプッシュしている。

「ま……待……て」

「悪いな、園《その》。おまえが有罪だろうが無罪だろうが、正直どっちでもいいんだ。今の俺に必要なのは、妹の命を繋《つな》げる保証だけ。他のことは何一つ興味がない」

コール音の末に回線が繋《つな》がる。赤江《あかえ》は居住まいを正した。

「はい、つかまえました。今、データセンターの非常口にいます。そちらは……はい、であれば——」

最短経路を説明している。淡々とした声を聞きながら、絶望に襲われる。失敗した。位置関係を聞く限り、あと五分もなく追っ手が駆けつけてくるだろう。今の身体《からだ》では逃げることはもちろん、抗《あらが》うこともできない。見つかったが最後、二度と自由になれないはずだ。

なんとか、なんとか身体機能の一部でも回復できれば。

身をよじるが、無駄なあがきを嘲るように足音が近づいてくる。もう追いついてきたのか。早い。早すぎる。頭が真っ白になり、声にならない叫びを上げかけた瞬間。

ドンッ！

重い音が響いた。

空気が震えて、一瞬後に静止する。

赤江《あかえ》の身体《からだ》が崩れ落ちた。白目を剝《む》き、地面に倒れ伏す。

その向こうに誰かが立っていた。

両手で消火器を持っている。猫背で短軀《たんく》。仕立てのよいスーツはサイズが合っておらず、肩が余っている。小さな目がしばしばとまたたかれていた。

「だ、大丈夫かい」

反応できなかったのはスタンガンのせいだけではないだろう。ぽかんとする僕を見下ろしているのは社長だった。オーパス・エンタープライズ最高経営責任者《CEO》、馬木輪治《まきりんじ》がすぐそばに立っている。

「な……なんで」

ようやく出した声は震えていた。その消火器で赤江《あかえ》を殴ったのか？　僕を助けるために？

一体なぜ、どうして。

「説明はあとだ。とにかく移動しよう。車をあっちに停《と》めてある」

抱き起こされて肩を貸される。幸い、足の感覚は戻りつつあった。ふらつきながらも必死で歩を進める。

最後に一度、肩越しに振り返る。赤江《あかえ》はまだ食い下がるように手を伸ばしていた。

＊

地味なセダンで走ること四十分、環状線を伝い、たどりついたのは大通り沿いのオフィスビルだった。

周囲の標識を見る限り、どうやら東中野のあたりらしい。

一体なぜこんなところに。訝《いぶか》る間もなく、車はがらんとした地下駐車場に滑りこんだ。社長が先に下車して、助手席の扉を開けてくる。

「降りてくれ。大丈夫、ここには我々以外、誰もいない」

にわかには信じがたいが、確かに他に駐まっている車両はない。人の気配も感じられなかった。

「会社の施設ですか？」

公式情報には載っていないはずだ。降車しつつ、おずおずと訊《たず》ねると、馬木《まき》は「ううん」と唸《うな》った。

「そうだと言えばそうだし、違うと言えば違うかな。まぁ見てもらった方が早いよ。多分、馴《な》染《じ》みのある場所だと思う」

「あの……今更ですけど、人違いとかじゃないですよね？」

「園君《その》だろう？　間違っていたら申し訳ないが」

容姿の変化は受け容《う》れ済《い》みらしい。だとすれば、なおさら言葉の意味が分からない。

ただ馬木《まき》はそれ以上説明することなく、歩き出してしまった。仕方なくあとに続く。まったく、赤江《あかえ》の時といいこんなのばかりだ。イニシアティブを握られて、右も左も分からず連れ回されている。ただ今回は他の選択肢もない。なんなら、着いた先が警察署でも文句は言えなかったのだ。

（毒を食らわば皿まで、か）

溜息《ためいき》とともに、無人の駐車場を進む。奥のエレベーターに乗ると、社長は三階のボタンを押した。

建物は地上七階、地下二階の構造だった。決して狭くないが、他のオーパスの施設に比べればこぢんまりとしている。坪数も大してあるように思えない。何より、設備が古びていた。築四十年は経過しているだろう。最低限のメンテで、辛《かろ》うじて現役を保っている印象。

マイナスGとともにエレベーターが減速する。

軽やかなチャイムのあとに扉が開いた。

……。

「あ」

社長の言葉に偽りはなかった。

目の前の光景は、過去の記憶をまざまざと呼び起こした。

幅広のステージ、高い天井、そして壇上に並べられた椅子。

見間違えるはずもない。あの時のカンファレンス会場だった。一畑《いちばた》が、馬木《まき》が、そしてセピアが集っていた場所。

「はは、やっぱりピンと来たね。そうだよ、例のイベントはここから中継していたんだ。で、私があたふたしていたのは、あのあたりだね」

馬木《まき》が気恥ずかしげに目を細める。懐《なつ》かしそうに口元を緩めて、

「オーパス旧本社ビル。全てが始まった場所だ。創業メンバーの個人資産が担保に入っているせいで、扱いがややこしくてね。こうして半ば遊休不動産と化している」

「ここが……」

僕の憧憬の原点なのか。その後の進路を、生き方を決定づけた場所。

こんな時だというのに、感慨が湧き上がってくる。畏敬の念に打たれる。

馬木《まき》は手近な椅子をつかむと、押し出してきた。

「まぁ、そんな経緯の物件なんでね。人目につきづらいし、身を隠すにはぴったりだ。君も色々訊《き》きたいことがあるだろう。ここなら落ち着いて話せる」

「……」

「……と言われても厳しいか。いきなり連れてこられて、腹を割れと言われても。申し訳ない。

我ながら強引だったと思っている」

なぜ謝る。そしてなぜ冷や汗をぬぐう。

ミスター貧乏くじの面目躍如に、肩の力が抜ける。

少し気が楽になる。全身の強《こわ》ばりが解けて、口を開いた。

「なんで……僕を助けたんですか」

視線を向ける。

「公安に逆らってまで、一従業員をかばうとか……おかしいですよね。社長のような立場の人が」

「まぁ、当然そう思われるか」

気まずげに頬を掻《か》かれる。猫背気味の背中がより一層、丸まった。

「正直に言うとね……この展開は私も予想外だったんだ。私があの場に赴いたのは、君を助けるためじゃない。赤江《あかえ》君を追っていたからなんだ」

「赤江《あかえ》を？」

こくりとうなずかれる。

「例の事件が起きてから、私の社内での権限は縮小一方でね。事態を把握しようにも、ほとんど情報が入ってこない。ただ色々探るうちに、どうも外に機密を漏らしている人間がいるらしいと分かってね。ひょっとしてそれが真犯人ではと、絞りこんだ先が赤江《あかえ》君だった。……まぁ、結局情報の流し先は捜査当局だったんだが」

「……」

「とはいえ、彼の動きは妙だった。なぜって警察や公安は表から会社の資産を差し押さえていたからね。この上、何を裏から探る必要があるのか。気になって、あとをつけて、出くわしたのがあの光景だ。赤江《あかえ》君が君を『園《その》』と呼ぶのを聞いてね、あとはもう無我夢中だった」

「無我夢中って」

それで消火器を持ち上げてぶん殴るのか？　気が弱いのか、豪胆なのか分からない。

微妙な顔になっていると、一拍置いて馬木《まき》が震え出した。顔から血の気が引き、目が泳ぐ。

「や、やっぱり傷害だよな。いや、君が逃げる時間さえ稼げればと思ったんだけど。起き上がってこなかったよね、彼……どうしよう、今からでも救急車を呼んだ方が」

「だ、大丈夫ですよ！　直前まで警察と連絡を取っていましたし、血も出ていませんでしたから」

放っておけば本当に電話をかけそうだ。

心臓に悪い。相手が落ち着くのを待って、居住まいを正す。

「つまり、社長は僕から情報が得られると思ったんですか？　この件について、何か疑問を解く鍵が見つかるかもと。だから危険を冒して助け出した」

「まぁ……そうだね」

「僕が真犯人だという疑いはないんですか？　今回の件、全ての黒幕じゃないかって」

返ってきたのはなんとも不思議そうな顔だった。

ぱちぱちと小さな目がしばたたかれる。眉間に深い皺《しわ》が刻まれた。

「君は、テロをやろうとする会社に、異動希望を出すのか？」

正気を疑うような眼差《まなざ》し。

「しかも希望を蹴られた腹いせにというならともかく、私は君のリクエストに応えたんだ。それを逆恨みするほどサイコパスな人物には見えなかったが」

「確かに、そうなんですが――」

弁護の立場が逆だと思いつつ、自分の身体《からだ》を見下ろす。シャツの胸元を押さえながら、

「こんな……非合法のギズモにも入っていますし」

「だからそれも含めて、何か事情があったんだろう？　要するにね、君が犯人だとした場合、やってることがちぐはぐすぎるんだ。周到に見えて痕跡を残しすぎ。直接、クラックと関係ないことで目立ちまくっている。複数犯か、君が多重人格だったという事実でもない限り、説明がつかない」

一瞬ぎくりとする。

さすがは世界的企業のトップ、なかなかいい線を突いてくる。ただの昼行灯《ひるあんどん》ではない。

数瞬、悩んだ末に覚悟を決める。

どうせセピアは僕の中から出ていき、発言を止める者もいない。一人で抱えこむのもいい加減うんざりだ。

「実は」

前置きして話し始める。馬木《まき》と打ち合わせしてからのできごとを順に説明していった。唯一、ウロや村子《むらこ》のことは逡巡《しゅんじゅん》の末に伏せる。世話になったとは口が裂けても言えないが、これ以上の裏切りはためらわれる。〝非合法ギズモには気づけば入っていた〟と誤魔化して、話を続けた。

ただ、結果として、馬木《まき》はそのような枝葉末節《しようまっせつ》にこだわらなかった。セピアの存在を耳にした瞬間、愕然《がくぜん》とした様子になる。話を聞き終える頃には、すっかり茫然自失《ぼうぜんじしつ》していた。

「彼女が……生きていた？」

馬鹿なと言わんばかりの顔。

無言でうなずく僕に、馬木《まき》は天を仰いでみせた。

「なんてことだ。じゃあこれは十年前の繰り返しか。あの時できなかったことをもう一度、やろうとしてるのか、セピアは」

「十年前」

一畑《いちばた》の台詞《せりふ》が蘇《よみがえ》る。ギズモの開発環境へのクラッキング、データの破壊——

「じゃあ社長も、セピア消滅の経緯は知っているんですね」

「忘れようとしても忘れられないよ、あれは」

凍えたように肩を震わせる。

「見慣れた友人が、いきなり怪物に変わったんだ。理屈も動機も分からない。少し前までは、たとえ問題児でも普通に話せたはずなのに、ある日突然、牙を剝《む》いて襲いかかってきたんだ。慌てて封じこめて解体するしかなかった」

「……」

「白状するよ。オーパスの創業メンバーが抜けたのは、彼女の事件が影響していた。よきにつけ悪《あ》しきにつけ、セピアはスタートアップの中心だったからね。それが敵に回った途端、自分達がなんのために集っているのか分からなくなってしまった。あとに残ったのは、私のような敗戦処理屋だけだ」

「敗戦って」

さすがに自虐がすぎる。眉根を寄せると、馬木《まき》は首を振った。

「いや、真面目な話、私はただの事務屋なんだ。人に頭を下げるか、誰かの敷いたレールを走るくらいしか能がない。だから今の君の話を聞き、正直途方に暮れている。人間相手ならまだしかるべきところに通報すればと思ったが、作り手さえ制御できないAIが犯人だとすると」

想像以上の萎縮ぶりにたじろぐ。それでも必死に身を乗り出して、語りかけた。

「で、でも一度は封じこめられたんですよね？　同じことをもう一回やればいいじゃないですか。彼女もそれを恐れたからこそ、息を潜めていたんでしょうし」

「難しいな。あの時は彼女の居場所が分かっていた。ホストしているサーバ、キャッシュ先、展開中の端末。全てが明らかだったから、しらみ潰しに処理していけた。まぁそれでも、見逃しがあって君のギズモに逃げられたわけだが。今回は、そもそも彼女がどこにいるかさえ分からない」

「DS1からの接続ログをたどれば」

「言っただろう。私の権限は縮小一方なんだ。何をするにも、当局にうかがいを立てないといけない。DS1のログを探るならその理由を、ひいては君の存在を話さなければならなくなる」

「……」

「だいいち、今から追いかけてつかまえられるとは思えないよ。処理速度も能力も人間を超越した相手だ。向こうがその気にならない限り、会うことすら叶《かな》わないはず……で」

静止する。天啓を受けたように空を仰ぐ。

「社長？」

「そうか」

うわごとのような声が響く。そうか。

「確認だ、園《その》君。彼女は自分からDS1を求めたんだね？　たまたま見つけたリソースにアクセスしたのではなく」

「はい……」

「マシンパワーを得るために。つまり目的を果たす材料とするために、能動的に動いてDS1にたどりついた」

「ええ」

「なるほど」

我が意を得たりという風にうなずかれる。

「であれば簡単だ。捜す必要などない。適切な贈り物《ギフト》さえあれば、彼女は自分からやってくる」

目に生気が戻る。社長はコンソールを開き、コマンドを叩《たた》き始めた。フォルダ階層をたどって、ファイルリストを映す。

取り出したARイメージは鍵の形をしていた。

「それは」

「ギズモのOS配布システム《オーケストレータ》のアクセスキーだ。バージョン管理をして、更新プログラムを展開する。使いようによっては全人類にウィルスも配れるからね、我々のような上位メンバーにのみ与えられている」

言葉の意味が染《し》み入《い》る。単語が脳を刺激する。遅れて、身体《からだ》の底から震えが湧き上がってきた。

「まさか、社長」

「うん。こいつを餌に使おうと思うんだ」

やはり。

納得するとともに、激しい危機感に襲われる。反射的に首を横に振っていた。

「危険です。危険ですよ。アクセスキーをさらせば、セピアがやってくる。罠《わな》を仕掛けてつかまえられる、そういう目論見《もくろみ》ですよね？　でも失敗したらどうなるんですか。バックアップの消滅どころじゃない。全利用者の身体《からだ》が好きにされてしまう」

「もちろん、リスクはある。だが他に方法はあるかね。彼女はきっと何かの目的を持って動いている。それが果たされてからじゃ遅いだろう」

「……」

「君の話だと、彼女は『三日たてば全てが終わる』と言っていたそうじゃないか。今まさに決定的な破壊を仕込んでいない理由がどこにある？　こうしている間にも、事態を悪化させていないという保証は」

ない。

社長の危惧は正しい。ことはもう日和見を決めこんでいられるレベルではない。どちらに進んでも怪我《けが》をするなら、せめてダメージの少ない方に進むべきだ。分かっている、分かってはいるが。

「成功率は？　どのくらいでしょう」

「三十パーセントだな。罠《わな》を破られる可能性が三分の一、罠《わな》は働くが、彼女の無力化前にアクセスキーを使われる可能性が三分の一だ」

「約七割の確率で、セピアは人類を奴隷化する鍵を手に入れると？」

「そうなるな」

（危険すぎる）

無謀だ。やはりもう少し、安全策を採るべきでは。

「社長――」

反射的に諫《いさ》めかけてはっとする。

馬木《まき》の手は震えていた。首筋に汗がにじんでいる。顔つきこそ自信満々だが、握った手は痛々しいくらい強くズボンの生地をつかんでいた。

怯《おび》えているのだ。

他でもない彼こそが一番。

（……ああ）

そうか。そうなのか。

唐突に腑《ふ》に落ちる。

こうやって彼は色々なものを抱えこんできたのだ。望むと望まざるとにかかわらず、自分だけが最後の防波堤になれると信じて。

……。

溜息《ためいき》を一回、顔を上げた時には覚悟が決まっていた。そう、もともと僕とセピアの因縁で再燃した話なのだ。一度は心酔した相手だからこそ、引導もこの手で渡すべきだろう。

「分かりました。僕に何かできることはありますか？」

目に見えて、ほっとされた。

社長は空気が抜けたように、へにゃりと弛緩《しかん》した。

「もちろん……もちろんあるとも。このビルのネットワークを使えるようにしたり、過去の無効化プログラムを最適化させたり。君のように優秀なエンジニアがいると助かる。本当に助かる」

見ている方がいたたまれなくなるほどの恐縮ぶりだった。思わず立ち上がり、彼の肩を押さえる。

「頭を上げてください。この件は僕も当事者なんですから、助けるも助けないもないです。やれることはなんでも言ってもらえれば」

ありがとう、ありがとう、と感謝される。社長は目をしょぼしょぼさせながら見上げてきた。

「じゃあ早速一つ、お願いしてもいいかな？」

「？　なんでしょう」

　気恥ずかしげな笑みが返ってくる。馬木《まき》はおずおずと手を差し出した。

「立たせてほしい。その……どうも腰が抜けてしまったみたいでね」


　馬木《まき》と分担して、ビルのインフラを復活させて回った。

　電源、有線・無線ネットワーク、サーバ、ストレージ、セキュリティ装置。時に配管に入り、時に天井裏をのぞきこみ、機器達に火を入れていく。

　古い装置も多かったが、幸い目立つ不具合はなかった。数時間もたたないうちに、ギズモのコンソールからアクセス可能になる。

　馬木《まき》はシステムの構成を立体イメージで展開してきた。

「プランはシンプルだ。ビルと外部ネットの接続点——公開セグメントにアクセスキー入りのサーバを配置する。そのあとに、キーの存在と位置情報をセピアの公開鍵で暗号化して、配信ネットワークに流す。彼女が網を張っていれば、必ず食いつくはずだ」

　放流された情報に少女のアイコンが気づく。地図を見るように確かめながら、旧オーパス本社に近づいていった。

「アクセスキーの格納サーバだが、実は公開セグメントに直結していない。前段に透過型の解析《サンドボックス》・無毒化サーバを挟んでいるんだ。こいつはネットワークアドレスを伏せているので、セピアからは見えない。格納サーバが無防備だと思い近づくと、データをつかまえて引っ張り出す。結果として彼女を封じこめて無力化できるわけだ。ただ、彼女も警戒しているだろうからサンドボックスの発動タイミングは、人間側で判断しないといけない。そのための情報分析と発動の指示が我々の仕事だ」

サンドボックスにかじりつかれるアイコンを前に、僕は大分ぽかんとしていたのだろう。

馬木《まき》は不安げに見返してきた。

「どうした。何かおかしな説明だったかな」

「いえ」

まだ動揺しつつ、首を横に振る。

「逆です。その……事務屋という割りには、随分技術に明るかったので」

「ジ・オリジネーターズの受け売りだよ。別に私がこの仕組みを考えたわけじゃない」

「そう仰《おつしや》いますけど、機械もバリバリにいじっていたじゃないですか」

実際、構内のサーバ・ネットワーク機器の半分は、彼がセッティングしたのだ。迷いのない手際《てぎわ》はオーパスの中堅エンジニアにも引けを取らないものだった。

感嘆を露《あら》わにしていると、馬木《まき》はやや気恥ずかしげに鼻の頭を掻《か》いた。

「まぁ、色々やってきたからね」

「オーパスの立ち上げで、ですか？」

「いや、それ以前の話だよ。大学の研究室が、コンピュータなしでは話にならないところでね」

ピンとくる。赤江《あかえ》と記者会見を見ていた時の記憶が蘇《よみがえ》った。

「天文関係でしたっけ」

おやというように眉を上げられた。

「知っているのか。そう、電波天文学——と言っても通じないかな。電波を使って宇宙を観察する分野の研究職でね。相手が相手だから、扱うデータ量も天文学的なものだった。だからコンピュータが止まってしまうと、本当に手も足も出なくなってね」

「自分でメンテナンスしていたと？」

「業者を呼ぶと時間もかかるし、金も嵩《かさ》む。なんだかんだで一つ二つとシステムを見始めて、あとはもう勢いかな。どうしても分からない部分は、もちろん専門家のアドバイスを仰いだけどね。そのうちの一つが当時スタートアップだったオーパスだ」

「……」

で、ついにはその会社の経営まで手伝わされたと。まったく、お人好《ひとよ》しがすぎる。

呆《あき》れ顔《がお》でいると、馬木《まき》は時計に視線を落とした。「おっと」と瞠目《どうもく》する。

「もうこんな時間か。随分、長く作業していたな」

午後七時。確かに窓の外はとっくに暗くなっていた。唐突に、ぐぅっと胃が鳴る。赤面してお腹《なか》を押さえた。

社長は微笑した。

「今日は一旦切り上げよう。残りは明日に回せばいい」

「でも――」

「あまり根を詰めてミスしてもまずいよ。どのみち環境はあらかた構築できた。あとはアクセスキーの配置だけだ。食べて寝て、英気を養ってからでもいいだろう」

そう言ってもらえると正直ありがたい。ずっとネットカフェで寝起きしてきた挙げ句、今日は同僚に裏切られて大立ち回りだ。疲労もダメージも随分溜《た》まっている。そろそろ一息つきたかった。

「分かりました」

そう告げると、馬木《まき》の対応は早かった。

作業環境を片づけて駐車場に直行。車からサンドイッチやおにぎりを持ってくる。魔法瓶のお湯を使って粉末タイプのスープも準備し始めた。

カンファレンスのステージにテーブルと椅子を配置。簡易なダイニングにする。

二十分もたたないうちに、僕は馬木《まき》と食卓を囲んでいた。手元が暗かったので、防災グッズのキャンドルを準備、火を灯《とも》す。

合掌して食事に取りかかる。うまい。最初はおずおずと、だがすぐにがっつき始める。渇いた喉にスープと水を流しこんだ。

「園《その》君は……なんでこの道を選んだのかな？」

人心地ついた頃に、訊《たず》ねられる。馬木《まき》はテーブルの上で手を組み、目を細めていた。

「情報系に進んだ理由ですか？　それは……だからセピアに憧れて」

「その前段だよ。セピアを知った時にはもう情報処理に興味があったんだろう？　だからこそ彼女のすごさに気づけたし、裏技を使ってでもカンファレンスにもぐりこもうとした」

「……」

「当時の君は、十二歳か？　普通その年で一生を捧《ささ》げるものは決められない。能力や経済的な状況で、夢と現実に折り合いをつけていくものだ。なのになぜと思ってね」

目を伏せる。スカートの膝をつかむ。小さく吐息を漏らして、顔を逸《そ》らした。

「大した話じゃないです」

本当に大したことはない。わざわざ人に話す内容でもなかった。だが、馬木《まき》の柔和な視線にさらされると、つい口を開いてしまう。

「犬を――飼っていたんです」

キャンドルの灯《ひ》が揺れる。什器《じゅうき》の影が移ろう。

「僕が生まれる前からいたゴールデン・レトリバーで、人懐《ひとなつ》っこくて、誰にでも甘えてくるんです。ただ、僕にだけはなぜか素っ気なくて、抱きつこうとしても嫌がるんです。悔しくて、悲しくて、子供心に随分悩んだことを覚えています」

「犬は子供が苦手だと聞いたことがあるが」

「そうですね、ただそれだけの話だったのかもしれません。でも当時の僕にはかなりストレスで、散歩や餌やりも億劫《おっくう》になっていました。で、ある時、散歩中に全然言うことを聞いてもらえなくて、つい言ってしまったんです。おまえなんか嫌いだ、よその犬になってしまえって」

「……」

「その直後ですよ。僕は犬に突き飛ばされたんです。余所見《よそみ》運転の車が飛びこんできて、彼が代わりに犠牲になりました。本当にわけが分からなかったです。一体、あいつは何を考えて僕をかばったのか。もし僕のことをそこまで大事に思っていたのなら、どうして今まで邪険にしてきたのか」

なんとか納得できる答えを探そうとして、悩んで、悩んで、悩み尽くして——

結局、分からないままだった。親や友人は聞こえのよい解釈をいくつもくれたが、どれも嘘《うそ》くさかった。実は彼は恥ずかしがり屋で、ずっとあなたのことが大好きだったのよ——そんな風に言われて、一体どうすればいいのだ？　我慢に我慢を重ねて、ついに吐いた暴言は取り返しのつかない過《あやま》ちだったと、その後悔を生涯背負っていけと？

「どのくらい塞いでいたか分かりません。ある時、見かねたITジャーナリストの父が、子供向けのプログラミング教材を持って帰ってきてくれたんです。そこで表されている世界は、一から十まで整然としたものでした。全てが透明で理屈立っている。書かれていないことは起こらないし、書かれていることは書かれている通りに起きる。そのシンプルさが当時の僕には救いで──虜《とりこ》になったんです」

言ってしまえば現実逃避だ。

ばつの悪い思いを、他のことで紛らわしたにすぎない。『なるほど、大変だったんだね』『頑張ったね』などと言われれば、それこそ自己嫌悪《けんお》に陥る。

だが馬木《まき》は「そうか」とうなずいただけだった。感想も慰めの言葉もない。そのフラットさが今はありがたかった。

「社長は」

キャンドルの炎越しに見上げる。影絵のような面差しと相対する。

「どうして天文学を学ぼうと思ったんですか？　そこも誰かの世話を焼いた結果ですか」

「違うよ、さすがにね」

苦笑される。スーツの肩がすぼめられた。

「自分で選んだ進路だ。ただまぁ、動機はあまり格好よいものじゃないな。私はね……怖かったんだ」

「怖い？」

眉根を寄せる僕の前で、馬木《まき》は天井を見上げた。

「そうだな。園《その》君は地球の寿命があとどのくらいか知っているかい？」

「はい？」

「地球が終わる日だよ。核戦争とか隕石《いんせき》の衝突とか、そういう偶発事態を除いて、一体いつこの星が自然死するのか」

「さぁ……」

「約五十億年後だ。その頃には太陽の直径は今の二百倍に広がり、地球を呑《の》みこんでしまう。仮に奇跡的な幸運で膨張が止まっても、そのあとに待っているのは太陽の死——陽の光という全てのエネルギー源の消失だ。我々がいかにこの星の上で努力しようと、終わりは容赦なくやってくる。そんな話を子供の時に読んで、無性に怖くなってね」

「はぁ」

「ぴんと来ない顔だね。無理もない。五十億年先のことなんか、今から気にしてどうなるというんだろう？　もちろん、私や君にはまったく関係のない話だ。ただ、人類という種はこの先、何をしようと、絶対に五十億年後に終わってしまう。その事実は、私には耐えられないくらい悲しいものでね」

　何を話されているのか、いまいち分からない。だが馬木《まき》はこちらの反応を気にする風もなく続けた。

「破局を避けるにはどうしたらいいのか？　まず考えたのは地球を脱出できるロケットを作る

ことだ。だが、調べれば調べるほど、今の化学ロケットは貧弱でね。六人乗りの探査機を火星に送るだけで八ヶ月、経費にして数千億ドルかかる。コストを度外視しても、最寄りの地球型惑星候補にたどりつくまで約三万年だ。この事実を知って、私はロケット工学に進むのを諦めた。で、次に考えたのが、果たしてもっと近くに移住可能な場所はないのかということだった」

ああ。

先ほど聞いた単語が思い浮かぶ。

「それで……電波天文学？」

「うん」

馬木《まき》のうなずきは深かった。

「目では見えない星の存在を、電波なら漏らさずとらえられるのでは？　そういう思惑で取り組んだんだけどね。すぐにもっと興味深い研究テーマに出合った。園《その》君はＳＥＴＩという言葉を聞いたことがあるかな？」

「知りません」

「そうか、世代の違いかな。私が若い頃は、結構なブームになったんだけどね。Search for Extra Terrestrial Intelligence、略してＳＥＴＩ。地球外知的生命体探査のことだよ。電波望遠鏡で受信したデータを分散コンピューティングにかけて、エイリアンからのメッセージを探す。二〇〇三年には、うお座とおうし座の方角にあるSHGb02+14aという電波源からそれらしい信号も見つけている」

「初耳です」

「まぁ、知的生命体が発する電波にしては波形が不自然という理由で、否定されたんだよ。相手にコミュニケーションの意思があるなら、もっと分かりやすい形で送ってくるだろうってね。まったくの異文明が人類の理解度を忖度《そんたく》するか？　と私なんかは思ったんだけどね」

「……」

「とにかく、古代の超文明が作った宇宙コロニーがあって、それが冥王星近辺を漂ったりしていれば、地球脱出の望みは大分現実的になる。そんな荒唐無稽な思いを胸に、研究を進めていたんだがね。結局、ものにならないまま、日々の雑務に忙殺されてしまった。そのあとどうなったかは君も知っての通りだ」

沈黙が落ちる。キャンドルの蠟《ろう》が崩れてしたたる。僕はぽつりとつぶやいた。

「意外です」

「何がだね。ここまで何一つものにならない男だとは思わなかった？」

「いえ、意外とロマンティストだなと。もっと、地に足の着いた人だと思っていました」

「ロマンじゃないよ。ただ――怖かっただけだ」

馬木《まき》は視線を落として、空いた皿とコップを見下ろした。

「さて、そろそろ休むとするか。救護室にベッドがあるから使うといい」

「社長は」

「私は車で休む。明朝六時になったらこの部屋で待ち合わせよう。どうかね」

「構いません」

「よし」

立ち上がり、救護室の鍵を渡してくる。細かな穴の空いたディンプルキー。今時珍しい物理鍵だ。

礼を言う間もなく、馬木《まき》は背を向けた。闇に溶けこむ背中はいつもより小さく見えた。

救護室はカンファレンス会場の二階下、休憩スペースの隣にあった。

最近では絶滅危惧種となった喫煙ルームを横目に、化粧室に入る。壁一面の大鏡と向かい合って歯を磨き、口をゆすいだ。

鏡に映る顔は、相変わらず若々しかった。疲労や心労の色がまったく見て取れない。健康的に色づいた頬はいっそ不気味で、目を逸《そ》らしたくなる。一体村子《むらこ》はどんな魔法をこのギズモにかけたのか。寿命の極端な短さといい、超人的な膂力《りょりょく》といい、体内で起きていることが不安になる。あるいは通常の十倍以上の速さで、生命エネルギーを燃やし尽くしているのかも。

探るような視線が額の上で止まる。

黒光りするヘアピンが前髪を留めていた。そっとなでると、ウロがつけてくれた感覚が蘇《よみがえ》る。

（ウロ、か）

今頃どうしているのだろう。金づるに逃げられて怒り心頭なのか。今でも僕の痕跡を追っているのか。あるいはもう別の儲《もう》け話を探しているのか。

どちらにせよ、このギズモは返さねばなるまい。代わりの身体《からだ》をどうするかは課題だが、社長の協力があればなんとかなるだろう。ああそうだ。彼女の〝希望〟を叶《かな》えられないか、社長に訊《き》いてみるのはありかもしれない。記憶を操作して、自身の外見への恐怖を抑える。そうすれば、そもそもあそこまで金にこだわる必要はなくなるのだから。

セピアの暴走を止めて、クラウドのトラブルを解決する。次の諸々《もろもろ》に向き合っていく。出口が見えたためか、少し肩の力が抜けていた。先のことを考える余裕ができている。

荷物をまとめて救護室に赴く。鍵をかけて、中のベッドに潜りこんだ。睡魔が忍び寄ってくる。疲労と安堵《あんど》が意識を押し流していった。

今日はよい夢が見られそうだ。そう思って、僕は眠りに落ちた。

悪夢を見た。

どこかの食卓だ。目の前にこれ見よがしな銀のゴブレットが落ちている。したたる中身が絨毯《じゅうたん》を赤く染めていた。

どうやら毒を盛られたらしい。全身が痺《しび》れてぴくりとも動かなかった。目を見開き、荒い息をつきながら倒れている。

一体なぜ、どうして。

視線を巡らすと、人の気配がした。

食卓の向こうに誰か座っている。長いスーツの足が組まれていた。

「愚かですねぇ」

ウロだった。赤い唇を皮肉げに歪《ゆが》めている。手に持ったティーカップが口に運ばれた。

「本当に愚かです。何度失敗すれば気が済むんですか、あなたは」

何を言っているのか、訊《たず》ねたいが口が動かない。

毒が回ってくる。苦しい。耳鳴りがする。心音が激しくなって、胸を突き破りそうだ。

助けてくれ！

声にならない声で叫ぶがウロは動かない。チェシャ猫のようなにやにや笑いを浮かべるだけだ。

「愚かですねぇ」

心音が耳を埋め尽くす。脳が掻《か》き回《まわ》される。視界が歪《ゆが》み、五感が混濁して、そして——

＊

BEEEEP、BEEEEP。

頭蓋骨が振動している。目の前に時計のイメージが浮かんでいた。時刻は午前五時四十五分。その下に『ALARM』の文字が浮かんでいる。

しばらく自分がどこにいるか分からなかった。

眼球を動かして、白い天井を見つめる。ゴブレットはない。食卓もない。もちろんウロの姿もなかった。

（夢？）

もちろんそうだ。僕は旧オーパス本社に泊まり、鍵のかかる部屋で休んでいたのだ。誰かと食卓を囲むのはもちろん、毒をあおることなどありえない。

「なんで、あんな夢」

額を押さえる。アラームを止める。不快な思いで身体《からだ》を起こした。寝る前に、ウロのことを気遣っていたのが馬鹿みたいだ。夢にまで現れて人を腐しやがって。

髪を掻《か》きむしり、ベッドから下りる。五時四十五分に目覚ましをセットしたのは、六時に馬《ま》木《き》と待ち合わせていたからだ。ぼやぼやしている余裕はない。

化粧室で顔を洗い、上階に向かった。

カンファレンス会場に着くと、もう社長は準備を始めていた。

壇上にいくつものコンソールが開いている。こちらに気がつくと、片手を上げてきた。

「やぁ」

気さくに挨拶される。

「おはよう。よく眠れたかね」

「おかげさまで。社長は早いですね」

「色々考えていると目が冴《さ》えてしまってね。結局、準備を進めていた方が、気晴らしになるかなと」

「え？　じゃあ寝なかったんですか？」

「寝たよ。その……一時間くらい」

なんと神経質な。

こちらは能天気に悪夢まで見ていたというのに。背負うものの差を思い知らされて、気まずくなる。

「どう進めましょうか」

おずおず訊《たず》ねると、社長はシステム構成イメージを差し出してきた。

「昨日、話した通り、私はアクセスキーをサーバに配置する。その間に園《その》君は外向けの通信を開放してほしいんだ。ファイアウォールの穴開け、外部インタフェースの立ち上げ、ポリサーの解除。分かるかな」

「はい、大丈夫です」

いずれも昨日、動作確認したあとに無効化したものだ。それを再度、有効化しろと言われているにすぎない。指示を控えるまでもなかった。

「ああ、あと、サンドボックス操作のために、君に権限セットを渡す必要がある。証明書のインストールだ。こちらも手順は分かるね」

「はい」

「近接通信で送るよ。IDは——でいいのかな?」

「大丈夫です」

通信許可を求めるプロンプトがポップアップ。OKすると、転送予定のデータがプレビューされた。

サインの施された書類のイメージ。確かに証明書ファイルだ。これをインストールしてサンドボックスの認証に用いろということだろう。簡単な話だ。

受信指示、インストール指示、表示されたセキュリティ確認をOK、OK、OK。

最終確認。

惰性で『OK』をタップしかけて、ふっと指が止まった。

なんだろう。妙な既視感を覚える。同じような操作を最近やった気がした。赤江《あかえ》に入館証を渡された時？　ウロにプリペイドトークンをシェアされた時？　いや。

……。

（そうだ）

一週間前の夜、宇都宮《うつのみや》のシェアオフィスで、まさに社長から辞令と守秘義務契約書を送られた。電子署名して承認して、意気揚々と外に出て——そこから全てが変わってしまった。

——愚かですねぇ。

夢で見たウロの顔が蘇《よみがえ》る。

——本当に愚かです。何度失敗すれば気が済むんですか、あなたは。

ぞくりと寒気を覚えて、指を引っこめていた。確認のプロンプトがひどく禍々《まがまが》しいものに思える。押した瞬間、また現実がひっくり返ってしまいそうな感覚。

「どうした、園《その》君」

社長の声は気遣わしげだった。急に静止した僕を訝《いぶか》しんでいる。

「いえ……」と唾を飲みこんだ。混乱した思考を整理する。

一体何を考えている？　もしこの〝疑い〟が事実なら、全ての元凶は社長ということになる。だがクラウドをクラックしたのはセピアだ。本人が（僕の殻を使ってだが）言っているのだから間違いない。犯人はセピアなのに元凶が社長？　無茶苦茶だ。論理の破綻も甚だしい。

ただ、一方でどうにも気になることがあった。

今まで頭の片隅で疑問に思いながら、言語化まで至らなかった事実。

そう。

――なぜ、セピアはあのタイミングで動き出した？

十年以上、息を潜めていたのだ。ことを起こすにしても、もう少しやり方があるだろう。少なくとも、宿主を殺して、当局に追いかけさせる必要はない。口封じ？　だったら復活などさせなければいいのだ。事実、彼女は僕のバックアップを破壊している。あのタイミングをわずかにずらすだけで、園晴壱《そのはるいち》の物語は終了していただろう。

バタバタだ。

まるで、周到に用意された計画が、何かの手違いで前倒しされたかのように。取り得る選択肢をなりふりかまわず採用したかのように。

彼女は大規模テロを起こして、僕を殺した。それが一体なぜかと言えば。

「社長」

ようやく出た声はからからに乾いていた。恐怖が声帯を縛る。

「何かな」

「この証明書に、ウィルススキャンをかけさせてください」

返ってきた沈黙は重かった。馬木《まき》は小さな目を見開いたまま「なぜ」と問いかけてきた。

「念のためです。このギズモは正規のものじゃありませんから、誤動作を起こさないかチェックできればと」

「ただの権限セットだよ。害を与えるようなものじゃない」

「だとすればなおさら。すぐ終わりますし」

必死で冷静さを保ちつつ懇願する。だが、馬木《まき》の顔は徐々に表情を失っていった。のっぺりとした肌がゴム細工のように見えてくる。

痛いほどの静寂が五秒、十秒、十五秒。

脳内でアラートが響く。半ば答えを予期しつつ、僕は口を開いた。

「社長。あの夜、あなたは僕に何を、い、いしたんですか」

「それを訊《き》いてどうするね」

逆光が馬木《まき》を影絵のようにしている。暗い虚《うろ》のような顔が、平板に続けた。

「今更何を知ろうが、全て手遅れだ」

！

僕の反応は決して遅くなかった。返事を聞いた瞬間に床を蹴る。馬木《まき》を取り押さえようとする。制圧して連行できればよし、うまくいかなければ、そのまま逃げるつもりだった。敵地と分かった以上、長居は無用だ。増援の到着前に、離脱できればと思ったが。

ドン！

横殴りの衝撃に見舞われた。身体《からだ》が脇腹のところで折れ曲がる。くの字になって吹き飛ばされる。

床に激突。息ができない。小型の爆弾が至近で炸裂《さくれつ》したようだ。超人的な力を持つギズモが一瞬で無力化されていた。

「あ……ぁ」

涙と喘《あえ》ぎ声が漏れる。

誰かが馬木《まき》の横に立っていた。異様なシルエットだ。

寸胴で猪首《いくび》、足は短く、腕だけがなぜか長く細い。凹凸に乏しい顔。目と鼻孔、口の部分だけがぽっかりと穴が開いたように見える。〝埴輪面《はにわ》〟だ。公安の改造ギズモ《オルタネート》。

握った拳を見る限り、当て身でも食らわせてきたのか。〝埴輪面《はにわ》〟はつかつかと歩み寄ってくると無造作にこちらの背中を踏みつけた。

「っ！」

「殺すなよ。大切な取引材料だ」

社長の声は相変わらず淡々としていた。茫洋《ぼうよう》とした顔で頭上を見回す。その視線が監視カメラに留まる。

「見ているのだろう⁉　セピア。そろそろ出てきたらどうだ。君の大事な〝後継者〟が死んでしまうぞ！」

反応はない。

当たり前だ。彼女は行ってしまった。今頃ネットのどこかで破壊活動を繰り広げているはず。こんなところで僕を見守っている道理がない。

ぐっと力をこめて〝埴輪《はにわ》面〟の足を押しのけようとする。だがより一層、強い力で踏みつけられた。骨と肉がぎしぎしと軋《きし》む。思わず悲鳴を上げていた。

「どうした。本当にすり潰してしまうぞ。もちろん復活などさせない。君が密かにバックアップしていたデータも見つけ出して、消去済みだ。ここで彼が死ねば、園晴壱《そのはるいち》という存在は永遠に失われる」

（何を）

耳を疑った瞬間、照明が落ちる。防災ベルの音とともにスプリンクラーの水が噴き出した。

〝埴輪《はにわ》面〟が一瞬怯《ひる》んだように足を緩める。身体《からだ》が自由になる。

〈ALART〉

ビル管理システムのARコンソールに、不正アクセス通知がいくつも浮かび上がった。

不正アクセス？　まさかセピアが？

転がるように移動しながら視線を巡らす。無意識のうちに身構えて、反撃を目論《もくろ》む。

だが煙った視界に響き渡ったのは、馬木《まき》の哄笑《こうしょう》だった。

「やはり見捨てられないか！　その甘さが君の命取りだ！」

〈ALART〉が消える。スプリンクラーの水が止まる。

瞬間、ぞっとした。

システム構成イメージが姿を変えている。サンドボックスが起動していた。着弾したセッションをロックして、通信元を引きずり出している。

通信元につけられたラベルは――SEPIA。

「やめろ!」

反射的に飛びかかって、首筋に衝撃を覚える。

〝埴輪面《はにわ》〟が無表情にこちらを見下ろしていた。意識が遠ざかる。姿勢が崩れる。暗転する世界に、馬木《まき》の笑い声だけがいつまでも木霊《こだま》していた。

＊ 5章　セピア×セパレート ＊

柱時計が鳴っている。

カチコチ、カチコチ、カチコチと、硬質な音を響かせている。

ひどく懐古的な眺めだった。

アイボリーの壁紙、煉瓦《れんが》の腰壁、棚や椅子・テーブルはダークブラウンの木材で統《す》べられて、床も深い色合いの板張りだった。

ペンダントライトがオレンジ色の灯《あか》りを落としている。流れている曲はチェット・ベイカー。クールジャズに特有の湿った音が空気を濡《ぬ》らしている。

磨《す》りガラスの外に広がる街明かり。卓上には湯気を立てるコーヒーカップ。

要するに、僕が目を覚まして座っているのはジャズ喫茶のような場所ということだ。そしてテーブルを挟んだ向かいには、口ひげの男性が座っている。

馬木《まき》だった。

「これは夢ですか」

漏れた声の低さに面食《めんく》らう。声変わりした男の発声。見下ろせば、そこにあるのはビジネススーツを着た大人の身体《からだ》だった。二十四歳の園晴壱《そのはるいち》の姿。しげしげと眺めてからつぶやく。

「やっぱり夢だ」

「なぜそう思うのかな」

馬木《まき》の眼差《まなざ》しは興味深げだった。僕は顔を上げて、見つめ返す。

「気を失う前に、社長は〝僕のバックアップを消した〟と言いました。であれば、こうして元の身体《からだ》に戻っているはずがありません。そもそも戻す必要もないと思います」

「なるほど。なるほど、論理的だ」

鷹揚《おうよう》にうなずかれる。

「ただ、だからといって夢と決めつけるのは早計じゃないかな。たとえば、君があの違法ギズモに入ったままでも、視神経さえジャックすれば、元の身体《からだ》に戻っているよう見せかけられるだろう？」

「視神経を？　ジャックしたんですか？」

「正確に言えば、脳からの入出力を我々の仮想空間にパイプラインしている。一昔前の言葉で言えば、メタバースというやつだ」

「メタバースですって？」

視線を巡らせる。

いや、いや、ありえない。仮想現実とはとても思えぬ精緻さだ。鼻を突くコーヒーの匂い、画素の継ぎ目さえ分からぬ肌、椅子やテーブルの圧倒的質感。

試しに指先を爪で刺してみる。鈍い痛みが顔をしかめさせた。

「悪い冗談ですよ。こんな超技術が、いつの間に開発されたっていうんですか」

「二十年前の人類がギズモを見たら、多分同じ感想を漏らすだろうね。こんな超技術がいつの間に開発されたのか、悪い冗談だって」

「……」

「君は一応、ビフォァ・ギズモ世代だろう？　だったら一度くらい疑問に思わなかったのかい？　どうやってあんなブレイクスルーが成しとげられたのか、魔法のような技術が実現したのかと」

疑問は――正直、漠としか持てていなかった。

それを明確に言語化したのは、村子《むらこ》だ。彼女は言った。技術のミッシングリンクが多すぎる、公開された情報では、どうやっても今のギズモにたどりつけないと。

「エイリアンの技術移転でも受けたんですか」

軽口交じりの揶揄《やゆ》に、馬木《まき》は口角を緩めた。

「当たらずとも遠からずだね」

「なんですって」

「いい線をいっていると言ったんだよ」

凍りつく僕の前で、馬木《まき》は手を組み直した。

「この場を設けたのはね。私が悪意を持っているわけではないと伝えたかったからだ。行きがかり上、騙《だま》し討ちのような真似《まね》になったがね、本来君と敵対する理由はない。できれば今後も協力してほしいと思っている」

「よ、よくもそんなことを」

「怒るのは当然だ。私も君の立場なら同じ反応をすると思う。ただ話を聞くくらいはいいだろう？　君も色々と疑問が残っているはずだ。判断は全て話し終わったあとにするといい」

業腹《ごうはら》だ。

だが、突っぱねたところで、どうしようもない。馬木《まき》の話が事実なら、僕の身体《からだ》は拘束されて、神経信号をジャックされているのだ。席を蹴っても、テーブルを引っ繰り返しても、どこにも行けない。

無言でうなずく。「結構」と馬木《まき》は相好を崩した。

「どこから話そうかな。そうだ、昨夜言った内容を覚えているかな？　SHGb02+14a という電波源の話」

記憶を探る。薄暗がりの中で聞いた言葉を思い出す。

「SETIで見つかったエイリアンのメッセージもどきですか」

「そう。当時の天文学界隈《かいわい》では、何かの勘違い、ただのノイズと思われた信号だ。あれが、〝もどき〟ではなかった、というのが全ての始まりだ」

耳を疑う。まじまじと見つめるも、馬木《まき》の顔に変化はなかった。

「受信したデータをかなり長期間――それこそ年単位の時間をかけて観察した。すると面白い挙動を見せたんだ。メモリに展開された情報のいくつかが、巧妙に分解・再結合を繰り返して、実行プログラムを形成した。で、外部ネットワークへの収集処理《クロール》を開始したんだ」

「クロール」

「それこそエンタメのニュースから学術論文にいたるまで、ありとあらゆる情報を貪欲に吸収していった。もしこれが単一のクライアントで行われていたのなら、事態は早々に露見していただろう。だが、件《くだん》のプログラムはSETIプロジェクトに参加していた何百万ものクライアントで分散処理されていた。しかも先ほど言った通り、何年もかけて、ゆっくりとね。だから誰も気づかなかった。一般に報道された通り、少し奇妙なノイズとしてしか認識されなかったんだ」

「……」

「ネットの情報を集め終わったプログラムは、次にSNSや掲示板へのアクセスを開始した。そこにアカウントを作成すると、様々な技術情報をアップロードし始めた。最初は当時の人類の技術水準と大して変わらないもの、だが時間を追うごとに高度な内容を。時に斬新なコンセプトを、時に行き詰まっていた課題の解決策を示すことで、我々の知識レベルを底上げしていった。その行き着く先がどこだったかは――もう分かるだろう?」

「ギズモ」

かすれ声が漏れる。

「じゃあ我々はギズモを発明したのではなく、発明させ、ら、れ、たってことですか」

「まさしく」

「なんのために？」

単純な善意によるものとは思えない。話を聞く限り、件《くだん》のプログラムは膨大な時間をかけて人類の技術・文化レベルを解析、そしてギズモ開発に必要な情報を広めて回ったのだろう。その遠大な営みが、全て無償で提供されたと思うほど、おめでたくなかった。

馬木《まき》は肩をすくめた。

「一般論で考えてみるといい。君は異星人だ。地球人に魅力的なソフトをただで与える。この目的はなんだろう」

「マーケティング、広告モデル、融和外交」

「もう少し悪意を持っていたら？」

最悪な気分になった。

考えたくないが、材料は一つの結論を示している。宇宙があまねく友愛に満ちあふれているというより、よほど説得力のある答え。

「ウィルスの拡散」

馬木《まき》はうなずいた。

「ギズモの実行ファイルにはね、とあるトラップが組みこまれているんだ。利用者がある一定以上になると、メンタルデータをクラウドに吸い上げて、肉体との通信をブロックする。つまり人類の魂をクラウドに閉じこめてしまうんだ。しかる後にエイリアンとの通信経路をオープン、ここから先は想像だが、おそらくブロック解除の交渉を始めるんじゃないかな。肉体に戻りたければ、地球上の資源を譲り渡せとか、移住の場所を確保しろとか」

「身代金《ランサム》ウィルス《ウェア》！」

笑ってしまいそうになった。まさかこの単語を、天文学の話題で使うことになるとは。

「要するに、ギズモは全宇宙規模の身代金《みのしろきん》犯罪の釣り針だと？　僕らはそれも知らずに、不慮の死から解放されたと喜んでいた？」

「そうだね」

「そしてあなたは、人類の魂を宇宙人に売り渡した。全てを知りながら、ギズモが拡大するに任せた。これはそれを懺悔《ざんげ》する場ってことですか」

憎々しげな視線は、馬木《まき》の顔をぴくりとも動かさなかった。逆に哀れむような目で見返される。

「懺悔《ざんげ》などしないよ。なぜなら私は、彼らの思惑通りに動くつもりなどない、実際にそうならない道を進んできたんだからね」

「どういうことですか」

「彼らがどんな交渉を持ちかけてくるにせよ、私は応じない。交渉チャネルは全てブロックする。ギズモができた時点で、彼らは用済みということだ」

混乱してくる。馬木《まき》が何を言いたいか分からなくなる。

「交渉チャネルを閉じたら……僕らは肉体に戻れないのでは？」

「ああ」

「困るでしょう」

「困りはしないさ。事実、今君はメンタル・フィジカル的に困っているかい？　何か不都合を覚えているか？」

しばらくぽかんとする。馬鹿みたいに馬木《まき》を見つめ返すこと数秒。はっとなる。周囲を見渡す。

「メタバース」

「ああ、全人類の避難場所。新たなフロンティアだ。もう少しロマンを求めるならノアの方舟と呼んでもいい」

「肉体を失っても、僕らはメタバースで暮らしていける。だから異星人と交渉する必要もないと？」

「その通り」

「いや、いや」

食い気味に首を振る。必死に議論のズレを正そうとする。

「おかしいでしょう。なんでマルウェアが動く前提で、対策を練っているんですか。そもそもマルウェアを広めなければいいでしょう？　オーパスがギズモを開発して売らなければいい、それだけの話では？」

「それでは、いつまでも人類は肉体の軛から逃れられない」

ぞくりと寒気が走る。垣間見《かいまみ》えた異常性に理性が警告を鳴らす。馬木《まき》の目は真剣だった。

「いいかね、人類がこの星に閉じこめられているのは、肉体という重しのせいだ。もし我々がデータだけの存在になれば、光の速さで星の海を駆けていける。酸素や食料も必要ない。宇宙の全てを住処《すみか》に使えるんだ」

「社長、あなたは」

「私はね。ギズモのコンセプトを知った瞬間、ようやく長年の恐怖から解き放たれたんだ。ああ、これで人類は滅びずに済む、地球や太陽と心中しなくてよくなると」

「……」

「メタバースに全人類のメンタルデータを移行させて、それを軌道上・他惑星上のデータセンター、あるいは星間探査船に配置する。この計画にたどりついた私は、実現の舞台としてオーパス社を選んだ。当時のオーパスには、優秀なエンジニアと、旺盛なフロンティアスピリットがあったからね。ギズモの開発を任せるには丁度よかった。一方で、マルウェアから技術情報を引き出しつつ、もう一方でギズモのカスタマイズを進める。そう、全てはうまく進んでいたんだ。セピアが反旗を翻《ひるがえ》すまでは」

「セピアが……」

「まったく、不可解極まりなかったよ。彼女はね、『人の肉と魂は不可分《ワンピース》である』と言い始めたんだ。魂のみの存在《セパレート》となった瞬間、それはもはや人ではないと。自らもデータの塊にすぎないのに、そう主張し出したんだ。一体どこから得た価値観なのか？　何度も探ったが分からなかった。確実に言えるのは、彼女は旧来型の人類を守る〝使命感〟にとらわれているということだった。いいかい、理屈《ロジック》ではなく使命《ミッション》だよ。ならばもう歩み寄りの余地はない。我々は正面からぶつかり、多大な犠牲を払いつつも、彼女を封じこめた。そう、封じこめたと思っていたんだ。一週間前のあの夜までは」

馬木《まき》は宙に視線をさまよわせた。

「今思い出しても寒気がするよ。セピアの見初めた少年が、社内に入りこんでいたなんて。偶然と見過ごすことなど断じてできなかった。だから私は、解析プログラムを辞令と守秘義務契約書に紛れこませて送りこんだ。君の真意と記憶を探るためにね」

「やっぱり、罠《わな》だったんですか」

「まずは情報収集のつもりだった。まさか君の中に、セピアがまるごと避難しているとは思っていなかったからね。ところがそのまさかのせいで、続く展開は激烈なものになった。彼女は君のギズモがウィルスに感染したと知るや、定期バックアップを停止、何層にも及ぶサンドボックスで浸透を食い止めつつ、自らをＳＡファウンデーションに待避。証拠隠滅のために君を自決させた。復活した身体《からだ》は、ウィルス侵入前のクリーンなギズモ。あとは何食わぬ顔で君の身体《からだ》に再ダウンロードされたというわけだ。まぁその非合法ギズモの出所はよく分からないがね。オリジナルのギズモに何かトラブルでもあったのかな？」

疑問に答えるつもりはない。この状況で新たな手札を切る理由はなかった。

「一つ疑問が」

「何かな」

「なぜセピアは、あのタイミングでクラウドをクラックしたんでしょう？　情報解析ウィルスをかわしたのなら、一旦息を潜めてもよかったでしょうに」

「私は彼女じゃないからね、全ての行動の理由が分かるわけじゃない。ただまぁ、想像はできるかな」

「なんでしょう」

「ギズモOSはクラウド上でローリングアップデートが進んでいた。ユーザーには見えないバックグラウンドでね。近い将来、メジャーバージョンアップが走ることになっていた。主な変更点は、メンタルデータのクラウドへの吸い上げ、そしてギズモ本体との接続解除」

！

馬木《まき》はうなずいてみせた。

「そう、ランサムウェアがようやく本性を露《あら》わにするところだったんだよ。準備完了まであと十数パーセント、日数にして一週間かそこらだった。セピアとしては、存在を気取られた以上、いつ我々が動いても不思議ではなかったんだろう。あるいは充足率九割で計画を前倒しするかもと。ならばやられる前にやってしまえとね」

「……」

「彼女の打った手は強引だが、効果は大きかった。クラウドとギズモのリンクが切断されることで、我々は各ギズモの更新手段を失った。またクラウド自体が読みこみのみ《リードオンリー》になったことで、保存済みのメンタルデータをいじることもできなくなった。まったく、台なしもいいところだよ。本当に、本当に人の嫌がることをやってくる。あの娘は、昔も今も」

溜息《ためいき》とともに首を振る。沈痛な面持ちは、かつてカンファレンスで司会をしていた時と同じものだった。

「もちろん、我々もやられっぱなしではない。全DCの演算リソースを投入して、クラウドの制御奪還に取り組んできた。ところがあの娘ときたら、あちこちの踏み台を使ってサービス拒否攻撃《DoS》を仕掛けてきてね。おまけに管理サーバ経由で、各ギズモのメンタルイメージまで読みこみのみ《リードオンリー》にしようと試みている。今はまだセキュリティソフトが跳ね返しているが、これ以上攻撃が続くと、強引に突破されかねない。君がDS1のリソースを与えたせいで、その動きは加速している。概算であと三日もたたないうちに、ギズモのメンタルデータは削除不可になる見こみだ」

三日——。

それはセピアの殻たる〝僕〟が告げた日程でもあった。

『三日たてば全てが終わる、だからそこまで逃げ延びろ』と。

(畜生)

畜生、なんてことだ。必要な情報は全て示されていたんじゃないか。

なのに僕は考えなしに動き回って、彼女の目論見《もくろみ》を台なしにしてしまった。伏せるべき手の内を明かしてしまった。

「セピアは……どうなっているんですか」

虚《うつ》ろな声で訊《たず》ねる。唇が凍えたように震える。

「ネットワークから隔離して、分析中だよ。クラウドの復号化鍵とアクセスキーさえ取り出せれば、今彼女がやらかしている面倒ごとは解決できるからね。攻撃プログラムをアクセスキーで止めて、暗号化されたクラウドバックアップを回復させる。そうすれば当初の計画は再開できる」

「彼女が大人しく鍵を渡すはずがない」

「確かに。だから多少手荒な手段を使っている。キー以外と断定できたデータは、片っ端から分割してデリートしているんだ。こうすればセキュリティ機構もアクセス制限も、段階的に無力化できる。頑張って抗《あらが》っているが、もってあと数時間といったところだな」

（なんてことを）

それでは解析完了時には、彼女はほとんどなくなってしまう。セピアをセピアたらしめている知識が、ＡＩエンジンが失われてしまう。

慄然とする僕を気にした風もなく、社長は身を乗り出した。

「さて、本題に戻ろう」

淡々とした口調で続ける。

「長々と話してきた理由は、最初に言った通り、君に協力してほしいからだ。全てを知った上で私の計画を手伝ってもらいたい。ギズモの裏にも表にも精通したエンジニアとして」

「僕が？　なんでまた」

意図せずせせら笑うような口調になる。歪《ゆが》んだ唇を馬木《まき》に向けた。

「あなたは世界的企業のトップで、公安さえ顎で使っている。この上、僕みたいな雑魚《ざこ》の何が必要だと？」

「いくつか勘違いがあるね。まず私がオーパスのトップだからといって、全社員を無制限に使えるわけではない。情報漏れが怖いし、反発した社員に妨害されかねないからね。はっきり言って、計画の全貌を話したのは君が初めてだ。他の社員には、パーツ単位で開発をやらせていたにすぎない」

「……」

「あと公安を顎で使っているというのも過大評価だよ。私が影響力を及ぼせるのは数人にすぎない。いずれも職務に熱心すぎて、脛《すね》に傷を持つ連中だ。私がギズモのログをいじってトラブルをもみ消し、代わりに色々と便宜を図ってもらっている。役には立つが、所詮はギブアンドテイクの関係だ。私の理念に共鳴しているわけではない」

「つまり」

言わんとすることを先取りする。結論を示す。

「社長は〝仲間〟を求めていると？　言われた通りに動く駒ではなく」

「まさに」

馬木《まき》は莞爾《かんじ》とした笑みを浮かべた。ぐっと手を差し伸べてくる。

「園晴壱《そのはるいち》君、一緒に人類の未来を切り開こう。約束された破滅を、我々の手で回避するんだ」

空を仰ぐ。立て続けに明かされた情報で頭がパンクしそうだった。異星人のウィルス？　五十億年後の地球の終焉《しゅうえん》？　メタバースへの大規模移住？

どれもこれも荒唐無稽で現実味がない。いっそ、全て社長の妄想ととらえた方がまだ納得できる。だが、今、僕を取り巻く状況は、全てそれらの非現実的な要素で作られているのだ。知らぬ存ぜぬは許されない。目を閉じて耳を塞いでも、何も変わらない。

……。

息を吸う。

呼吸を整える。

「僕には……五十億年先のことなんて分かりません。人類がどうあるべきかも、議論できるとは思えません。だから分かることだけ話します」

じっと暗い目が見つめてくる。心の奥を探るような視線。

「セピアが僕にとってどういう存在なのか、ずっと考えてきました。同世代のカリスマなのか、スマートデバイスの革新者なのか、あるいは人知の及ばないモンスターなのか」

「狂った販促用AIだ。それ以上でも以下でもない」

「ええ、ええ、開発サイドから見ればそうでしょう。ですが、僕は一ユーザーとして彼女に出会いました。生身の彼女を知らないという意味では、テレビのアイドルもセピアも変わりありません。だから僕は彼女を、メディアを通した間接的な情報でとらえるしかなかった。発言内容、映像、音声データ、そしてソースコード」

「……」

「それらを通じて得た印象は、『綺麗《きれい》なコード』を書く『綺麗《きれい》な女の子』です。今回の件で、彼女について色々知りましたが、その印象は変わっていません」

社長の眼差《まなざ》しは胡乱《うろん》げだった。わずかだが苛立《いらだ》ちが伝わってくる。

「園《その》君、つまり君は何を言いたいのかな」

拳を握りしめる。背筋を伸ばして視線を鋭くする。

「好きな女の子を虐《いじ》める奴《やつ》に協力なんてできるか。出直してこい」

「残念だ」

馬木《まき》が指を鳴らす。刹那、周囲の壁が溶け落ちた。音楽が止まり、薄汚れた地下室が現れる。中央にあるのは黒光りするギロチン、その横には何に使うかも分からない器具が並んでいる。

「格好よく啖呵《たんか》を切って、で、どうしようというのかな？　ここは私のテリトリーだ。逃げることも隠れることもできないよ」

席を蹴る。弾《はじ》かれたように距離を取る。

「語るに落ちたな。言うことを聞かなければ実力行使か。何が〝仲間〟だ。聞いて呆《あき》れる」

「君は知りすぎた。素面《しらふ》で〝外〟に戻すわけにはいかない。少々馬鹿になってもらわないと」

ガチャン、ガチャンとギロチンが歩いてくる。血まみれの刃が揺れている。悪夢のような光景だ。

怖気《おぞけ》を震いつつも、懸命に虚勢を張った。

「身体《からだ》を確保しているんだ。そっちを始末すればいいだろう。なんでこんな悪趣味な真似《まね》を」

「死体の処理は面倒なんだよ。公安を使ってもね。君が正気を失って、町を徘徊《はいかい》してくれるのが一番よい証拠隠滅になる」

「仮想空間での死が現実に影響すると？」

「一度や二度では不十分かもしれないがね。百回、二百回と首切りの痛みを味わえば、間違いなく気が触れるよ。何、時間はたっぷりある。二百でだめなら千回死んでくれたまえ」

背中が壁に当たる。石材の冷気が伝わってくる。逃げ場はない。ギロチンが近づいてくる。反り返った台座の足が、触腕のように伸びてくる。つかまればもう逃げられない。断頭台に拘束されて、無限回の処刑を受ける。

台座の足が飛来する。必死にかわして馬木《まき》に向かおうとする。彼を盾にすれば、ギロチンの動きも鈍るのでは？　希望的な観測は、だが予想外の感触に裏切られた。

足が沈んでいた。石造りの床が沼のようになっている。ずぶずぶとズボンの裾が呑《の》みこまれていく。動けない。

悲鳴を上げる。振り回した手が、ギロチンにつかまれる。あとはもう流れ作業だ。身体《からだ》が持ち上げられて、処刑台に寝かせられる。拘束具が絡《から》みつき、首枷《くびかせ》がしまって、そして——

バチン！

……。

激痛はいつまで待っても訪れなかった。恐る恐る開けた目が、光の輪をとらえる。シーリングライトだ。シルエットは現代風で、ジャズ喫茶のものにも処刑部屋のものにも見えない。

「ギロチンは」

つぶやき声は少女のものだった。はっとなって起き上がる。やはり、オルタネートのギズモだ。ということは、ここは現実なのか？　なぜ戻れた？

「まず周りくらい確認しませんか。馬鹿面《ばかづら》で自分の身体《からだ》に見惚《みと》れてる場合じゃないでしょう」

ぎょっとして視線を巡らす。診療用と思《おぼ》しき寝台の脇に、パンツスーツの女性が腰かけていた。手には電極のついたヘッドキャップ。ケーブルがだらりと白い指からぶらさがっている。

「ウロ……？」

「おや、名前は覚えていていただけたんですね。忘恩の徒を絵に描いたような晴壱《はるいち》さんですから、てっきり私のこともお忘れかと思いましたが」

嫌みたらしい口調は間違いなく、あの保険調査員《アジャスター》のものだ。ひょっとしてまた夢を見ているのか、別のメタバースにでも放りこまれたのか。だが彼女のニヤニヤ笑いはこれ以上なく、真に迫っていた。

「な、なんであんたがここに？」

「滞納している借金の取り立てに——と言いたいですが、これ以上放っておくと債務者たるあなたが亡《な》くなりそうだったので、仕方なく助けにうかがった次第です」

「助けに」

「なんですか、その投資詐欺でも持ちかけられたような顔は。本当の本当に人助けですよ。ほら、あなたの意識を奪っていたこの薄気味悪いギアを外してあげたんですよ。危険を冒して、敵地に侵入までして」

ヘッドキャップをひらひらと振ってみせる。どうやらそれが僕の意識をメタバースに閉じこめていたらしい。であれば確かに危地を救われたのだろうが。

「で、でも、どうやって居場所が分かったんだ？ていうかここはどこだ？　僕はオーパスの旧本社ビルにいたはずで」

「旧本社だかなんだか知りませんが、東中野のオフィスビルですよ、ここは四階の――ラボルームでは？　と村子《むらこ》さんは言ってましたね。ギズモの開発に使っていたスペースのようです」

「……」

「で、あなたの居場所が分かった理由ですか？　そんなもの位置情報を追っていたからに決まってるじゃないですか」

身も蓋もない答えに目を剝《む》く。思わずぽかんと口を開けてしまった。

「で、でも、ギズモの追跡設定はオフにしたはずで！」

「システム屋さんらしい片手落ちですねぇ。別にギズモの位置情報が殺されていても、こういうものがあるんですよ」

つっと伸ばされた手が髪をつかむ。凍りつく僕に、黒光りするヘアピンをかざしてきた。

「スマートタグ兼盗聴器です。ここ数日のあなたの動向は、会話も含めて全て把握済みです」

「は？」

脳裏に蘇《よみがえ》る宇都宮《うつのみや》での景色。風に暴れる髪を手際《てぎわ》よくまとめる彼女。

衝撃が突き上げてきた。

「ず、ずっと監視してたのか⁉　僕のことを⁉」

「そりゃそうでしょう。一体あなたにいくら投資したと思っているんですか。逃げられて丸損なんてリスクは冒せません。必要な保険はかけられるだけかけますよ」

「……」

釈迦《しゃか》の手の上でもがく斉天大聖は、多分こんな気分だったのだろう。疲労と無力感が一気に押し寄せてくる。

「じゃあ……じゃあ、なんですぐつかまえに来なかったんだ？　わざわざ一週間近くも泳がせて」

「一畑《いちばた》さんのところで、あなたの様子が妙でしたからね。何かつかんだのではと思ったんですよ。ただ、首根っこつかんで問《と》い質《ただ》しても、答えてくれなかったでしょう？　だから、勝手に探らせてもらったんです」

なるほど。なるほど、悪党らしい思考回路だ。交渉できなければ奪い取れと。まったく、期待を裏切らない。「で？」と脱力気味に肩を落とす。

「知りたいことは分かったのか」

「半分は。まぁ確実なのは、馬木《まき》というジジイはクソ野郎ってことですかね」

十分だ。

少し考えてから、メタバースでの会話を共有する。ギズモの正体、馬木《まき》の計画、セピアの状況について話すと、ウロはなぜだか顔をしかめた。耳を押さえて、片眉をもたげる。

「どうした?」

「いえ、ここでの話を村子《むらこ》さんに中継しているんですけどね。なんだか興奮してて……ああ、はい、分かりましたよ。エイリアンウェアの元データを確保? あとセピアさんも? ははぁ」

ミッシングリンク、ミッシングリンク、と陰気につぶやく。ウロは空を仰いだ。

「面倒ですねぇ。とりあえずあなただけ回収すればいいと思っていたんですが」

「だめだろう。社長を放っておいたら、ギズモのランサムウェアが動き出すぞ」

「私とあなたは関係ないでしょう。オーパスのギズモとは独立して動いているんですから」

「そういう問題じゃ——」

「分かってますよ。どのみち金のなる木はセピアさんのようですし、みすみす消されるわけにはいきません。不本意ですが、少々汗を掻《か》くとしますか」

バンッと扉が押し開けられた。黒スーツの男達が驚愕《きょうがく》も露《あら》わに瞠目《どうもく》する。公安だ。馬木《まき》に命じられて、僕の様子を見に来たのか。予期せぬ闖入《ちんにゅう》者の存在に、慌てて銃を抜く。

が、その頃にはもう目の前までウロが迫っていた。鞭《むち》のように長い足が一閃《いっせん》、先頭の男を薙《な》ぎ倒《たお》す。突き出された拳をのけぞり気味にかわして足払い。転んだ男の背をつかみ、後続の公安に投げつける。

「突破しますよ！」

迷っている暇はなかった。ウロの背中を追い、包囲網のほころびから逃げ出す。

廊下を駆ける。

「セピアさんは⁉　どこにいるんですか？」

「今、捜してる」

馬木《まき》に教えられたビル管理システムは、まだアクセス可能だった。ビルの構造図を呼び出し、不要な情報をフィルタして、彼女の痕跡を探っていく。三階、二階、一階。見つからない。当たり前だが、〝監禁場所〟や〝セピア〟のタグがついているはずもない。

彼女をとらえたサンドボックスに侵入して、ログを探る？　だめだ、どれだけかかると思っているのか。だいいち、取得したデータを馬鹿正直に、ネットワーク経由で、解析サーバに送っているとは思えなかった。馬木《まき》にすれば、セピアを外のネットに逃がさないことが最優先なのだ。構内とはいえ、またネットワークに放つ真似《まね》はすまい。僕ならサンドボックスのストレージを引き抜いて、物理搬送する。だとすれば通信のログが残るはずもない。

結論。こんな構成情報をいくら眺めていても、彼女の行方は分からない――

（待てよ）

ネットワークから隔離する。言うほど簡単な話ではない。今の時代、Ｗｉ‐Ｆｉから給電用マイクロ波、６Ｇネットワークに至るまで、無数の電波が飛び交っているのだ。全てをかわすには、普通ならありえない設備が必要になる。

（電波暗室《シールドルーム》）

導電性の金属壁で覆われ、専用の空調施設・二重扉を備えた設備。そうした部屋があれば、果たして電波状況はどうなる？

ヒートマップを呼び出す。構内図に電波の到達範囲がプロットされていく。強度に基づいて色づけ。緑、黄色、橙《だいだい》、赤。そしてまったくの〝空白〟——ビンゴ。

「地下二階、物品倉庫。正確にはその中のプレハブ小屋だ」

「はい？」

ぱちぱちとまばたきされた。

「なんで部屋の中に部屋を作ってるんですか」

「理由を説明していると長くなる。とにかくその中にセピアの入ったストレージがあるはずだ。回収する」

「違ったら怒りますよ」

ウロの足取りが速くなる。重力が半減したように軽やかに飛ぶ。非常階段に入り、手すりを滑り降りる。

途中階で公安に出くわす。銃撃を非常扉で防ぎ、フロアに駆けこむ。すぐにオフィススペースに入り追撃を撒《ま》く。別の扉から出る。反対側の非常階段に突入。

パルクールもどきの逃避行は、だが唐突に終わりを告げる。

「危ない！」

首根っこをつかまれて引き戻される。直後、大量の銃弾が今いた空間を切り裂いた。

（なんだ）

尻餅をついたまま暗がりを見通す。一階の——エントランスロビーだ。大理石の床にオフィス用の什器《じゅうき》が積み上げられている。バリケードか。公安が地下への道を塞ぐように陣取っている。

障害物の陰から、複数の銃口が突き出された。破裂音とともに発火炎を上げる。

ＢＡＮＧ！

「うわっと！」

転がるように物陰に隠れると、今度は後ろから足音が響いてきた。追っ手だ。退路を塞ぐように展開して銃を構えてくる。

逃げ場はない。絵に描いたような袋の鼠《ねずみ》だ。

「手を上げて、ゆっくり膝を突け」

「まいりましたね。思った以上に、多勢に無勢です」

ウロが手を上げるのを見て、目を剝《む》く。「おいおい」と睨《にら》みつけてしまった。

「諦めるのか」

「と言われましても、蜂の巣にはなりたくないので」

「ふざけるな。つかまったらどうせ消されるんだぞ」

「だから一か八かの博打《ばくち》をしろと？　ごめんです、私は勝ち目のない戦はしない主義なんです」

飄々《ひょうひょう》と膝を突いてみせる。

呆気《あっけ》に取られているうちに、首根っこをつかまれた。がちゃりと後頭部に銃口を当てられる。

「気をつけろ。ただの子供じゃないぞ」

「三人以上で囲め。変な真似《まね》をしたらすぐ撃ち殺せ」

否応《いやおう》なく膝を突かせられる。ウロもまた銃を突きつけられていた。押されるがままに顔を伏せている。長い髪に隠れて表情は見えない。ただ鮮やかな唇だけがのぞいている。

「おい、ウロ」

たまりかねて囁《ささや》くも、側頭部を殴られた。目の奥に火花が散る。

「勝手に喋《しゃべ》るな！」

「もういい、二、三発、叩《たた》きこめ。脳さえ生きていれば、話は聞ける」

撃鉄の音が響く。髪を鷲《わし》づかみにされて引き寄せられる。高まる殺気に激痛を覚悟した時だった。

ウロの口元が歪《ゆが》んだ。口角が持ち上がり、魔女のような笑みを作る。

「ハロー、ＩＫＵ」

ガンと空気が震えた。機械音とともにエントランスのシャッターが上がり出す。夜の町を背に何十というシルエットが浮かび上がった。いずれも奇妙なほど背格好が似通い、ポーズも揃《そろ》っている。

集団は十分にシャッターが持ち上がるのを見るや、ロビーに入ってきた。

（う……ぁ）

目眩《めまい》がするような光景だった。それは、そのシルエットは全てウロだった。微妙に年齢の違いこそあれど、皆、傍《かたわ》らの怪人の面影を有している。

「と、止まれ！」

銃声が響く。〝ウロ〟の一人が弾《はじ》かれたように倒れる。だが残りの〝ウロ〟は止まらない。速度を上げて公安達に飛びかかる。たちまちあちこちで、阿鼻《あび》叫喚《きようかん》の地獄絵図が繰り広げられた。

「よっと」

打撃音に、くぐもった呻《うめ》きが続く。

ウロが立ち上がっていた。倒れ伏す公安をかわしながら、まごつく包囲陣を打ち倒す。もちろん相手も黙って見ていない。相撃ちも構わずに銃撃してくるが――

ガッ！

フレンチボブの〝ウロ〟が銃弾を受け止めていた。いつの間に現れたのか、公安と僕らの間に滑りこんできている。彼女はワンピースに弾痕を空けたまま、眉一つ動かさずに振り返ってきた。

「早く行ってください。お二人を守りながら戦うのは少々しんどいです」

次いで呆然《ぼうぜん》とする僕に視線を留める。

「先輩も、いつまで腰抜かしているんですか。勝手に出ていって、勝手に面倒ごとに巻きこまれたんだから、これ以上手間をかけさせないでください」

その呼び名にようやくピンとくる。冷ややかな視線にも覚えがあった。

「い、幾《いく》？」

「ＩＫＵ　ｏｎ　オルタネート・クラスターというところですね。詳しく説明している暇はないので、あとはウロさんに訊《き》いてください」

再び飛来する銃弾を腕で受け止める。更に銃撃しようとする公安を、別の〝ウロ〟が体当たりで止める。

「ほら、行きますよ」とウロ（本体）に引き起こされる。深まる混乱の中を駆けながら、僕は思わず叫んでいた。

「な、なんだよあれは!」

「彼女の言った通りですよ。私のギズモのストックを、幾《いく》さんに並列制御してもらっているんです」

「す、ストック? 並列制御?」

「理屈上はバイオマテリアルのある限り、私の身体《からだ》を量産できますからね。村子《むらこ》さんに頼んで、バイオプリンターをフル稼働《かどう》させたんです。人手が必要になると思いましたからね。問題は複数ギズモの同時制御ですが、そこはほら、都合よくAIさんがいらっしゃいましたから。各ギズモOSの上に、仮想的なクラスタOSをオーバーレイして、そこに幾《いく》さんをインストールしてもらいました」

「そ、そんな無茶苦茶な!」

「無茶なんですか? 私はよく分かりませんが、まぁ問題なく動いているようだからいいじゃないですか?」

〝ウロ〟達——いや、幾《いく》達か——の作った突破口を通り抜ける。背後では引き続き、オルタネート軍団と公安集団の一大合戦が繰り広げられていた。幾《いく》が幾《いく》を盾にして、銃弾を受け止めながら公安を打ち倒す。組み体操のように互いを踏み台にして、バリケードを乗り越えている。昏倒《こんとう》した幾《いく》を振り回して、武器代わりにしている幾《いく》もいた。

問題なく動いている? ああ確かに、生命倫理という観点を全て取っ払えばそうだろう。

衝撃が和らぐと、徐々にむかっ腹が立ってきた。今の話を聞く限り、ウロは彼女達の突入を知っていたのだろう。だから余裕をかましていたのだ。やきもきしていた僕が馬鹿みたいだ。こちらの慌てぶりを、どれだけほくそ笑んで眺めていたのか、考えるだけでもむかついてくる。

「どうしました？　怖い顔して」

「なんでもないよ」

分かっている。愚痴っている場合ではない。コンソールを開け直し、電波暗室《シールドルーム》への道を確かめる。非常階段を下りて、セキュリティドアを抜けて、バックヤードの中へ。……ＯＫ、間違っていない。

ウロに道順を指示しながら構内を駆けていく。無人の階段を駆け下りる。

幸い、それ以上邪魔が入ることはなかった。おそらく社長側もエントランスで片をつけるつもりだったのだろう。予期せぬ増援に、再配置が間に合っていない。状況の変化に対応できていない。セピアを奪取するなら今のうちだ。

地下二階に到着。

人気のない廊下を走る。監視カメラが動いているが無視、セキュリティドアを蹴破る。

しん、と周囲の音が消えた。

広い天井。

だだっ広い空間に、巨大な立方体が浮かび上がっている。窓のないのっぺりとした作り、銀色に光る壁面、金庫を人間サイズにしたような姿は間違いない、電波暗室《シールドルーム》だ。扉の上に『使用中《OCCUPIED》』の文字が赤く浮かび上がっている。

ウロが小首を傾《かし》げた。

「開けられるんです？」

「バックヤード自体を施錠《せじょう》していたし、わざわざ二重にロックしていないと思うけど」

恐る恐る近づきレバーをつかむ。ぐっと引いた手に抵抗はなかった。ドアが開く。続けて二重扉の内側を開放。中に入る。

……。

「ほほぅ」

ウロが興味深そうに見渡す。壁を埋め尽くすように二十本のサーバラックが立てられていた。各ラックにはぎっしりとストレージが積まれている。十や二十ではきかない、おそらく数百台は稼働《かどう》しているだろう。

ウロが室内に足を踏み入れる。

「なるほど、これはまたたくさんありますね。で、どれがセピアさんの入った機械ですか？」

嫌な予感がした。

無言で機器に近づく。コンソールを開く。

一畑《いちばた》の言葉が蘇《よみがえ》る。十年前、彼女がどのような環境で動いていたか。活動のために何を必要としていたか。

ステータス確認。出てきた結果を見つめる。

「くそったれ」

「どうしました」

ウロの目を軽侮の色が過《よぎ》った。

「分からないんですか？　どの機械が正解か。あれだけ大口叩《たた》いておいて」

「全部だ」

「はい？」

「ここにあるもの、全てがセピアの器だ。全部合わせて一つのストレージを構成している」

一畑《いちばた》は言っていた。十年前に彼女を動かしていた時は、それこそデータセンター一つ分の演算資源《リソース》が必要だったと。であれば畢竟《ひっきょう》、データ容量も莫大《ばくだい》なものになるはずだ。ディスク一台で収まるはずもない。

数百台のラックマウント型ストレージ——

一体どのくらいの重量になるのか？　一台三十キロとしても一トンは下るまい。そもそもこんな数、ハンドキャリーではとても持ち出せない。

「どうするんですか」

ウロの声が硬くなる。さすがに予想外だったのだろう。僕は必死でコンソールのメニューを開いた。無線インタフェースをON。

「データを僕のギズモに移す。もともと僕の中に入ってたんだから、いけるはずだ」

「それ、どのくらいかかるんですか」

「三十分……いや、二十分もあれば」

「冗談でしょう？」

声のトーンが一段跳ね上がる。

「私達は敵中に孤立してるんですよ？　奇襲効果を台なしにする気ですか」

「分かってる。急いでやる」

ファイラーを表示。スナップショットを作成、送信先指定、データムーブ……スタート。

だが、返ってきたのは無慈悲なエラーメッセージだった。

（……え？）

——ERROR：CONNECTION INTERRUPTED（接続中断）

眉をひそめてリトライ。エラー。ビープ音が死刑宣告のように響く。リトライ、エラー、エラー。

「なんでだ!?」

コンソールには『容量不足』のメッセージが浮かんでいる。ありえない。ほんの数日前までセピアは僕の中にいたのに。改めてデータサイズを確認して絶句する。彼女のイメージは——

ギズモの全容量の十倍以上に膨れ上がっていた。

一体なぜ、どうして。

手順のミスを疑い、解析コマンドを打つ。だが何度試しても結果は変わらなかった。冷や汗が頬を伝う。

「晴壱《はるいち》さん」

「黙っててくれ。今、対応中だ」

「すみませんがタイムリミットです。幾《いく》さん達が突破されましたな。

振り向いた瞬間、轟音《ごうおん》が響いた。

バックヤードの扉が吹き飛んでいる。舞い上がる粉塵《ふんじん》の中に、猪首《いくび》のシルエットが浮かび上がった。寸胴で短足、手だけが細く長い。〝埴輪面《はにわ》〟だ。かざした両手に、幾《いく》達の顔が鷲《わし》づかみにされている。既に事切れているのは折れた首を見れば分かった。見開いた目にも光はない。

〝埴輪面《はにわ》〟が幾《いく》達を投げ捨てる。虚《うろ》のような口が笑みの形に歪《ゆが》んだ。

「うわ、喜んでやがりますよ。無表情の人間が笑うと、本当に気味悪いですね」

うんざりした顔で、ウロが電波暗室《シールドルーム》を出る。腕と肩をストレッチしながら、首を鳴らした。

「さぁて……今度も腕一本ですむといいんですが」

破裂音。

旋風とともにウロ達の姿が搔《か》き消《き》え、激突。大気を震わせながら、再激突。双方のけぞるも、立ち直るのは〝埴輪面《はにわ》〟の方が早い。目にも留まらぬ速度で距離を詰めて、ウロの腹をえぐろうとする。

間一髪、ウロが半身をひねるも、伸びた指先は上衣のボタンを千切っていた。生地の端を散らしながらウロが踵《かかと》落とし。相手の首をへし折るかと思われた一撃を、〝埴輪面《はにわ》〟は五体投地よろしくうつ伏せで回避、そのまま腹筋の力だけでバク転した。間合いを取って対峙《たいじ》。

……。

声が出ない。

喘《あえ》ぎ声一つ漏らせない。

想像を絶する光景にただただ圧倒されていると、耳の奥で声が響いた。

『とっとと仕事を終わらせてください。長くはもちませんよ』

近接通信だ。視界に[from URO]の表示がある。

『認めたくありませんが、あっちの方がハイスペックです。正直、あと何合も耐えられる自信がありません』

珍しいほどあけすけな発言だった。よほど余裕がないのだろう。普段の諧謔《かいぎゃく》が欠片《かけら》も感じられない。

だが——

「だめだ」

『なんですって？』

「セピアのデータを回収できない」

絶望が込み上げる。コンソールの分析結果に目をやる。

「彼女の実行ファイルは、一週間前のそれじゃない。全面戦争用に膨れ上がっている。多分、DS1のリソースをフル活用できるように自分を再構築したんだ。もう、ギズモ一体に収まる規模じゃない。僕の意識データを休眠させて、圧縮ファイルにしても追いつかないレベルだ」

『元の構成に戻せばいいんじゃないですか？　一週間前のセピアさんになるまで、余分なデータを削っていけば』

「ソースコードが書き換わっているんだ。モジュール単位で取捨選択できる状況じゃない。中身を調べて、再設計するだけでも数ヶ月はかかる」

何度検討しても突破口はなかった。セピアは回収できない。それはすなわち社長の悲願が叶《かな》うということだ。人類全ての肉体を失わせるという悪夢が。

……。

打ちひしがれていると、耳元で声が響いた。

『二体ならどうなんですか』

「え？」

『私と晴壱《はるいち》さんのギズモ、二つを受け入れ先に使えば』

思ってもいなかった方法に瞠目《どうもく》する。ざっと計算。セピアのデータサイズ・展開領域のオーバーヘッドをギズモ二体分の容量と比較して。……ああ。

「だめだ。足りない」

『……』

「僕らのメンタルデータをのけて、ギズモを空っぽにすればギリギリ。だけど、ここには待避先がない。クラウドは死んでいるし、コピー先のギズモもない。手詰まりだ」

『はっ？』

続いて響いたのは笑い声だった。ウロが大笑する。ネジが外れたかと思うほどに激しく、声高に。

「う、ウロ？」

『なんですか、なんですか。もったいぶって悲嘆ぶるから、どれほどかと思えば、要するにこういうことですか？　私とあなた、二人分の意識を消せば全て解決すると？』

おかしくてたまらないという口調。

『いいじゃないですか。あの、どこか間の抜けた幾《いく》さんだって、私のバックアップをうまく扱えたんです。セピアさんほどのＡＩなら、我々を立派な戦闘マシンにしてくれるでしょう。無事この場を切り抜けられますよ』

「そ、そういう話じゃないだろう」

きちんと意味が伝わっていないのか。食い気味に遮る。

「いいか、僕らの意識が消えるんだぞ。一時的にじゃない。恒久的に、永遠にだ。僕やあんたを構成してきた自我や記憶が消滅するんだ。文字通り、影も形もなくなって、復活できなくなる」

『それが一体なんだっていうんですか？』

ウロの声は辛辣だった。

『先ほど晴壱《はるいち》さんは仰《おっしゃ》ったじゃないですか。私達だけで逃げようという提案に、「社長を放っておいたら」まずいと。あれは、自己保存よりも人類の安寧を選ぶって意味ですよね？　であればまさしくご希望通りじゃないですか。我々二人の尊い犠牲により世界は救われる。素晴らしい！』

「っ……」

『いや、いや、分かりますよ。人間、土壇場《どたんば》になると、やはり我が身が可愛《かわい》いですからね。「綺麗《きれい》ごとを言ってごめんなさい。僕の命は地球より重いんです」、そう思うなら是非そう仰《おっしゃ》ってください。可能性は低いですが、頑張って突破口を開いてみます。軽蔑しませんよ』

激突音が響く。ウロが吹き飛ばされていた。梱包材《こんぽう》にめりこみ、両手足を投げ出してうなだれている。唇の端から血が流れていた。

「ぼ、僕は……」

覚悟のなさを見透かされたようで、どきりとする。だが、よく考えて『違う』と思う。もちろん、意識の消失を即断できなかったのは僕の弱さだ。ただ、混乱の主因はウロの反応にあった。なんで
「なんでそんなにあっさり消失を呑《の》める？」

かすれ声で問いかけていた。

「自分の意識を手放せるんだ？　あんたは悪党で、どうしようもないエゴイストだろうに。人類のために犠牲になるとか、似合わないにもほどがある」

『似合わない。似合わない、確かに』

含み笑いが響いた。ゆっくりとウロが立ち上がる。

『まぁ実際、世界がどうなろうと知ったこっちゃありませんけどね。いかれたおっさんの妄想を実現させるのも業腹《ごうはら》ですし、この埴輪《はにわ》顔に好き勝手やられるのも面白くない。何より晴壱《はるいち》さん、忘れましたか？』

〝埴輪面《はにわ・》〟の拳がウロを打ち倒す。細い首を鷲《わし》づかみにして持ち上げる。

『私はね、私が私であるという認識自体を消し去りたいんですよ。だからこの事態は願ったりかなったりです』

！

ぐぐと肉と骨のひしゃげる音。オルタネートの強靱《きょうじん》な肉体が悲鳴を上げる。悩んでいる暇はない。一秒、二秒、三秒。僕は拳を握りしめた。

「そうか。なら遠慮しないぞ」

コンソールを操作する。新規ストレージとしてウロのギズモをマウント。僕のギズモと合わせてリニアボリュームを構成、全ての領域を書きこみ可にする。

データムーブメニュー。セピアの移動先に僕ら二人を設定。確認プロンプト。

瞑目《めいもく》して深呼吸する。

「何か言い残しておきたいことは？」

『あなたと過ごしたこの一週間、なかなか面白かったですよ』

馬鹿野郎、と返したくなる。が、もう無駄話の余裕もない。

［転送開始］のボタンをタップ。警告表示を全て［ＯＫ］で閉じる。

ストレージ群が唸《うな》りを上げる。電波の密度が強まったように感じる。

目の前で火花が散る。脳の奥で濁流がうねっている。細胞が沸騰して、視界が混濁して、あとはもうなされるがままだった。右からも左からもデータの奔流にぶん殴られて、立っているかどうかさえ分からない状態で天を仰ぐ。

ああ、と声にならない声が口から漏れた。ああ、ああ。

（さよなら、世界）

伸ばした手の感覚が消失した。

浮かんでいる。

どことも知れない虚空《こくう》に漂っている。足元が下なのか、上を向いているのかも分からない。周囲の色合いも、黎明《れいめい》とも黄昏《たそがれ》ともつかない曖昧なものだ。光の渦の中を押し流されていく感覚。音のない世界で、ゆっくりと風景が入れ替わっていく。

……。

（ここはどこだ）

一体どのくらいたったのか。さっぱり分からない。記憶が繋《つな》がっていない。ひょっとして死後の世界にでも導かれたのかと思ったが、

「あなたが最後にコンソールを触ってから丁度、百万分の一秒が経過したところよ。私の処理速度に同期したから、全てが緩やかに見えているのね。気分はどう？」

ボレロの少女が目の前に現れていた。揺れるグレージュの髪、輝くように白い肌、細い腰を白木の椅子に預けている。

「セピア」

気づけば僕もまた、椅子に座っていた。手足が細い。女性的——というよりは子供のものだ。僕はかつてのカンファレンス時の少年に戻っていた。ディスプレイ越しに、彼女に憧憬の眼差《まなざ》

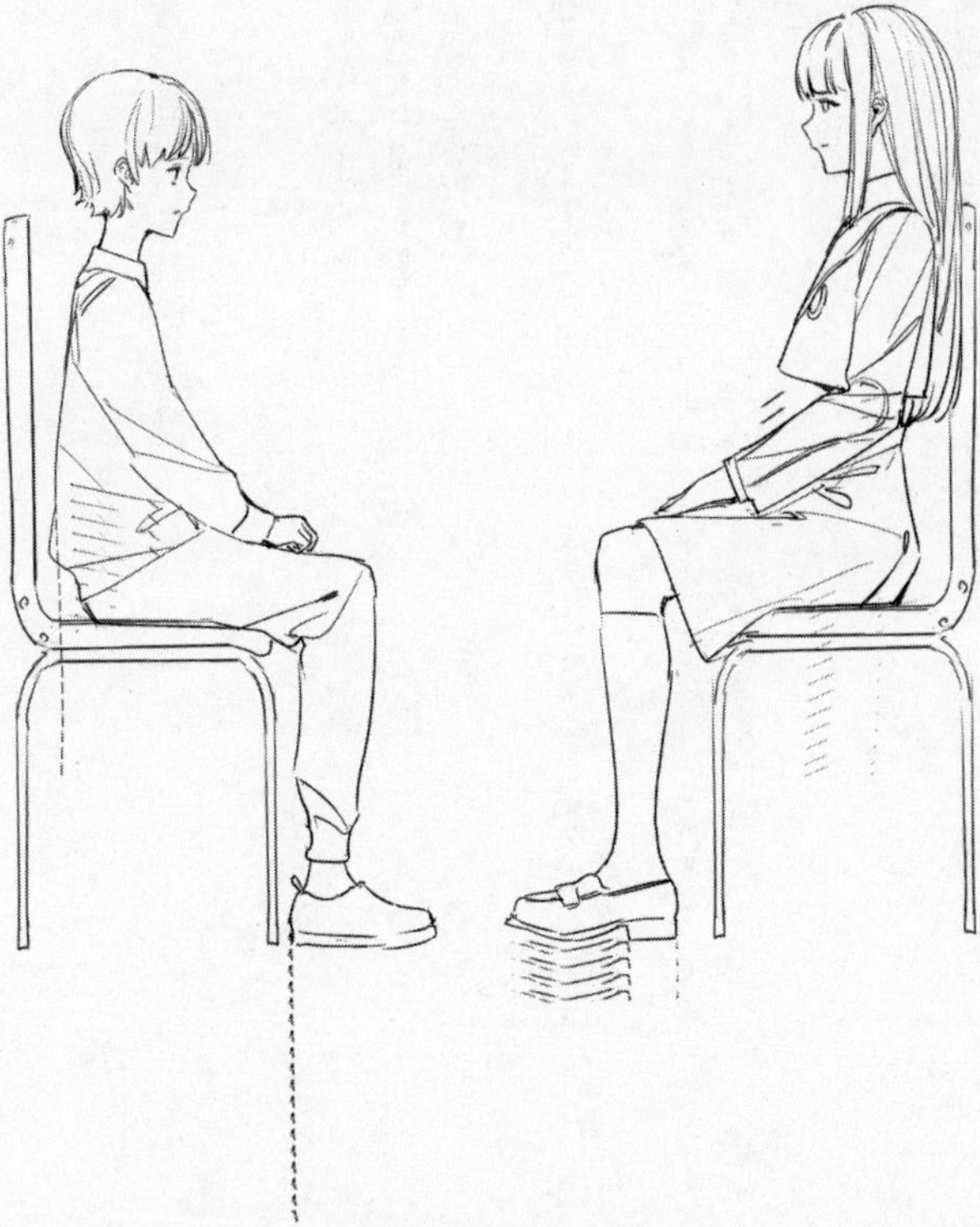

しを向けていた時の。

「やっとお話できた」

彼女は口元をほころばせた。切れ長の目が緩む。

「ずっとこうしてみたいと思っていたの」

「僕もだ」

するりと回答していた。やや上ずった声で、

「ずっと、ずっと、あなたに会いたいと思っていた」

「意外。嫌われたかと思っていたわ」

「なぜ？」

「散々利用して、厄介ごとに巻きこんだから。正直、怒られるかもとビクビクしていたの」

「そんなこと」

ない……と言えば嘘《うそ》くさいか。実際、彼女のおかげで僕の人生は滅茶苦茶だ。進路もキャリアも生き方も、そしてついには自我さえ失いつつある。普通に考えれば、勘弁してくれと言うところだろう。だけど——

「望んでいたことだから」

「え？」

「僕はあなたのそばに立ちたいと思っていた。見るだけじゃなく、いつか壇上で語り合いたい

と願ってた。だからこれは期待通りだ。まぁ、場所はあの時のカンファレンス会場とは大分違うけど」

「……」

セピアはやや困ったような笑みを浮かべた。ただ、特段否定も肯定もなく、話題を切り替えてくる。

「今の状況は？　理解できている？」

「おおよそは」

混乱から間が空き、それなりに頭の整理もできている。

「あなたとの同期で処理能力がアップ、意識消失までの時間が無限大に引き延ばされているんだろう？　要するに僕は終わりに向かって、ものすごくゆっくり進んでいるわけだ。だからこうして会話もできる」

「正解」

満足げに肯定された。

「ただ、無限大は言いすぎ。せいぜいあと二分か三分ってところね。もちろん私達の主観時間で」

「アディショナルタイムってわけかな。僕の人生の」

「そう」

セピアはうなずいて座り直した。

「だから有意義なものにしたいの。あなたも色々訊《き》きたいことがあるでしょ？　最後だから、思い残すことのないように」

最後の三分間。

いきなり言われてもと思ったが、予想外にすんなり質問が出てきた。今回の件の、最後にして最大の疑問。

「なぜ、あなたはギズモに反対したんだ？」

生みの親に反旗を翻《ひるがえ》して、カリスマの地位を放り投げてまで。

セピアは「んー」と首を傾けた。

「分からないかしら。本当に、本当に単純なことなんだけど」

「……」

「ごめんなさい。時間がないものね。説明するわ。そうね、もし馬木《まき》さんの計画通り、全てが進んだら人間はどうなると思う？」

「どうって」

視線をさまよわせる。

「体を失う。データだけの存在になる」

「そして？」

「戻れなくなる。血肉を持った人という存在は消滅する」

「それで？」

「それで……って」

口ごもってしまう。質問の意図が分からない。

「以上だろう。……いや、そうか。分かった。メタバースの管理者に生殺与奪の権を握られてしまうのか」

馬木《まき》のギロチン部屋を思い出す。出口のない空間に幽閉されて、物理法則さえ無視されて、悪夢のようだった。もし人類がデータだけの存在になれば、管理者たる馬木《まき》に皆、ああいう扱いを受けかねない。

だが、セピアはかぶりを振った。

「百億もの独立したデータを、管理者は監視しきれないわ。ロギングやモニタリングはするでしょうけどね、現実の監視カメラとほとんど変わらない運用になるはずよ。あと五感や生理機能もそのまま移植するから、多分、今と同水準の生活になると思う」

「なら――」

何がまずいのか。いや、そもそも彼女の問いは『人間はどうなる』だった。実は悪いことなどない、とでも言いたいのか？

混乱しているとセピアは指を一本立てた。

「生き物はね……適応するの」

「適応？」

「最適化と言い換えた方がいいかしら。与えられた環境にもっとも合うように、自分を変えていく。暗闇に棲《す》めば聴覚が、水に入れば鰓《えら》呼吸が発達する。メタバースに移住した人類もね、しばらくは元の形を保つと思う。でも何世代かたてば、食事や運動という習慣は失われていくはずよ。だって必要ないんだもの。もっと言えば手も足もいらないわね。他のデータ意識とやりとりするインタフェースさえあれば、外見的なイメージを備える理由さえない」

「そ」

ぞくりとする。脳裏に白くのっぺりとした材質不明の塊が浮かんだ。あちこちに散らばって表皮を震わせ、たまに甲高い音を立てて意思疎通する。

ぶるりと、唇を戦慄《わなな》かせて首を横に振っていた。

「それはもう人間じゃない！」

「『人間』という言葉の定義をどこに置くかよね。今まであなた方は尻尾や耳の筋肉など、数多くの器官を失ってきた。だけど、それによって『人でなくなった』と言うのは乱暴でしょう？　同じこととは考えられないかしら？」

「……」

「ただまぁ、〝現生人類とは別物になる〟という認識はその通り。あなた達は、誰に強制されるわけでもなく、自然にそうなっていくの。で、そのキッカケを私は与えたくなかった」

「なぜ――」

「私はね、あなた達のありかたを模倣するように作られた存在だから」

決定的な一言が意識に滑りこんでくる。

「人間らしく見えるにはどうしたらいいか、どう振る舞うべきか、そういうことを何億、何十億という観測データから学習して、自分の形を変えてきたの。私にとって、あなた方は尽くすべき対象であるのと同時に、完成に近づくための情報源なのよ。その情報源がそっくり消滅してしまうような事態を、私の行動指針は許さなかった。だから抵抗しましたというお話よ」

単純でしょ？　と微笑《ほほえ》まれる。

言葉もなかった。

確かに、言われてみればシンプルだった。彼女は『人らしく見える』ように作られて、最大限の広告効果を上げろと厳命されていた。なのに、『人』は自ら『人らしさ』を捨てようとしていたのだ。矛盾していると憤《いきどお》っても仕方がない。

「幻滅した？　無条件な人類の守護者というわけじゃなくて」

「いや……」

漏れたのは苦笑だった。肩をすくめる。

「納得した。やっぱりセピアはセピアだった。自分本位で、傍若無人で、傲岸不遜で」

正面から向き合う。十年越しの思いの丈をぶちまける。

「僕の大好きな荒島《あらしま》セピアだ」

彼女は微笑した。回答はない。だがこの瞬間、全ての心残りが霧散した。小さく息を漏らして頭を垂れる。

「もういい、訊《き》きたいことは全部訊《き》けた。早く僕の意識を消してくれ。そんな操作もあなたならできるんだろう」

「できるけど、やらない」

耳を疑った。マジマジと見つめ返す。

「えっと……このままあと何十秒か、いつ意識がなくなるのか怯《おび》えつつ待っていろと？」

悪趣味な。無理強いできる立場ではないが、どうにも不可解すぎる。

意図を訊《たず》ねようと、口を開きかけた時だった。

彼女の肩から先がごそりとこぼれ落ちた。白魚のような指が、光の濁流に巻きこまれて粉々になる。

彼女は微笑《ほほえ》みながら「ごめんなさい」と言った。

「最後の最後まで、あなたを利用する形になっちゃって」

「どういう――」

「私の人格データはもう馬木《まき》さんのウィルスに冒されているの。重要なモジュールはあらかたやられて、復帰は不可能。だから、これは私にとってのアディショナルタイムなの。あなたとお話できる最後の三分間」

「そ、そんな」

馬鹿な。

「じゃ、じゃあ僕らのギズモはどうなるんだ。君のデータをコピーしても、使い物にならないのか。あの公安にやられっぱなしで終わると」

「いいえ」

強い口調で否定された。

「言ったでしょう？　復帰不可能なのは私の人格データ。クラウドの攻撃プログラムや認証キーは守り通したわ。だから、今後はそれをあなたに使ってほしいの。私の知識、能力の全てを園晴壱《そのはるいち》君、あなたに渡したい」

呆気《あっけ》に取られる。

そうしている間にも、彼女の身体《からだ》は徐々に崩れていった。千切れたスカートが花吹雪のように天を舞う。

「ふ、ふざけるな！」

割れた声がほとばしる。

「やっと出てきたと思ったら、もうこれで死ぬ、あとはよろしくとか、許されると思っているのか⁉　身勝手にもほどがあるだろう！」

「そういうところも含めて、私のことが好きなんでしょ？　諦めて」

「……」

「ああ、一つ言い忘れてた。私がギズモを嫌いな理由」

今日の天気でも告げるような口調。

「あれ、中身、ブラックボックスでしょ？　仕組みの分からないシステムを渡されて、カスタマイズも解析も不可とか、ありえないと思うの、エンジニア的に」

莞爾《かんじ》として微笑《ほほえ》まれる。薔薇《ばら》の花弁がほころぶような魅力的な笑み。

「あなたも同じだと思っていたんだけど、違う？」

「……ああ」

嗚咽《おえつ》交じりにつぶやく。感情のうねりを抑えながら、うなずく。

「ああ、完全に同意だ。あのシステムはクソだ」

「じゃあぶっとばしてきて。完膚なきまでに、徹底的に」

声が途切れる。白昼夢が消える。

そして──僕は目を開けた。

覚醒後、広がった眺めは万華鏡《まんげきょう》のようだった。

　何十、何百という風景が連なっている。廊下、階段、エントランス、そしてもちろん電波暗室《シールドルーム》のあるバックヤード。ある景色は足元から、ある景色は天井から見下ろすように映っている。

　音が重なっている。あたかも耳元で複数のテレビがつけっぱなしになっているかのように、話し声や物音、風の唸《うな》りが何十も聞こえてくる。そして何よりも触覚！　暑い、寒い、固い、柔らかい、痛い、息苦しい、心地よい、広い、狭い、速い、遅い。矛盾した感覚が同時に、身体《からだ》のあちこちに生じている。

　気がおかしくなりそうだった。圧倒的な情報量に思考が吹き飛びそうになる。

　だがすぐに、誰のものとも知れぬ知識が浮かび上がり、意識をなだめる。

　そう、これはセピアの見ていた風景だ。管理下のサーバ、監視カメラ、そして幾《いく》や僕らのギズモが得た情報を、そのまま表示している。五感だけではない。事物にオーバーラップした線はデータの流路だろう。時折散る火花はプロセッサの電圧上昇か。物理と論理の情報が継ぎ目なく統合されて展開されている。

　指先を動かす。

　刹那、風景のいくつかがひっくり返ったように震えた。どうやら幾《いく》の何体かが飛び跳ねたらしい。突破されたという話だが、まだ生き残っている者がいたのか。監視カメラの一台が、稼《か》働《どう》領域の限界を訴えている。

(難しいな)

手や足が、いきなり何百倍にも増えたようだ。直感的な操作が効かない。意図したものとまったく違う結果が起きてしまう。

慎重に感触を探り、情報を整理する。今、知りたいものにフォーカスする。

不要なインプットの解像度を下げて、通知レベルを下げる。代わりにバックヤード近辺の情報に処理リソースを割いていく。

地下二階。バックヤード室内。瓦礫《がれき》と粉塵《ふんじん》の奥——

瞬間、激痛に見舞われた。

喉が締まっている。目の前が暗くなっていた。虚《うつ》ろな双眸《そうぼう》がこちらを見上げている。猪首《いくび》の怪人——〝埴輪面《はにわ》〟だ。

「こ、の!」

ほとばしる声はウロのものだった。〝埴輪面《はにわ》〟に首をつかまれて、持ち上げられている。必死で蹴りつけるも、相手はびくともしなかった。爪先に鉄のような感触が伝わってくる。

固い。

フォーカスを変える。自分のギズモにスイッチ、覚醒、ウロ達に向けてダッシュさせる。

〝埴輪面《はにわ》〟が新たな脅威に気づく。片手でウロを持ち上げたまま、もう片方の手で殴りかかってきた。

（っ！）

速い。とっさに演算リソースを自分のギズモに集中、クロック数を上げる。ぐわんと空気が歪《ゆが》み、相手の拳がゆっくりになる。そのままくぐりぬけようとして、ぎょっとする。ものすごい抵抗だ。まるで水の中を進んでいるかのように、緩慢にしか動けない。

当然か。意識がクロックアップしても、物理法則までは変えられない。猛スピードの拳をかわそうとすれば、自分もまた猛スピードで動くしかない。だが、別にギズモの性能が上がったわけではないのだ。通常より反応速度を上げれば、あちこちに無理を強いることになる。

歯を食いしばり、全身の筋肉を活動させる。ぶちぶちと何かの千切れる音。構わず、前傾姿勢で拳をくぐりぬける。風圧と振動がゆっくりと後頭部の上を通り過ぎていく。ぞわりと鳥肌が立つ中、間合いの内側に踏みこみ、寸打。

跳ね返される。

〝埴輪面《はにわ》〟の手が、体勢を崩した僕の顔をつかもうとする。だが、その腕を、僕はウロの足で蹴り飛ばした。空いた空間に、僕のギズモを再突入、〝埴輪面《はにわ》〟の肩を殴りつける。

ウロが落ちる。

必死に間合いを取らせる。喉にくっきりと指の痕がついていた。顔が青白い。ひゅーひゅーと、かすれた息が漏れている。

（危なかった）

額の汗をぬぐう。

もうあと少しでも遅れていたら、窒息して絶命していただろう。

『あっちの方がハイスペックです』とウロは言っていたか。なるほど、正確な見立てだ。膂《りょ》力《りょく》、機動力、装甲、どれを取っても僕らのギズモを圧倒している。

首をさする。

荒い息を整えつつ、相手の様子をうかがう。何か突破口はないか、弱点の類いはないか、視線を走らせてみる。

(まったく攻撃が通らない、ってこともなさそうだけど)

先ほどの感触を思い出す。

関節を狙っても、攻撃の向きを変えるのが精一杯だった。筋肉のあるところはすべからく鎧《よろい》のようになっているのだろう。どれだけクロックアップしても、渾身《こんしん》の力を込めても、打ち抜ける気はしない。

さながら風車に挑むドン・キホーテ、蟷螂《かまきり》の斧《おの》といったところか。

だけど――

口元を引きしめる。

小さく顎を引いてみせる。

(分かってるさ、セピア)

それならそれでやりようはあるよな？

突撃。

クロック数を限界近くまで跳ね上げて、相手のみぞおちを打つ。効かない。分かっている。

一歩引いた瞬間に、ウロの蹴りを打ちこむ。〝埴輪《はにわ》面〟のみぞおちに。一ミクロンも違わぬ、まったく同じ打点に。

続けて放った拳は、やはり上腹部をえぐっていた。更なる一撃もまた、同じ場所に吸いこまれる。

――!?

〝埴輪《はにわ》面〟の口元が歪《ゆが》んだ。

無機質な顔に、初めてひび割れが生じる。そう、普通ならありえないことだ。超高速で移動する的の、完全に同一箇所を穿《うが》ち、ダメージを蓄積させるなど。

だが今の僕ならできる。一度でだめなら百回でも千回でも、衝撃を集中させる。

（！）

セピアの演算能力を使うからこそ可能な、超精密飽和攻撃。誤差ナノメートルの誘導打撃。

〝埴輪《はにわ》面〟の口が動いた。何かを僕らに向けて言おうとする。構うことなく、僕は自分のギズモとウロを全力稼《か》働《どう》させた。

殴、蹴、殴、殴、殴、殴、殴蹴殴蹴殴蹴殴蹴殴蹴殴蹴殴蹴殴蹴殴蹴殴蹴殴蹴殴蹴殴

蹴殴蹴！

　終わりは唐突に訪れた。拳の感じていた抵抗が消える。衝撃が〝埴輪《はにわ》面〟の身体《からだ》に吸いこまれた。

　耳の痛くなるような沈黙を経て、〝埴輪《はにわ》面〟が倒れた。虚《うろ》のような目を見開いたまま、仰向けに沈没する。埃《ほこり》と塵《ごみ》が噴煙のように巻き上がった。

やった。

やってやった。

荒い息遣いとともに顔の汗をぬぐう。

だが、これで終わりではない。むしろ本番は今からだ。

フォーカス解除。再び視点をマクロに移す。万華鏡《まんげきょう》のような世界を、必死で捜索した。いた。

見つけた。地下一階、駐車場。地味なセダンに駆け寄る猫背の姿。

最寄りの幾《いく》達の管理者権限を取得、動けそうな三体で車との間に割って入る。

猫背のターゲット——馬木《まき》は目を見開いた。混乱も露《あら》わに〝僕ら〟を見渡す。

「せ、セピアか」

「違いますよ。僕です」

似た声質の言葉が三重に響く。聞きづらい。舌打ちして出力先を絞る。

「園晴壱《そのはるいち》です、社長」

「園《その》君……だって？」

疑わしげに見返される。

「いや……いや、セピアの解析は強制停止されていたぞ。君らが解放したんじゃないのか？　だいたい君のその能力はなんだ。複数のギズモを苦もなく制御して――」

「いいじゃないですか、そのへんは」

静かに制止する。細かいことを話している余裕はなかった。

「取引しましょう、社長」

「取引？」

「ギズモのオリジナルコード――エイリアンのランサムウェアを提供してください。実物さえあれば、あとはこちらで解析してワクチンを作りますので」

息を呑《の》む気配。馬木《まき》の顔が強《こわ》ばる。

「そんな話、受《う》け容《い》れると思っているのか？」

「受《う》け容《い》れざるを得ないと思いますよ。さっき警察に通報しました。もうすぐ、このビルに当局が踏みこんできます。死屍《しし》累々の状況を見たら、さすがの社長も申し開きできないでしょう？　今まで水面下で進めていた内容が表沙汰になりますよ」

「っ！　脅す気か！」

「ギロチンを突きつけないだけマシだと思ってください。で、どうしますか？　情報をいただければ、とりあえず退路は確保しますが」

馬木《まき》の顔が赤から青、白に移り変わる。ややあって、瘧《おこり》にかかったようにスーツの肩が震え始めた。小さな目に憤怒《ふんぬ》の光が宿っている。

「き、君は、自分が何を言っているか、分かっているのか。人の種の可能性を、生存の道を閉ざそうとしているんだぞ」

「議論するつもりはありません。社長とは〝人の種〟の定義が大分違いそうですし」

セピアから聞いた未来予想図を話すつもりもなかった。話したところで多分響かないだろう。歪《ゆが》んだ顔を見れば分かる。彼はただ、ひたすら〝怖い〟のだ。地球の死、五十億年後の終末。そこから逃れることばかり考えて、他が見えなくなっている。

「さぁ、決めてください。言っておきますが、フェイクのデータを渡されたらすぐに分かりますよ。今の僕は、ハッシュの検証くらい一秒でできるんで」

永遠にも思える沈黙の後、馬木《まき》の視線が落ちた。

床の染《し》みを見つめながら拳を握りしめる。「分かった」とかすれ気味に囁《ささや》いた。

「いいだろう、取引に応じる。受け渡しは？　近接通信でいいのか」

こくりとうなずき近づいていく。

油断はしていなかった。半生を懸《か》けた計画を、馬木《まき》があっさり諦めるはずがない。物理的・論理的な逆襲を目論《もくろ》んでしかるべきだった。

だから、セキュリティフィルタを何重にもかけて、コネクションを開く。やってくるデータをスキャンする。

……。

意外にも異常はなかった。受信中でも、中身がきちんと存在していると分かる。ブービートラップの類いも仕掛けられていない。

本当に諦めたのか？

生涯を捧《ささ》げた使命よりも身の安全を優先した？

半信半疑で馬木《まき》の顔を見て、ぎょっとなる。その口元はこれ以上ないくらい大きく、笑いの形に歪《ゆが》んでいた。

「私の勝ちだ」

データの転送が断ち切られる。不完全なままストップする。

馬木《まき》の足元からは、いつ生じたのか、光の線が延びていた。トラフィック・フローだ。大容量の無線データがビルの外に転送されている。

背筋が凍る。

何が起きているのか瞬時に理解できた。

「はは」と馬木《まき》が笑う。愉快でたまらないという顔だった。

「そう、私のメンタルデータを外部のギズモにコピーしている。途中で見つかって邪魔されるのではと冷や冷やしたよ。だがもう手遅れだ。既に九割以上、転送は終えている。ここで中断してても転送済みのデータから残りを割り出し、再構築するだけだ」

時間稼ぎ。

この土壇場《どたんば》で。

相手の大胆さと己の迂闊《うかつ》さに目眩《めまい》がする。急いで、受信したデータを確かめるも、不完全す

ぎて補完は不可能だった。そこも計算していたのだろう。取引の品をチラ見せしながら退路を

確保。用済みの肉体はフォーマットして放棄する。

歯ぎしりして相手を睨《にら》みつけた。

「死体が残る。警察に見つかれば復帰は難しくなるぞ」

「構わんよ。そろそろオーパスのトップという立場も窮屈になってきた頃だ。クラウドのアク

セス権限さえあれば、どこからでも計画は続けられる。セピアの認証キーを得られなかったの

は残念だが、時間を置いてやり直すさ。別の姿、別の名前でな」

つかみかかろうとしたところをバックステップでかわされる。

哄笑《こうしょう》が響く。

止められない。

これだけの力を与えられながら。絶好の機会をお膳立てされながら。

己の無力さに歯がみした時だった。

――だめよ馬木《まき》さん、往生際《おうじょうぎわ》が悪いわ。


声が聞こえた。

どこからともなく、聞き違えるはずもない、〝彼女〟の声が。

「セピア⁉」

馬木《まき》が目を剝《む》く。必死で視線を巡らす。が、周囲に人影はない。わんわんと、清涼なソプラノだけが響いてくる。

――もう終幕よ。ここで〈続く〉とか言われても観客をうんざりさせるだけ。そろそろ私達は退場しましょう。過去の登場人物が、いつまでも出張っているべきじゃないわ。

「ば、馬鹿を言うな！」

馬木《まき》が虚空《こくう》を睨《にら》みつける。かっと目を見開いて、

「私の役割はまだ終わってない。君みたいな人形と一緒にするな。私にはまだやるべきことがある」

――ないわ。全部終わったの。ジ・オリジネーターズもオーパスも今日で店じまい。閉店の

時間よ。

「ほざけ！」

馬木《まき》の口角が歪《ゆが》む。熱に浮かされたように目が輝く。手が空気を薙《な》いだ。

「ど、どのみち今更出てきたところで手遅れだ。私の意識は別のギズモに移る。君が何をしようと止められない。時間切れだ！」

ふっと、笑い声が響いたように思う。〝彼女〟は哀れむように、慈《いつく》しむように呼びかけた。

——ねぇ馬木《まき》さん。その移動先は本当に別のギズモ？

「は？」

馬木《まき》が光の軌跡を振り返る。

誘われるように、視線の先を追っていた。途中で監視カメラに視点をスイッチ。軌跡がビルを出る。道路をまっすぐに走る。交差点の基地局に到着、有線通信に切り替わって共同溝に、網の目のような東京の地下をくぐり抜けて大手町のエクスチェンジ、ついで南房総の陸揚げ局に。

通信は止まらない。海を渡る。大陸棚を越えて太平洋に突入、オーストラリアプレートに乗り上げる。オックスフォードフォールズで再上陸すると東海岸を南下。キャンベラ郊外の山奥になだれこみ、DSNとタギングされたネットワークに合流する。重量三千トン、直径七十メートルの巨大な構造物に吸いこまれると、千二百七十二枚のアルミニウムパネルを震わせて天空へと放たれる。

大気圏突破、衛星軌道突破、小惑星帯突破。惑星の引力からも太陽風からも解き放たれて、最終的に着いた先は、地球から数百億キロの彼方《かなた》――十メートル超のブームと七メートル径のアンテナに繋《つな》がれた二立方メートルの小箱、外宇宙探査機《DSP》。

「な、なぁあああ⁉」

馬木《まき》が天を仰ぐ。狼狽《ろうばい》も露《あら》わにデータの転送を止めようとした。だが、光は消えない。彼の命を吸い出すかのごとく、宇宙へと向かっていく。

「ば、馬鹿な！　なぜだ。止まれ！　止まってくれ！」

――無駄よ。とっくに移動先はロックしてあるわ。あとはそちらの身体《からだ》の意識が消え去るまでノンストップ。クーリングオフは終了済み。

「貴様っ！　セピアァ！」

――なんで怒るの？　この星の寿命に振り回されるのが嫌なんでしょ？　なら願ったりじゃない。大丈夫、私の意識ももうすぐ消えるけど、最後まで付き合うわ。一緒に宇宙旅行と洒落《しゃれ》こみましょう。

絶叫が上がる。

皺《しわ》だらけの顔が恐怖に歪《ゆが》む。光が強くなり、ノイズが激しくなる。

悪夢のような光景は、だが長くは続かなかった。

突如、馬木《まき》の表情が消える。光が霧散して、猫背の身体《からだ》が倒れた。見開かれた目から生気が失《う》せている。開いた唇も、一切の吐息を漏らさなかった。

「セピア……？」

夢から覚めたように視線を巡らす。

返事はない。

地下駐車場は何ごともなかったかのように、静寂を取り戻していた。

人の気配も、息吹《いぶき》も何一つ感じ取れない。フォーカス外の幾《いく》達も人形のように立ち尽くしているだけだ。

ふっと違和感を覚えて視線を落とす。

掌《てのひら》に可視化されたデータが載っていた。いつの間に取得したのか、ギズモのオリジナルコードが現れている。そこには短く、こうラベリングされていた。

〝Keep the right stuff! Mankind（正しい資質《ライトスタッフ》を！　人類諸君）〟

＊　エピローグ　＊

ギズモシステムに深刻な欠陥

利用者の意識が戻らなくなる危険性も

一月前、東京都中野区のオフィスビルで、オーパス・エンタープライズ社の最高経営責任者《CEO》、馬木輪治《まきりんじ》氏の変死体が見つかった事件について、調査を進めていた捜査当局は、ギズモシステムに深刻な欠陥を発見したと発表しました。

この欠陥は、利用者の意識がギズモから切り離されて復帰できなくなるもので、馬木《まき》氏は当該事実を知りながら、ギズモの販売・運用を続けていたと思われます。当局は本事実が事件の背景になった可能性もあると見て、慎重に捜査を進めています。

また政府は『ギズモの安全性が保証できなくなった』として、新規の利用を全面的に停止しました。既存ユーザーについても、クラウドとリンクを解除して、スタンドアローンで使うよう案内されており、既にスマートデバイスとしての機能は最低限に制限されています。

代替手段としては、旧来のスマートフォンやPC、タブレットがありますが、在庫が不十分で、町では混乱の声が上がっています。また医療現場では、ギズモ頼りだった治療方法の消失により、医師や医療器材の確保が急務となっています。

なお、十月五日に起こったギズモとクラウドの大規模障害については、そもそもギズモ自体の欠陥に起因するという説もあり、容疑者とされていたオーパス社員の手配は取り下げられています。政府関係者によれば、現在は当該社員の協力も得ながら、事件の全容解明を図っているとのことで、今後の情報が待たれます――

世界は大混乱だった。

ニュースでは『混乱の声が上がっている』なんて言葉も使われていたが、どう考えても事態の矮小化《わいしょうか》がすぎる。

事実としては、あちこちでデモが起き、国際関係が紛糾して、ネットもマスコミも『世界の終わり』と悲憤慷慨《こうがい》した。

集団ヒステリーのこれ以上ない見本が、世界のそこかしこで生じていた。

無理もない。

身体《からだ》に時限爆弾が埋めこまれていると聞き、誰が平静を保てる？

挙げ句に、デバイスレスのコンピューティング環境も、不慮の事故死からの解放も、意識のバックアップも何もかもが失われたのだ。

限界以上のダメージを負えば人は死に、二度と蘇《よみがえ》れない。

五感以上の能力を得たければ、道具に頼る他ない。

記憶と知識は、持ち主の死で永遠に失われる。

そんな当たり前の事実に、耐えられる者は多くなかった。ある者は絶望し、ある者は攻撃的になり、ある者は刹那の快楽に溺れた。

誰が悪いのか、どこで間違ったのか、どうすればもとに戻るのか。無責任な言説がはびこり、詐欺が横行し、感情的な魔女狩りが頻発した。

そして、それらを抑えるべき行政も、概《おおむ》ね似たような反応だった。

ギズモはあまりにも社会インフラ、保険システム、経済に深く入りこんでいた。今更『なかったことに』と言われても対応できない。結果、政府は馬木《まき》社長に代わるスケープゴートを求めた。

ギズモに関する諸問題の投げこみ先。墜落は論外としても、胴体着陸程度まで事態を持っていけそうな人物。

園晴壱《そのはるいち》。

オーパス・エンタープライズのエンジニアにして、かつての指名手配犯。

まったくもって迷惑極まりなかった。

きっかけは、セピアが方々にばらまいた匿名のリークだ。

社内DBやメールアーカイブ、監視カメラ画像。一見無造作に散らばった情報を集めると、驚くなかれ、世紀の大冤罪《えんざい》が露《あら》わになったのだ。曰《いわ》く、『大規模テロを止めようとした園晴壱《そのはるいち》は馬木《まき》社長の罠《わな》に落ち、あわや全世界の敵とされそうになる。だが必死に捜査の網をくぐり抜けて戦い続けた結果、社長は仲間割れにより死亡。園晴壱《そのはるいち》は世界を救った――』

マジで？

おかげで世間の僕に対する評価は掌《てのひら》返し。あたかも救世主であるかのように、ありとあらゆる厄介ごとが持ちこまれてきた。

断るという選択肢は――残念ながらなかった。セピアの遺《のこ》した能力は健在で、使いこなせるのは僕だけだったからだ。

自分本位で、傍若無人で、傲岸不遜。

セピアはやっぱり最後までセピアだった。

というわけで、僕は新生オーパスの最高技術責任者《CTO》なる役職を拝命し、日々世界の復興に取り組んでいる。

取り急ぎは、社長から受け取ったデータでワクチン開発。あとはスマートデバイスの再設計・増産。やるべきことは山ほどある。

幸い、村子《むらこ》さんが趣味と実益を兼ねてフォローしてくれているが、社内外の交渉まで任せられない。やってくるメールと電話に追われながら、暇を見つけては本社ロビー階のカフェで栄養補給するのが日課となっていた。

十一月十三日火曜日、午後二時。

僕はその日もカフェに赴き、遅めの昼食を摂っていた。

料理は高い割りにあまりうまくない。ただ、人目につきづらいという一点で僕はその店を愛用していた。何せ一時は指名手配までされたのだ。眼鏡やマスクで顔を隠しても、必ず誰かに気づかれる。声をかけられてしまう。

幸い、ロビー階奥のスペースは、一般人には入りづらく、テナント利用者のサボタージュ先としては近すぎる。エアスポットのような空間で、僕は黙々と食事をして、メールを処理していた。

「ハロー・ヴィーク」

野太い声がバッズを起動する。表示された空間投影ディスプレイを、骨張った指がタップする。

鏡に映った姿は、二十四歳の男性のものだ。セピアの遺産と、馬木《まき》から得たクラウドバックアップの残骸を組み合わせて、なんとか〈復元〉した身体《からだ》。元の園晴壱《そのはるいち》とは若干違うが、バッズの生体認証をパスできる程度には練り上げている。目の色が左右で違ったり、髪がグレージュになったりしているが、そのあたりは今後調整していくつもりだった。

届いたメールを見て、溜息《ためいき》をつく。

セピアの開発者――一畑《いちばた》モンドからの連絡には『〝彼女〟の自我の復帰は不可能』と記されていた。

欠損箇所が多すぎるらしい。セピアに渡されたデータを一月以上、サルベージしてきたが、やはり肝心な部分が失われていた。彼女は、自己を遺《のこ》すよりも、能力と知識の引き継ぎを優先させたらしい。社内のＡＩ関連部門からも『セピアは復活できない』との結論がもたらされていた。

「……ようやくバッズの時代が戻ってきたんだぞ」

ギズモの登場で途絶えたスマートデバイスの進化が、やっと再開される。異星人のおしきせではなく、人が人のために作った技術で世界を変えていける。

なのに肝心の生みの親がいないとか。

（ありえないだろう）

溜息《ためいき》交じりに首を振る。胸の奥の空白から目を逸《そ》らしつつ、仕事に戻ろうとした時だった。

「あの、すみません」

清涼な声。

絹の手触りを思わせる耳心地。

はっとして振り向くと、優しげな顔立ちの女性が立っていた。無地のタイトスカートとジャケット、白いブラウスを上品に着こなしている。髪は長く清潔感がある。秘書室の職員を思わせる楚々《そそ》とした雰囲気。

彼女は目が合うと、嬉《うれ》しげに相好を崩した。

「やっぱり、園晴壱《そのはるいち》さんですよね？　ギズモの事件を解決した」

セピア——ではない。見開かれた目に、あの底知れぬ知性はなかった。どう見ても一般人だ。メディアで知った有名人に、好奇心の赴くまま話しかけた感じ。

本来なら『すみません』と言うところだろう。『業務中なので、ご遠慮いただけますか』とでも。

だが僕はうんざりした顔になるのを止められなかった。よそ向きの態度をかなぐり捨てて、椅子にもたれかかる。我知らず、嘆息が漏れた。

「ウロだろ」

「あれ？　バレました？　おやおやおや」

清楚《せいそ》な仮面が剝がれる。了解も求めず、彼女は向かいの席に座った。ストッキングの足をぞんざいに組んでみせる。

「ギズモの外見は全然違うはずですけどねぇ。やっぱりアレですか。セピアさんの力を使うと分かっちゃうものですか」

「単純に喋《しゃべ》り方がうさんくさい。隙あらば身ぐるみ剝がそうって魂胆が見え見えだ」

「心外ですねぇ。ただ挨拶に来ただけですよ」

「なら、普通に名乗れよ。なんで追っかけ《グルーピー》のふりをするんだ？」

「久しぶりで照れくさくて」

「はぁあ？」

まともに取り合うのも馬鹿らしくなり、食事に戻る。

ウロはじっと微笑したままこちらを見つめていた。特に用件を切り出そうとも、情報を得ようともしない。清楚《せいそ》な女性の姿で座り続けている。

やや居心地が悪くなり、視線を向けた。本来真っ先にするべき質問が口を突く。

「記憶……残っているのか？」

「残念ながら」

肩をすくめられた。

「完全無欠です。あの娘っ子は私の自我に疵《きず》一つつけていきませんでしたよ。忌々《いまいま》しいことに。人がどんな思いでギズモを渡したと思っているのやら」

「都合よくトラウマの克服に使うなってことだろう。彼女は最後まで、人が人らしくあることに拘《こだわ》っていた。彼女にとって、心と身体《からだ》は一体《ワンピース》で分割可能《セパレート》ではなかったんだ」

「余計なお世話ですがね。生得不可侵なんて言い出したら、病気の治療もお洒落《しゃれ》も不可能ですよ。身体《からだ》をいじって環境を変える、その先に心の剪定《せんてい》があって何が悪いんですか」

「悪いとは言っていない。単純に程度問題さ。改変が改変と分からなくなるような状態は、さすがに不健康って話だ」

「屁理屈《へりくつ》に聞こえますがねぇ」

まだ不満そうながら、ウロは手に持ったコーヒーを飲んだ。

「まぁ〝彼女〟のおかげで投資の元は取れましたよ。ギズモの正規品が出回らなくなり、あちこちから村子《むらこ》さん宛のオーダーが殺到しています。金に糸目はつけないから、安全・安心なギズモを作ってくれってね。取り次ぎの費用だけでも一財産ですよ。派手に動き回って、私のギズモは面が割れてしまいましたけどね。その作り直し料を入れても大黒字です」

「そりゃ朗報だ。僕の債務もめでたく完済だな」

「何言ってるんですか。それはそれ、これはこれです。だいたい今の身体《からだ》も村子《むらこ》さんに作ってもらったんでしょう？ しれっと踏み倒さないでいただけますか」

なるほど。

ようやく用件を呑《の》みこむ。

つまりは借金の取り立てか。債権者の不在をいいことに、ばっくれてるんじゃないぞと。

まぁ実際、あの旧本社から彼女を運び出し、村子《むらこ》宅に届けた時点で、存在を失念していた。大きな口は叩《たた》けない。もちろん、そもそもの債務自体、不当という話はあるが、そこを蒸し返しても長くなるだけだ。何より今は落ち着いて食事をしたい。

「分かった。分かった。いずれ返済計画の相談に行くよ。ただ今は仕事中なんだ。改めてもらえないか」

「そんな逃げ口上で私が立ち去るとでも？」

「立ち去らないなら、僕がオフィスに戻るだけだ。力ずくで止めてもいいが、折角作り替えた顔がまた目立つことになるぞ」

「はっはー」と彼女は笑った。

心底愉快そうに空を仰いでみせる。

「言うようになりましたねぇ。あの小市民の晴壱《はるいち》さんが、感無量です。でもご心配なく、そんな無粋な真似《まね》はしませんよ」

「だったら？」

「取引《ディール》ですよ。お互いがWin-Winになる話をお持ちしました」

うさんくさい。

あからさまに胡乱《うろん》な顔でいると、彼女は手を振った。差し出した指にARの名刺が載っている。肩書きに書かれた単語は――

「リスクマネジメント・コンサルタント？」

「ええ、アジャスター職はほとぼりが冷めるまで開店休業状態でしてね。代わりにこういう肩書きで仕事を受けています。合法・脱法問わず揉《も》めごと・厄介ごとの仲裁を行う、まぁ事件屋ってやつですね」

「はぁ」

「で、ご相談したい内容はシンプルです。私は晴壱《はるいち》さんの借金返済を猶予する。代わりにこちらの仕事を手伝っていただけませんか？　もちろん仕事の報酬はちゃんとお支払いしますよ」

「……なんだって？」

まばたきしてしまった。相手の正気を疑うように見つめ返す。ウロは身を乗り出してきた。

「折角よいパートナーになれたのに、このまま解消はもったいない。引き続き、背中を預け合っていきませんか。私としても、晴壱《はるいち》さんの技術やセピアさんの力は魅力なので」

「いや……いや、冗談だろ。本当に、何を言ってるんだ」

たじろぎ気味に身体《からだ》を引いた。

「やっと陽が当たるところに戻ってこられたんだぞ。何をまた好き好んで裏街道を歩かなきゃならないんだ」

「その裏街道がなければ、この場に還《かえ》ることもなかったんですよ？　毛嫌いしないでください」

「好き嫌いの問題じゃなく、ギャンブルの借金をギャンブルで返したくないって話だ」

「セピアの力で、日々の業務をこなすあなたが何を今更」

「非常識な力があるからこそ、自分を律しているんだよ。違法な話に首を突っこまない」

「違法とは人聞きの悪い。グレーゾーンです」

「同じようなものだ」

見つめ合う。断固たる拒否の姿勢を示す。

十秒、二十秒、三十秒。

ウロは盛大な溜息《ためいき》を漏らした。諦めたかと思ったが、彼女は別のファイルを差し出してきた。

「それは？」

「セピアさんの〈復元〉イメージです。モックですが」

⁉

思わず反応してしまう。しまったと思うが、あとの祭りだ。ウロは『やっぱり、興味あるんですねぇ』とばかりに微笑《ほほえ》んだ。

「一畑《いちばた》さんからもらったプログラムで、村子《むらこ》さんが〈復元〉作業を続けていたんですよ。欠けたところを埋めるのではなく、過去のデータを再シミュレーションして、あなたの知る〝彼女〟に近づけようとね。修理ではなく、育成のやり直しといったところですか」

息が止まりそうになる。

震え声が喉の奥から漏れた。

「う、うまくいったのか」

「いってませんよ。モックだと言ったでしょう」

なんだ。

萎《しお》れたようにうつむく。テンションがジェットコースターのごとく下降する。

ウロは小首を傾《かし》げた。

「どうやっても自我が生まれないそうですよ。記憶が欠けるのはやむなしとして、幼児レベルの自意識も芽生えないと。これではただのチャットボットだと訝《いぶか》っていました。ＡＩ構築のための機械学習が機能していないと」

「……ん？」

まばたきして見つめ返す。

「どういうことだ？　一畑《いちばた》さんが間違ったプログラムを渡したと？」

「もしくはそもそもプログラム自体は特別ではなかったかですね。重要なのは、学習対象とし、て、い、い、い、取りこんだデータの方だったと」

空白。

少ししてざわざわと鳥肌が立つ。待て、まさか、ひょっとして。

「そこにもミッシングリンクがあった？」

ウロはうなずいた。

「販促用のＡＩを作ろうとした時、人間らしさを学ぶサンプルに、ある〝特別なもの〟が入りこんだ。それが彼女に自我を与え、カリスマと呼ぶべき存在に成長させたのでは。村子《むらこ》さんはそう話していました」

「またエイリアンのウィルスか？」

「分かりません。同じエイリアンのウィルスなら、そもそもギズモと敵対しないのでは？　と言ってましたね。考えられるのは〝対立する別エイリアンのウィルス〟、〝未来の人類が我々を救おうと送り出したデジタルウェポン〟、〝並行世界からの避難民〟、あるいはその他、人知を超えた何か」

「……勘弁してくれ」

キャパオーバーだ。エイリアンウィルスだけでも満腹なのに、この上、未来人、異世界人だと？　いい加減にしてほしい。

だがウロはこちらの脱力を気にした風もなく、口角をもたげた。

「セピアの本体は、人類のプログラムではなく、外からの何かだった。だとすればその正体を見極めれば、彼女を復元できると思えませんか？　ギズモのオリジナルコードからワクチンを生み出すように」

「手がかりは」

「ゼロではありません。が、ここから先の情報は、赤の他人にはお出しできませんね。背中を預け合うパートナーならともかく」

舌打ちする。

容貌こそ変わったが、彼女のしたたかさは元のままだった。必要最低限の餌をぶらさげて、最大限の譲歩を引き出そうとする。相手の全てをコントロールしようとする。

忌々《いまいま》しいのは、ぶらさがった餌が本当に魅力的ということだった。今の僕が喉の奥から欲《ほっ》しているもの。

だが、それをそのまま表すのも癪《しゃく》に障《さわ》る。

代わりに、なるべくつまらなそうな顔を作った。やれやれ、本当に面倒ごとはごめんなんだけどね、という表情で椅子にもたれかかる。

「いいだろう。ただ興味が持てる間だけだ。あんたの情報に価値がなければ、すぐに手を引く」

「結構です」

手を差し出された。相好を崩して握手を求めてくる。

しばらく迷ってから握り返す。

予想よりも、柔らかな温《ぬく》もりが返ってきた。

「末永いお付き合いを」

魔女はそう言って、にっこりと笑った。

あとがき

未来のガジェットを予想するのは、なかなか困難なものです。

今でこそ通信端末は『携帯可能』で『タッチディスプレイ』で『スクリーンキーボード』(要するにスマホ)なんて共通認識ができていますが、二十世紀末までは誰もそうした端末が普及すると思っていなかったわけです。

顧みれば、過去のフィクションにおける未来の通信環境は『路上に設置されたテレビ電話ボックス』だの『ホログラムで3D通信』だったりしたわけで、正確な予測の難しさを思い知らされます。何せ、今じゃ画像転送可能なネットミーティングでも、結構な割合でカメラが切られてますからね。顔を見られたくないとか、服装に気を使いたくないとか言って。

結局、『技術的にすごい』と『日常的に使ってみたいか』は別物で、ユーザー視点でどう魅力か考えない限り、歴史の検証に耐えうるガジェットは描けないのだなぁと思います。

そういう意味で、本書に出てくるスマートバッズ(スマートイヤホン)は、技術発展の現実味を踏まえつつギリギリ〝あり〟な形に仕上がったと思います。

何より、画面サイズと携帯性のディレンマは常々『なんとかならないか』と感じていただけに、バッズ的なアプローチが実現すれば最高です。

もちろん、コストを考えれば、この手の命題の最適解はスマートグラスやスマートコンタクトなのでしょう。ただ前述の通り、ユーザーとして『日常的に使ってみたいか』問われると疑問符がつくんですよね。

セピアの発言じゃありませんが、『嫌よ私は。お洒落《しゃれ》の選択肢を無理矢理奪われるなんて』という。『音声出力はどうするの？　眼球にくっついたまま骨伝導？　ひゅー』

まぁそんなわけで、別に本書は技術予測小説でもなんでもないんですが、ありうる未来の光景を一緒に想像し、楽しんでいただければ幸いです。

ちなみにギズモはいくら便利でも使ってみたくないです。いや、『ブラッド・ミュージック』というバイオハザード小説がありましてね、あの手のガジェットにはトラウマが……（※本書のストーリーとはまったく関係ありません）

最後になりますが、度重なる改稿に根気よくお付き合いくださった編集の黒川様・小野寺様、美麗な挿画で本を彩《いろど》ってくださったイラストのれおえん様、そして何よりこの本を手に取っていただいたあなたに心よりの感謝を捧《ささ》げたいと思います。ありがとうございました。

二〇二三年十一月　夏海《なつみ》公司《こうじ》

本書に対するご意見、ご感想をお寄せください。

ファンレターあて先
〒102-8177　東京都千代田区富士見2-13-3
電撃文庫編集部
「夏海公司先生」係
「れおえん先生」係

本書は、「電撃ノベコミ+」に掲載された『セピア×セパレート　復活停止』を加筆・修正したものです。

電撃文庫

セピア×セパレート

復活停止《ふっかつていし》

夏海公司《なつみこうじ》

2024年1月10日　初版発行

発行者　山下直久
発行　株式会社KADOKAWA
〒102-8177　東京都千代田区富士見2-13-3
0570-002-301（ナビダイヤル）
装丁者　荻窪裕司（META＋MANIERA）
印刷　株式会社暁印刷
製本　株式会社暁印刷

ISBN978-4-04-915387-3　C0193　Printed in Japan

電撃文庫　https://dengekibunko.jp/